Monstrilio

Monstrilio

GERARDO SÁMANO
CÓRDOVA

Planeta

Obra editada en colaboración con Editorial Planeta – España

Título original: *Monstrilio*

Publicado originalmente en Estados Unidos por Zando
(www.zandoprojects.com)

Traducido por: © 2025, Esther Cruz
Corrección de estilo a cargo de Andrés Prieto

Diseño de portada: © Alex Merto
Adaptación de portada: Gerard García Calafell
Adaptación de portada para la presente edición: Genoveva Saavedra / aciditadiseño
Ilustración de portada: © Gerardo Sámano Córdova
Fotografía del autor: Archivo personal del autor
Ilustración de interiores: © Gerardo Sámano Córdova
Diseño de interiores: Realización Planeta

Bajo el sello editorial PLANETA M.R.
Avenida Presidente Masarik núm. 111,
Piso 2, Polanco V Sección, Miguel Hidalgo
C.P. 11560, Ciudad de México
www.planetadelibros.us

Primera edición impresa en esta presentación: febrero de 2026
ISBN: 978-607-39-3751-1

Impreso en los talleres de Impregráfica Digital, S.A. de C.V.
Avenida 11 # 463, interior bodega 2, Colonia San Nicolas Tolentino
Iztapalapa , CDMX, C.P. 09850
Impreso en México - *Printed in Mexico*

A Papi, Mami y Pol: han estado conmigo
desde el principio y eso me hace
la persona más afortunada del mundo

Su hijo muere en una cama de tamaño infantil, lo bastante grande para él, sí, pero lo justo para acogerla también a ella y además a su marido, aferrados ambos a los bordes, replegándose para hacerse pequeños y encajar uno a cada lado. Ella saborea ese moverse y retorcerse constante, necesario para conservar su sitio.

Su hijo estaba vivo y ya no. Ni un trueno, ni ángeles llorando, ni la Muerte con su manto ni un indulto: solo ese cuerpo silencioso, sin respirar, y la contundente constatación de que se acabó.

Qué soso, piensa. Podría gritar, ponerse de rodillas, jalarse el pelo, maldecir a Dios. Llévame a mí, podría suplicar mientras se da golpes de pecho. No va a hacerlo. No es capaz de desplegar el drama que había imaginado.

En sus fantasías (¿es demasiado macabro llamarlas fantasías? No, no cree), en sus fantasías, su hijo moría en un centro comercial, en uno de esos muy grandes que hay en la Ciudad de México, porque en un centro comercial se tiene público, y ella quería público, aunque morir en plena calle le parecía demasiado sórdido. En el centro comercial su hijo se desplomaba, y cuando ella se colocaba su cuerpecito sobre el regazo y lo abrazaba, los visitantes del lugar la rodeaban con un silencioso pasmo ante su pena, inconcebible para todos, mientras ella se convertía en una piedad, de mármol, espléndida. Lágrimas gruesas y limpias le surcaban el rostro y se le acumulaban en la barbilla. Al imaginar eso, lloraba junto a su yo arrodillado.

Y ahora, nada. Llegó el momento —¡la muerte!— y ni una lágrima. A lo mejor necesita público, y en esa habitación, en esa luminosa habitación, su único público es su marido lloroso, y un hombre lloroso no es público para nada.

Su marido acaricia con la nariz al hijo de ambos, en el hueco que le deja el cuello achaparrado del niño, como si él fuera el cervatillo y su hijo la cierva. Lo estruja con el cuerpo entero: brazos, piernas, cabeza y pecho. Gruñe mientras aprieta. Respira fuerte contra el cuello del hijo, oliéndolo con intensidad. Ella también lo estruja, intenta imitar a su marido porque él parece saber cómo hacer un duelo y ella no. Su marido la agarra del brazo y la jala hacia la mitad de la cama, hacia el hijo. Es como si creyera que, empujando lo suficiente, podrán parirlo de nuevo. Lo parí yo, piensa ella. Y no voy a parirlo otra vez. El pelo rubio de su marido le cae en la cara a su hijo. Ella lo retira con el dorso de la mano, incluso tras darse cuenta de que ese pelo ya no puede hacerle cosquillas al niño. Su marido la suelta. No emite ni un solo ruido. A lo mejor él también está muerto. Está demasiado cansada para comprobarlo.

No está demasiado cansada para no salir de la cama y abrir una ventana. Entra una ráfaga de aire fresco. Es primavera y el aire es refrescante, muy poco de muerte. Ella tiene el pelo suelto y, al estar suelto, nota que le revolotea en el cuello. Es un revoloteo rápido, insuficiente para despertarla del todo con un latigazo. No ha dormido nada. Lo hará, pero aún no.

La muerte de un hijo es lo peor, dicen, aunque ella no va a morirse de pena. A lo mejor su marido sí es capaz: es un romántico.

El cuerpo del hijo se lo llevarán para incinerarlo, luego un funeral, ropa negra, familia triste, amistades tristes. Están lejos de México. En las fantasías de ella, la muerte ocurría en México. Pero no, ha sido en esa casa en la que estaban recluidos, en mitad de ninguna parte. Siente rabia, una rabia leve, apenas la llama de un encendedor: son sus ganas de culpar al marido, aunque el marido está demasiado hundido para culparlo de nada.

En esa casa del norte del estado de Nueva York, rodeada de árboles, una lechuza ulula por las mañanas creyéndose un gallo. A su hijo le encantaba esa lechuza matutina, enroscaba su diminuto cuerpo, embelesado. Presta atención por si la oye, pero a lo mejor la lechuza ha ululado ya y se lo ha perdido. Murmura una lista ordenada para oír algo —tras una muerte hay mucho que organizar— y eso le recuerda a su amiga Lena, que siempre piensa en todo con previsión.

Sin embargo, lo que tiene que ocurrir todavía no va a ocurrir. Ella no ha acabado con su hijo: aún no está lista para entregarlo.

Su marido no está muerto ni dormido, sencillamente está flojo, hecho un trapo. Ella lo dobla. Primero le pliega los dedos en las palmas de las manos, tras desprenderlos de la piyama de su hijo. Luego las manos cerradas en un puño, que le dobla por las muñecas, hacia el pecho; después le baja las piernas de la cama. Disfruta con los muslos gruesos de su marido y se los mantiene sujetos más tiempo del necesario, y él se lo permite, con unos músculos blandos y pesados. Los muslos de su marido le suponen un consuelo; quizá notar el tacto de ella también lo consuele a él. Le gira entonces la cabeza para apartársela del hijo, y su marido cierra los ojos, exprimiendo las lágrimas. Si quisiera, podría hacer que su marido danzara como una marioneta, que se arrastrara hasta caer rodando por las escaleras. Pero no va a hacerlo. Le sujeta la cabeza contra el pecho para amortiguar los sollozos de él sobre su piel. Lo dejará apoyarse en ella mientras salen de la habitación, soportando más peso del que se cree capaz. Cuando su marido se detiene y pide volver a la habitación para ver a su hijo, ella lo calla, le dice que tiene que dormir. Lo lleva a la cama, donde el hombre se hace un ovillo, derrotado.

Ahora el hijo de los dos es solo de ella.

Se recuesta junto a él y le lame la oreja, como lo haría un animal.

El niño sigue muerto.

Su hijo lleva una piyama color crema con dibujos tontos de dinosaurios en tonos vivos. Le ajusta bien, pese a estar pensado para un niño de menos edad. A su hijo le encantaba esa piyama. Tiene parches que clarean por el desgaste del suave tejido. Si ella no lo hubiera obligado a bañarse y a cambiarse, su hijo habría ido siempre vestido así, rugiendo arriba y abajo todo el día.

Desea saber un último secreto de su hijo. ¿Qué parte del cuerpo de alguien es indisolublemente esa persona? El pelo no, aunque mucha gente conserva mechones; el pelo es demasiado público y no es ningún secreto. Los dedos de los pies y las manos de su hijo los conoce muy bien, lo finos y largos que son los de las manos (como los de su marido) y lo pequeños y regordetes que son los de los pies (como los de ella misma). Su hijo tiene una lengua rápida y ceceante. Un corazón callado y solitario, entregado a ella y a su marido.

Debe ser el pulmón. Su hijo, Santiago, solo tiene uno. Es eso, ese pulmón: eso es el núcleo de su santiaguez. Ella lo adora y lo odia, le resulta todo un misterio, ese pulmón diminuto que ha llevado a su hijo mucho más allá de la esperanza de vida que tenía. Quiere darle las gracias y al mismo tiempo escupirle por no haberlo llevado más lejos. Pero sobre todo quiere ver ese pulmón y sostenerlo entre las manos.

Excavar a un hijo no es tarea complicada, si se hace con determinación. Primero ha de romper la piel, y eso es fácil teniendo un cuchillo afilado. Su marido mantiene siempre los cuchillos afilados: según él, un cuchillo afilado es esencial para un buen cocinero, y él es un gran cocinero. Hace la primera incisión en el vientre de su hijo con el máximo cuidado, por si Santiago se despierta en un repentino renacimiento.

Eso no ocurre.

El siguiente corte es más atrevido. Una vez que lo ha abierto, le cuela una mano a su hijo bajo las costillas —no va a rompérselas— para buscar el pulmón. No es médica. Se trata de un procedimiento complicado. El corazón de su hijo ya no bombea, así que lo que rezuma es la sangre que portaban las venas previamente.

Hace años vio una obra de Lorca producida por la UNAM. Recuerda a la muchacha que interpretaba a la madre, una madre mayor de lo que podía serlo esa muchacha. Era una actriz estupenda. Había una boda y, en cierto momento, no recuerda por qué, esa madre se arrodilla en el suelo y pronuncia un breve monólogo sobre lo que significa ver sangre derramada por el suelo, la sangre de su hijo. La muchacha de la obra hacía el gesto de empaparse las manos en la sangre y, cuando se las lamía, palmas y dedos, les pasaba la lengua por todas partes. Porque la sangre es mía, decía la madre.

No brota sangre suficiente para que ella se empape las manos. De todos modos, se las mancha y se las lame. Saborea la sangre de su Santiago, un gusto a hierro y a calidez. Podría chuparle más sangre de las venas, pero no va a hacerlo; no es una vampira, aunque ahora entiende ese impulso: las ansias de beber, profundas y sedientas en sus entrañas.

Encuentra el pulmón de su hijo hacia la derecha del pecho. Más ligero y más intrascendente de lo que pensaba que sería. Siente ganas de arrancarlo y guardárselo. Tira, aunque no demasiado fuerte, pensando todavía que puede hacerle daño a su hijo. Imposible desencajarlo.

La cama está hecha un desastre.

Susurra el nombre de su hijo, como una disculpa. Pese a que ella creó ese pulmón igual que el resto de aquel cuerpo, decide que su hijo debe quedárselo. Solo va a llevarse una pizca. Con un cuchillo de mondar, rebana un trozo, la punta inferior. Ese pedazo es de ella.

Agarra el trozo de pulmón y lo mete en un frasco transparente que su hijo usaba para guardar lápices. No tiene tapa, pero sabe dónde encontrar una.

Se recoge la mata de pelo en un chongo que se sujeta con un lápiz. Vuelve a componer a su hijo lo mejor que puede. Extiende la piel del vientre abierto, empapa un trozo de sábana con saliva y le limpia la sangre seca al cuerpo.

Su marido entra y se queda helado, tratando de hallar sentido a lo que acaba de encontrarse. Ella tenía previsto cambiar las sábanas y envolver a Santiago en otras limpias para ahorrarle a él ver el torso mutilado del hijo. No sabe si su marido va a gritar, a odiarla o a entenderla.

—Lo destruiste —dice él, y a ella la palabra «destruir» le resulta curiosa.

¿De verdad hizo eso? No. Ella no destruyó nada; no quedaba nada que destruir.

Pero sí hizo un desastre.

—Magos.

El marido la llama por su nombre, como si así pudiera invocar una explicación.

—Joseph.

Ella replica con el nombre de él, para hacerle saber que lo está viendo, allí de pie, demacrado y de un verde pálido.

MAGOS
LENA
JOSEPH
M.

Joseph trajo a casa a nuestro hijo incinerado el día en que el *dogwood* se llenó por completo, con las ramas hasta arriba de flores. La primera vez que vi ese árbol no sabía cómo se llamaba; al escuchar el nombre de *dogwood* en boca de mi marido, eso tampoco me dijo nada. Entendía la parte de *wood*, porque al fin y al cabo un árbol da «madera», pero la parte del *dog* me resultaba extraña, dado que nada en ese árbol se parecía a un «perro». No tenía un término en español para él, por lo que me parecía aún más sobrenatural, porque para que las cosas se hagan reales necesito ser capaz de nombrarlas en español. Más tarde me enteré de que se llama «cornejo florido». Pese a verle el sentido a «florido» (algunos cornejos no dan flores, pero ese sí y hay que especificarlo), el término «cornejo», que es el verdadero nombre del árbol, no lo entendía. Pensaba que Cornejo solo era un apellido. Igual que el *dog* de la palabra inglesa, «cornejo» seguía siendo un misterio para mí. Me gustaba la resistencia de ese árbol a cobrar sentido.

El cornejo logró cautivarme de inmediato, a primera vista, y resultaba desconcertante, dado que tenía poca cosa extraordinaria de la que alardear. Desde luego era frondoso, y extendía sus ramas creando una cubierta agradable, pero eso lo hacen muchos árboles. Ni siquiera estaba floreciendo cuando lo vi por primera vez, y todo blanco, repleto de flores, es cuando está más bonito. Quizá preveía su potencial, intuía que se pondría blanco en primavera y destacaría con intensidad entre los árboles perennes de detrás.

Ese primer día en Firgesan, el cornejo se alzaba completamente verde en el extremo más alejado del agua, como flotando en el estanque grande al que mi hijo, Santiago, llamaba «lago». Nos habíamos mudado desde la Ciudad de México hasta el norte del estado de Nueva York por esa casa en la que crecía aquel cornejo, porque estaba justo en mitad de ninguna parte, rodeada solo de árboles y aire puro. Santiago necesitaba un lugar para recuperarse, como esa gente enferma de las novelas inglesas que se marcha a la costa.

La casa se llamaba Firgesan y sentí un entusiasmo de aristócrata al saber que iba a vivir en un hogar con nombre propio. «Una mansión —nos explicó orgulloso mi marido a Santiago y a mí—. Mis antepasados la construyeron a finales del siglo XVIII». Comenzó siendo una modesta granja y había crecido a partir de ahí. Por fuera, la mansión parecía un cubo con un tejado a dos aguas, no muy grande, blanca y en absoluto memorable. Sin embargo, por dentro era grandiosa, con su vestíbulo de techo alto, su enorme vitral multicolor, su alfombra morada, larga y estrecha, y unos balaústres de madera espléndidos. A un lado, por un pasillo oscuro, había una biblioteca con estanterías altas y libros polvorientos. Más allá, al fondo, una sala de estar con dos paredes cubiertas por ventanas de marcos de madera, sillones grandes, sillas afelpadas y mesas con patas larguiruchas, el aspecto exacto que tenía en mi cabeza un salón para recibir: atestado, acogedor, florido y cómodo. Santiago, igual que yo, estaba impresionado.

El terreno de fuera de la casa se extendía hacia unos campos de cultivo que conducían al bosque circundante. El estanque se curvaba en torno a la parte trasera, donde se había construido un porche más contemporáneo. Ese porche estaba equipado con muebles de jardín minimalistas, de madera, con los cojines tapizados en tonos grises y verdes azulados oscuros. Joseph tiene un gusto excelente; el mes antes de que Santiago y yo llegáramos se lo pasó limpiando y organizando la casa, una casa bien cuidada pero deshabitada durante años. Joseph construyó ese porche para mí, para darme un espacio desde el que disfrutar de aquel sitio.

El primer día en Firgesan, el sol brillaba con una luz tímida que suavizaba los bordes y hacía que todo fuera más cálido. Joseph tuvo suerte con esa luz, y con el cornejo florido, y con el estanque titilante, y con la brisa que soplaba cuando me senté en el porche, porque todo ello me complicó continuar con las quejas, volver a cuestionar la mudanza, encontrarle defectos a la casa, reparar en su aislamiento. Por entonces, estaba contenta con nuestra reclusión.

En invierno, mi primer y único invierno en Firgesan, el cornejo se quedó pelón, con nada más que las ramas desnudas y débiles; tenía un aspecto enclenque, un indigente a un paso de la muerte que luchara por sobrevivir al frío. Mi marido y mi hijo me decían que no me molestara cada vez que me acercaba a él durante una helada, cargada con ollas humeantes de agua caliente. «Vas a matarlo», decía Joseph, y Santiago asentía por detrás porque pensaba que su padre lo sabía todo de todo. Aun así, yo derretía la nieve y la escarcha que envolvían mi cornejo; por entonces lo calificaba de mío. Sabía que no iba a evitar que el árbol pasara frío, pero podía ofrecerle cierto consuelo.

Mi cornejo floreció en primavera, rollizo y espléndido. «Este cornejo lleva en la finca más de cien años, Magos. No te necesitaba para volver a florecer», me dijo Joseph. A esas alturas no importaba demasiado que el cornejo hubiera sobrevivido.

Nuestro hijo murió antes de que el cornejo echara la primera flor, un capullo simplísimo con cuatro pétalos blancos y una explosión verde amarillenta en el centro: la flor de un principiante. Yo creía que esa flor era mi hijo reencarnado; cuando está de duelo, una cree en las cosas más estúpidas. Le hablaba a la flor y la llamaba «mi hijo», y entonces me echaba a reír, porque qué ridículo (cruel, en realidad) habría sido que mi hijo se hubiera reencarnado en algo tan efímero, frágil y hermoso. Maté a ese primer capullo con un golpe de mano. De nuevo muerto, mi hijo podría convertirse en cualquier otra cosa: el caparazón de una tortuga, fuerte y ancestral; o una espantosa criatura llena de colmillos que habitara las profundidades marinas, donde vería maravillas que ni siquiera él podría haberse imaginado.

Joseph y yo agarramos la urna juntos y esparcimos a nuestro hijo en la base del cornejo florido. Mi hijo, convertido en ceniza, voló y aterrizó en el tronco del árbol y en el césped, y en las malas hierbas que crecían a su alrededor. Cuando aún hacía un tiempo amable, Santiago se sentaba bajo el cornejo y dibujaba monstruos. Acoplada en el porche, yo lo observaba, con sus lápices de colores al lado, en un estuche de tela azul, las rodillas plegadas, el cuaderno sobre los muslos. Guardaba un lápiz de color en el estuche, se aseguraba de que estuvieran todos dispuestos como el arcoíris y luego utilizaba otro.

Todo lo que Santiago fue tocando se volvió gris como la propia ceniza. Transportado por el viento, una parte de él aterrizó en el estanque. En el estanque, Santiago se convirtió en barro.

Con Santiago muerto, Joseph y yo teníamos poco que hacer en Firgesan. Más que dos seres con existencia, éramos dos aparecidos y, sin nadie a quien aparecernos, nos rondábamos el uno al otro.

Me volví observadora y callada. Seguía a Joseph por todas partes, acechando por la casa, en rincones, detrás de las puertas, vigilándolo como una científica o una fantasma. Joseph se convirtió en algo fascinante para mí, como si estuviera empezando a descubrirlo. Se echaba a llorar o se quedaba con la mirada fija, perdida. Trataba de dibujar, pero solo lograba garabatear cuadraditos solapados. Entraba en una habitación, la biblioteca por ejemplo, y se quedaba parado en mitad de ella, entre estanterías de libros viejos, despistado y aturdido, como si unos alienígenas acabaran de transportarlo ahí con un haz de luz. Lo observaba bañarse. Qué delicado era consigo mismo, con su panza y su pecho peludos, la lentitud con la que se frotaba el jabón, usando ambas manos para hacer espuma. Se masajeaba los muslos y se pasaba la punta del jabón entre el espacio de separación de los dedos de los pies. Se acariciaba el pene para limpiarlo.

Yo deseaba su cuerpo. Quería saborearlo, pero la vez que lo intenté Joseph participó sin ganas, sin un ápice del hambre que sentía yo, un hambre honda y lujuriosa que exigía que él me estrujara, me mordiera, se metiera en mí. Así que renuncié a su cuerpo.

Lo observaba dormir, con las manos ceñidas en puños como las de Santiago cuando dormía. Una noche, se despertó y me encontró mirándolo fijamente junto a la cama, gritó y se escabulló. En una misma frase me llamó monstruo y me pidió que lo abrazara. Yo lo observaba no comer, echar las sobras en la basura con el tenedor, enjuagar su plato y ponerlo en el lavavajillas.

No logro recordar si yo comía, ni si me bañaba o dormía.

Solo lo recuerdo a él. A Joseph. Su pelo se volvió opaco; antes era luminoso, multicolor, rubio claro, oro intenso y parduzco, según cómo le diera la luz. Lo primero que me había enamorado de él había sido ese pelo, y sus antebrazos, finos y velludos, ahora más finos y alopécicos. Lo jalaba del poco vello que le quedaba, jalaba con fuerza porque quería sacar a sus hermanos de donde quiera que estuvieran escondidos. Él gritaba «ay», pero si jalaba más fuerte, me dejaba.

No alcanzo a recordar mis palabras, en caso de que alguna vez hablara, ni tampoco en qué idioma las diría. Había perdido el lenguaje. No lo necesitaba; yo estaba ahí para observar.

Cuando Santiago se aburría de dibujar o de quedarse mirando el bosque con su piyama de dinosaurios, me seguía por todo Firgesan, igual que yo ahora seguía a Joseph. Mi hijo no hablaba, solo me observaba como si yo fuera la criatura más fascinante del mundo. Resultaba molesto que me siguiera por todos lados, tan pequeño y tan serio. Cualquier tarea de la que me ocupara, aunque fuera doblar sábanas, se convertía en importante. No le pedía que me ayudara porque lo prefería de espectador. Cuando intentaba ayudarme, era torpe.

Joseph me exigía que hiciera algo aparte de seguirlo por ahí. Me llamaba «la peor sombra». Un demonio. Me pedía que me largara, pero cuando no me veía, me llamaba. Yo siempre andaba cerca; solo tenía que salir de donde me hubiera escondido.

Él nunca mencionaba que yo había abierto a nuestro hijo en canal, que lo había cortado, destruido, como me dijo. Yo sabía que me odiaba por ello.

¿Me odiaba? Joseph no consentía hablar del tema.

Me pedía que llorara con él, pero su tristeza era suya y yo no podía robársela. Me decía que debíamos volver a México y que debíamos quedarnos en Firgesan para siempre. Me preguntaba qué pensaba yo, qué sentía, qué proponía hacer, pero yo ni pensaba ni sentía nada. No tenía ninguna propuesta. Joseph quería que yo averiguara cómo iba a ser nuestra nueva vida; cómo iba a oler sin el olor cuajado del cuerpo sin bañar de Santiago marinándose en aquellas piyamas de dinosaurios; cómo iba a sonar sin sus pasos arrastrados y sus repentinas diatribas, sus «¿Sabías que…?», como si Joseph y yo hubiéramos nacido a la vez que él y estuviéramos descubriendo el mundo a la par. A Santiago le gustaba inventarse explicaciones para las cosas que no comprendía. Hablaba de criaturas que nos observaban y de monstruos que se escondían de nosotros y, mezclado con esas fantasías, se ponía a contar cómo se renovaban nuestras células, hasta convertirnos en seres humanos totalmente nuevos a cada tanto.

En el mejor de los casos, Joseph se enojaba. Me insultaba a gritos para que le respondiera a gritos, y yo lo hacía, con una voz fuerte y mezquina, pero él se rendía demasiado rápido. Mi fuego eran ascuas a la espera de que las avivaran, mientras que el suyo ya estaba extinguiéndose. Veía a mi marido intentar sacar la cabeza del hoyo oscuro y húmedo al que había caído. Joseph resoplaba y daba portazos. Pateaba las paredes. Yo lo observaba porque de ese modo, cuando lo consiguiera, cuando llegara el día en que por fin mi marido lograra asomar (de rabia, muy seguramente), el día en que ya no pareciera vivir condenado, de ese modo me enteraría seguro. Y a lo mejor entonces Joseph podía lanzarme una cuerda.

Pero no lo consiguió.

Por el contrario, lo vi desintegrarse. Ya nunca se bañaba. Yo extrañaba observar sus manos recorrer su cuerpo desnudo, el pelo aplastado por la espuma y el agua. Extrañaba desearlo. Se pasaba días y días sin salir de la cama. Olía, y no del modo agradable que recordaba en él, sino a moho. Ya no intentaba garabatear nada. Se volvió aburrido. Ya no gritaba ni suplicaba. No me llamaba monstruo ni me pedía que lo abrazara.

Reventé uno de los jarrones que, según me contó Joseph, llevaban décadas en Firgesan. Quería que mi marido estallara, que por fin perdiera los nervios del todo. Que se rompiera. Estaba marchitándose. Marchitarse no es lo mismo que romperse; romperse implica tener piezas que volver a componer, mientras que marchitarse supone agotarse, languidecer, perder hueso, morir, y la muerte es lo más aburrido del mundo. Yo necesitaba ver piezas. Así que rompí el jarrón. Joseph me miró con una lástima anodina, como si fuera yo la que me estuviera marchitando.

—¿Qué vas a hacer? —le pregunté, inflándome como un peleonero en el patio del colegio.

Se me había olvidado mi voz, lo alta que podía llegar a ser, el poder que albergaba. Ojalá hubiera tenido algo más que decir. Joseph se arrodilló en el suelo de madera. Iba dejando cada pieza que recogía sobre la palma de su mano extendida, con un diminuto tintineo cada vez. Tiró las piezas del jarrón y yo se lo permití.

El cornejo florido estaba verde y sin capullos cuando me marché, con algunas hojas ya pardas. Había visto a mi hijo y sabía cuál era el final. Ese era el final, así que me marché. Aún me quedaba vida dentro. Y además tenía un trozo de pulmón.

Dejé atrás a Joseph. Y dejé a mi hijo de ceniza.

Regresé a la Ciudad de México en avión con un boleto que no recuerdo haber comprado. Mi amiga Lena vino a recogerme al aeropuerto. Intenté entender cómo supo que yo iba a estar ahí. En una versión de los hechos la llamé antes; en otra, la que me gusta creer, ella sabía que debía ir al aeropuerto porque sabe quererme de la mejor manera que existe.

Lena no lloró ni tenía el semblante serio. Llevaba unos tenis blancos, blancos de verdad, como recién comprados, y pants fluorescentes. Tenía el pelo corto y peinado con la raya al lado, como siempre. No me dijo cuánto lo sentía, nada de pésame, nada de ojos como platos por la lástima. Mostraba una entereza que se me había olvidado que fuera posible en una persona. Me dio un abrazo, breve pero fuerte. Éramos más o menos de la misma altura —bajas— y aprecié abrazar a alguien que encajara tan bien conmigo. Lena me apoyó la cabeza en el cuello y su aliento húmedo me tocó la piel.

La veía dar saltitos diminutos a cada paso con sus tenis blancos; su alegría solo era perceptible para mí. Agarró mi maleta y la iba meneando como si no pesara nada. Me sorprendió descubrir que mi equipaje solo consistía en una maleta; tendrían que haber sido más, al menos siete. O quizá ninguna. Sentía curiosidad por saber qué había metido en ella. Lo único que estaba segura de llevar era el pulmón. A lo mejor Joseph me había hecho el resto de la maleta; pese a que sospechaba que no, tenía la esperanza de que hubiera sido así, de que él y yo hubiéramos estado confabulados, planeando mi escapada: un último esfuerzo conjunto en nuestra vida.

Le di un beso a Lena en la nuca, donde le crecía un vello oscuro y fino; estaba necesitada de querer a alguien que no fuera a desintegrarse. Sorprendida, Lena se giró hacia mí, pero yo seguí andando y la rebasé antes de que pudiera ruborizarse o quejarse, con su delicioso sabor aún en mi boca.

Lena me llevó en coche a casa de mi madre, la casa grande de las Lomas, con dos jacarandas que superaban en altura a los muros. Busqué los lentes de sol en el bolso pero no los encontré. No recordaba llevar lentes de sol desde que meses atrás había estado sentada en la terraza de Firgesan, antes del invierno, bebiendo limonada y viendo a Santiago dibujar. Entorné los ojos ante la luz y me coloqué una mano de visera.

De repente, el sol de la Ciudad de México era un desconocido para mí.

Canela, la perra de mi infancia, una labradora de color café rojizo, corrió a saludarme cuando llegamos, ladrando por la reja. Canela llevaba años muerta. Ese perro no era Canela. No conseguía recordar su nombre, el del sustituto de Canela, no, el sustituto del sustituto de Canela. Nuestros perros siempre eran labradores de color café rojizo.

—¡Almendra!

El grito de mi madre la calló.

Aunque ya la conocía, tardamos un minuto en reconocernos. Me olisqueó. Entonces se me echó encima, juguetona y feliz, y la acaricié.

—Hola, Lucía —saludó Lena a mi madre.

—Hola, mamá —dije.

—Magos —susurró mi madre mientras me daba dos besos.

Mi nombre, salido de su boca, cayó pesado, pesado como el calor.

—Jackie —dijo mi madre una vez dentro, llamando a su asistenta.

Jackie trajo una jarra de limonada a la sala, donde me había sentado al lado de mi madre. Lena se acomodó en un sillón. Jackie tenía el mismo aspecto de siempre: el pelo en una permanente crespa sujeta de mala manera por una delgada liga de color azul, los ojos grandes y entusiastas. Su edad exacta no la sabía con seguridad, pero si yo tenía treinta y pocos, ella debía estar en los cuarenta y muchos, quizá cincuenta. Lo que pasaba con Jackie era que tenía los ojos tan alerta, unas maneras tan vivas, que la edad parecía superflua en ella. Me preguntaba si la gente pensaría eso mismo sobre mí. Me puse en pie y Jackie me dio un abrazo. Me dijo cuánto lo sentía con lágrimas en la mirada. Me llamó *Niña*. Yo, una niña a sus ojos. Le limpié la mejilla con el pulgar. Jackie iba vestida de negro; eso lo recuerdo porque ni Lena, ni mi madre ni yo llevábamos ese color. Yo no me visto de negro.

—¿Tienes hambre? —me preguntó.

Le dije que no, pero de todos modos mi madre le pidió que pusiera un poco de tinga a calentar.

—¿Cómo fue el vuelo? —me dijo mi madre.

En realidad esa no era la conversación que quería tener conmigo. Mi madre no disfrutaba charlando sin más. Lena se levantó y se disculpó, dijo que tenía que volver al hospital.

—¿Por qué? —le preguntó mi madre, y trató de convencerla para que se quedara a comer algo.

Quería que Lena hiciera de amortiguador entre nosotras, sospechaba yo. Mi madre la adoraba, no solo porque fuera una cirujana cuyo éxito no podía evitar atribuirse en parte, sino también porque era en buena medida lo que yo no: reflexiva, decidida, amable.

Yo no quería que Lena se quedara ni tampoco que se fuera. No quería que los días avanzaran: las preguntas, los hechos inevitables que seguirían, la gente a la que tendría que ver, las tías, tíos y primos, mis amistades. Salvo Lena, odiaba a todas mis amistades. Los días que estaban por venir me generaban el deseo de regresar a Firgesan, dejarme marchitar junto a Joseph, agotarme, convertirme en polvo.

Lena se marchó.

—¿Por qué no te regresaste antes?

Esa era la verdadera pregunta de mi madre, la que estaba deseando hacerme.

—Vine en cuanto pude.

—¿Tres meses?

—No han pasado tres meses desde que ocurrió —respondí, sin tener ni idea.

Podían haber transcurrido años o minutos desde la muerte de Santiago, o tres meses como había dicho mi madre. Ni lo sabía ni me importaba, pero quería discutir: mi voz era una vibración robusta que me agradaba ejercitar.

—Tuve que enterarme por Lena. Soy tu madre y ni siquiera me diste la oportunidad de ir a verte. De estar contigo. Con él.

En esa última formulación se le quebró la voz.

Fue entonces cuando me di cuenta de que mi madre había perdido a un nieto. A su único nieto. Qué cosa tan rara que alguien que estaba tan lejos como parecía estarlo ella entonces —en aquella casa grande y soleada de México, con sus suelos de terracota, los arreglos florales y los cuadros de marcos dorados, tan lejos de las cenizas de mi hijo, de la cama de la que nunca despertó— pudiera sentir su pérdida. Santiago era tan mío que no la imaginaba a ella notando su partida.

Me eché a reír.

Los labios de mi madre se volvieron finos, tensos.

—Ve a descansar —me dijo.

—No estoy cansada.

Quería que siguiera haciéndome preguntas, picándome, peleándose conmigo, pero se levantó y se alejó de allí.

—Jackie, súbele a Magos la comida a su habitación.

Jackie entró en mi dormitorio con una bandeja de comida: un vaso de limonada, tinga y una cesta de tela con tortillas. Me preguntó si me ayudaba a deshacer la maleta. Me senté en la cama y me puse a comer mientras ella organizaba la ropa en el clóset.

—¿Qué es esto? —me dijo.

Frente a la ventana, Jackie le daba vueltas al frasco con el trozo de pulmón, como si el sol de la tarde fuera a ayudarla a descifrarlo.

Le quité el frasco de las manos y lo guardé en un cajón lleno de cosas de mi infancia que en otros tiempos habían significado algo para mí. Era un cajón viejo y cojo, que olía a mi yo de niña y no cerraba del todo. Jackie estuvo mirándome fijamente mientras yo atrancaba el cajón a medio cerrar y luego, tras rendirme, sacaba una blusa de la maleta y la doblaba apoyándomela en el pecho.

—Parecía carne —insistió.

—No es nada.

—¿Es un trozo de Santiago? Mi abuela guardó la oreja de mi abuelo hasta que se pudrió y tuvo que enterrarla detrás de la casa —Jackie agarró unos pantalones de mi maleta. Eran de Joseph. Los dobló y los abrazó—. Aunque es más común guardar pelo. La gente a veces se queda con dientes. Los dientes no se pudren.

Lo mío era un trozo de pulmón, así que no me sentía del todo falta de originalidad. Saqué el frasco del cajón y extraje el pulmón usando la mano como cuchara. Era de un color gris purpúreo, del tamaño de una fresa, y estaba húmedo, aunque no tanto como lo recordaba. Me pregunté cuánto tiempo aguantaría; de momento, no había mostrado signos de putrefacción. Se lo enseñé a Jackie, que lo inspeccionó girando la cabeza a un lado y otro para verlo mejor. Extendió la mano abierta para indicar que quería que lo depositara ahí. Me negué. Me daba miedo que, si la dejaba tocarlo, el trozo se desintegrara.

—Es una parte de su pulmón —le dije.

Me esperaba *shock* y repulsión, pero solo hubo un asentimiento de cabeza.

—¿Le has dado de comer? —Jackie señaló el pulmón—. Si le das de comer a lo mejor crece.

—¿Crecer cómo?

—No sé —se echó a reír, pero no capté la gracia—. Es una historia que cuentan en mi pueblo.

—Cuéntamela.

Jackie dobló un suéter con mucha ceremonia y, en cuanto estuvo bien guardado en un cajón, se sentó en mi cama. Yo me coloqué a su lado.

—Dicen que una prima de mi bisabuela, de joven, hace muchos años, quería tener una hija, pero no tenía marido, ni siquiera amante. Entonces, un día, una niña del pueblo murió, una niña muy buena, dicen. La prima de mi bisabuela se coló a hurtadillas en el velatorio y, mientras todo el mundo dormía, cansado de llorar, y el cuerpo de la niña reposaba muerto en la casa, le sacó el corazón —se detuvo y pensé que estaba esperando algún reconocimiento por mi parte, hasta que me di cuenta de que solo era una pausa efectista—. Le dio de comer al corazón; no sé bien con qué, pero lo alimentaba. La prima de mi bisabuela era muy buena cocinera. Pensaba que el corazón iba a crecer y a convertirse en una hija, una niña igual que su anterior dueña.

—¿Y no fue así? —le pregunté después de otra de sus pausas dramáticas.

—No. Se convirtió en un hombre, un joven de su misma edad, un muchacho guapo que la quería con locura, más de lo que ningún hombre ha querido a nadie. Y ella también se enamoró de él.

—Y entonces tuvieron un hijo —dije, con la esperanza de predecir el final del relato—. La niña que ella siempre había querido.

—Sí, así fue, pero ahí no acaba la historia —Jackie se me acercó más, como haría una hermana mayor para retomar su ventaja narrativa—. Alguien apuñaló a la prima de mi bisabuela, justo después de haber tenido a la cría. Y al hombre guapo lo apuñalaron también. Él era tan hermoso y ella era tan feliz que mi pueblo se enojó, muerto de celos por su buena fortuna. La prima de mi bisabuela no era dueña de ese corazón, no debió llevárselo.

—Qué horror.

Jackie se encogió de hombros.

—¿Y qué le pasó a la bebé?

—Desapareció.

—¿Murió?

—Alguien se la llevó. Hay quien dice que se esfumó como un fantasma. Y otra gente dice que en realidad nunca existió.

—¿Y tú te crees esa historia?

—He visto fotos de la prima de mi bisabuela con su hombre, y era demasiado guapo para ser real, de verdad. Tenía los huesos esos tan bonitos de aquí —Jackie se tocó los pómulos, ocultos tras sus carrillos carnosos, comparándolos con los míos, que sobresalían como los de mi madre—. Así como los tuyos.

—Entonces, si le doy de comer a este pulmón, no va a convertirse en Santiago, ¿no?

Miré detenidamente el pedazo de materia gris purpúrea a través del frasco, como si fuera a encontrar en él cierta semejanza con Santiago. Por supuesto no vi nada de eso; solo sabía que el pulmón era suyo porque lo había cercenado yo misma de su cuerpo.

—No —Jackie me miró con una lástima inmensa, lacerante—. Ni modo, mi niña. Eso no es Santiago. Santiago está muerto —su voz era calmada, con su halo de pelo esponjoso—. Lo que tienes ahí es otra cosa.

—¿Y qué es?

—Un trozo de carne. No es nadie. Solo carne.

Existe cierta manera de creer que consiste en creer y no creer al mismo tiempo. Por ejemplo, yo creía que el amante de la prima de la bisabuela de Jackie había nacido del corazón de una niña. No tenía motivos para no creérmelo: por todas partes ocurren cosas extraordinarias sin parar, ¿por qué no en el pueblo de Jackie hace tantos años? Sencillamente, no creía que esa prima y yo viviéramos en el mismo mundo.

—Ya sé que esto no es Santiago —respondí con una risita tonta.

Lo sabía. Sabía que ese trozo de carne no era mi hijo. Ese trozo no me seguía por ahí hablándome de hongos que parecían alienígenas, y que bien podrían serlo, ni me volvía loca negándose a comunicarse conmigo salvo con gruñidos. El trozo ese no me abrazaba de repente ni respiraba en mi pecho en estado de pánico, sin palabras, con resuellos, aferrándose al mínimo ápice de oxígeno que podía. No me saltaba en el regazo ni me pedía que le diera un masaje, ni gritaba sin motivo aparente más allá del contento. No sobresaltaba a Joseph mientras él cabeceaba delante de alguna novela de terror, haciéndolo saltar en la silla y sacudirse para recuperar el equilibrio.

Ese trozo no me hacía reír.

En una ocasión, Santiago me explicó que no podíamos saber dónde existían exactamente los electrones, solo suponerlo, que era una nube de probabilidad, que si no me parecía fascinante, porque nosotros también estábamos hechos de electrones y entonces quizá, si se esforzaba lo suficiente, él también lograría estar en todas partes y en ninguna al mismo tiempo, como los electrones, ¿no? Le respondí que lo intentara. Cerró los ojos muy fuerte, contuvo la respiración y me dijo que aún no podía. Que primero tenía que morirse y luego saltaría a otra posición, saltando y saltando sin parar, siempre inalcanzable pero siempre presente en una nube difusa.

—Seré una nube, mami.

Onduló los brazos como ninguna nube que yo hubiera visto. Le di un manotazo en la frente.

—Ahora mismo estás aquí —le dije—. Yo sé exactamente dónde estás. Siempre.

Se echó a reír y salió corriendo, dando saltos como el electrón que quería ser.

Me llevé el pulmón de Santiago de vuelta a México porque no fui capaz de reunir la voluntad suficiente para tirarlo.

—No deberías darle de comer —me dijo Jackie, buscándome la mirada, tratando de regañarme.

—Pensaba que no te creías esa historia.

—Y no me la creo. Pero por si acaso —se puso en pie para sacar las últimas cosas de mi maleta—. No debería habértela contado.

—¿Te da miedo?

—No me gustan las cosas hambrientas.

Cerró de un golpe la maleta. Ya estaba vacía.

Hacia las tres de la madrugada abandoné el intento de dormir y bajé a la cocina cargada con el pulmón. Las baldosas frías en los pies desnudos me espabilaron. Fuera, Almendra soltó un ladrido perezoso, reacio. En el congelador encontré un recipiente de plástico con caldo de pollo y lo metí en el microondas. El bloque de hielo no se derritió entero pero sí lo suficiente para poder sacar un poco con una cuchara. Fue absurdo: echar caldo en el frasco, bañar el pulmón mientras se le pegaban a la piel pequeños trozos de pollo, zanahoria y apio.

Pero no podía dormir, así que ¿por qué no? Al menos esa noche había encontrado un objetivo: alimentar el pulmón. Lo peor que podía ocurrir era que se pudriera y, entonces, por fin tendría que deshacerme de él.

Metí el resto del caldo a medio descongelar en el congelador, aunque mi madre siempre me decía que no debía congelar la comida dos veces. De nuevo en mi habitación, me quedé mirando el pulmón húmedo y sucio, a la espera de que una boca se abriera de golpe y sorbiera el caldo, aunque no tenía ni idea de cómo se alimentaría un pulmón.

No pasó nada.

Me acosté en la cama, todavía incapaz de dormir. Una grieta recorría el techo de mi habitación de punta a punta. Se había formado durante un gran terremoto, una de las pocas que aparecieron aquella vez en la casa de mi madre. Al contrario que la Roma —la colonia en la que vivíamos Joseph y yo entonces—, el barrio de mi madre no es de los más afectados por los terremotos.

Santiago era un bebé cuando tuvo lugar aquel sismo. Salí corriendo de la casa con él en brazos; se mantuvo muy callado, tanto que casi pensé que se había desmayado, salvo porque tenía sus grandes ojos muy abiertos, las cejas gruesas alerta. También saqué a Joseph a jalones. Se había quedado bajo el quicio de una puerta, agarrado a los bordes, pero la calle es el lugar más seguro si tienes la posibilidad de salir con facilidad. Vimos un edificio caer a media cuadra de nuestra casa, no colapsar del todo, pero sí mecerse, rechinar y quebrarse hasta acabar apoyado en el edificio contiguo. Joseph, al igual que Santiago, permanecía en silencio, asimilando el desastre, como si necesitara reconocer aquello que podría matarnos. Había gente que huía cubierta de polvo, personas de pie en estado de *shock*, otras llorando y gritando.

En aquella época no teníamos coche. Nos bastaba con averiguar los desplazamientos andando o en metro; la ciudad aún nos parecía compacta, manejable. En ese momento no había taxis que pudieran sacarnos de allí y yo necesitaba que nos fuéramos todos a casa de mi madre.

Joseph, repuesto del *shock* por las propias sacudidas, se quedó en la Roma para ayudar. La gente se organizó para retirar los escombros, repartir agua. A Joseph le resultaba fácil ayudar a desconocidos, una cualidad que yo admiraba pero no poseía, ni tenía ningún interés especial en adquirir. En vez de eso, me fui caminando hasta casa de mi madre, un trayecto de dos horas, con Santiago en brazos.

Santiago sufrió un ataque a mitad de camino, cerca del Auditorio Nacional. Se le paralizó el pulmón y empezó a asfixiarse, a ahogarse. Lo acosté en la acera ancha, junto a un grupo de personas sobrecogidas que esperaban un autobús que no llegaba. Santiago tenía los ojos casi salidos del terror, la boca buscando aire con desesperación, los brazos agitados. La gente formó un círculo a nuestro alrededor, pero yo no iba a consentir que nadie se acercara. Santiago era una trucha fuera del agua, sacudiéndose, muriéndose. Le puse una mano en el pecho, hice valer mi peso. Le busqué los ojos y le indiqué que no retirara la mirada, que mantuviera sus ojos fijos en los míos. Eso lo calmó lo suficiente para poder presionarle el pecho y bombearle el pulmón hasta que adquiriera un ritmo constante. Me agarró la mano y se la llevó a la boca. La cerré en un puño y Santiago empezó a soplar, como tratando de inflarme. Sigue, le dije. La gente se arrodilló más cerca de nosotros. Di unos manotazos al aire para mantener a todo el mundo a raya. El pulmón de Santiago era mi terreno conquistado. Su respiración por fin se hizo más profunda y, cuando espiró, noté su aliento recorriéndome el puño.

Los ojos se le suavizaron y el terror le desapareció, no porque se desvaneciera, sino porque se filtró a su interior. *Pulga*, lo llamaba yo. Era pequeño y tenía el pelo oscuro, como una pulga, y como una pulga mordía la vida, se hundía en ella, negándose a soltarla. Alguna gente aplaudió cuando lo levanté y volví a agarrarlo en brazos, vivo, como si yo hubiera obrado algún milagro. No era ningún milagro; no era suerte ni nada divino. Éramos Santiago y yo mordiendo, con las mandíbulas apretadas, chupando vida.

No sabíamos que habría un segundo temblor ese mismo día más tarde, una réplica, ni que el edificio que antes habíamos visto inclinarse se colapsaría por completo. Yo no sabía que tendría que regresar a la Roma, que mi madre me acercaría a mi calle con el coche, todo lo que pudiera, para buscar a Joseph y salvarlo de su propia bondad.

Me lo encontré aturdido en una esquina, embadurnado de polvo. Lo bañé en casa de mi madre, y los tres, Joseph, Santiago y yo, dormimos juntos en mi antigua habitación, mi habitación con una grieta recién formada en el techo.

Mi madre se ocupó de reparar las escasas grietas de la casa poco después del terremoto, pero casi una década más tarde esta grieta reapareció. Sospeché que debía ser un hecho reciente; si no, mi madre ya la habría mandado arreglar. Pocas cosas pasaban desapercibidas en su casa. La tenía inmaculada: la fuente interior funcionaba siempre, salvo de noche; las plantas estaban bien cuidadas, nunca moribundas, ni siquiera habiendo un perro que podía destrozarlas; nunca había polvo; nunca nada estaba fuera de su sitio. Jackie y mi madre formaban un equipo formidable.

Abracé el frasco con el pulmón dentro y traté de dormir. No lo conseguí, o al menos no con un sueño profundo.

Salió el sol.

En el frasco no quedaba caldo. Me había perdido al pulmón comiendo, pero ¡había comido! Tampoco le vi encima ninguno de los restos sólidos de alimento. Lo había absorbido todo. Además, parecía un poco más grande, más firme, como inflado. Salí corriendo de la habitación y me lo llevé conmigo, lista para darle más comida, pero mientras bajaba las escaleras oí las voces de mi madre y de Jackie. Volví apresurada a mi dormitorio y escondí el pulmón en la maleta vacía. Una paranoia repentina me advirtió que si mi madre o Jackie se enteraban, el pulmón moriría. Jackie ya lo sabía, claro, pero no era consciente de que lo había alimentado, de que había contravenido sus temores. Le daría de comer otra vez más tarde.

—Quiero una misa —dijo mi madre.

Jackie me había preparado para desayunar entomatadas rellenas de queso panela. Sabía que eran mis favoritas y su amabilidad me daba calidez. Mi madre solo desayunó fruta y café.

—¿Una misa? ¿Para qué? —respondí, con una espesura intencionada para molestar a mi madre.

—Me ocuparé yo de todo. Es algo que quiero hacer por mi nieto. No podemos velarlo ni organizarle un funeral, así que al menos le daré una misa.

Yo no había estado en muchas misas de difuntos, desde luego en ninguna que recordara de forma más concreta, salvo la de mi padre. Mi madre había llorado entonces, y yo también. Nos vestimos de negro pese a la aversión de ambas por la ropa negra y me mostré lo bastante triste. Quería a mi padre, aunque su muerte parecía encajar en mi vida; no removió unos cimientos muy profundos, al menos no míos, aunque seguramente de mi madre sí. La muerte de Santiago, sin embargo, no me encajaba, pese a que siempre supe que era inevitable. Detuvo mi vida tal y como la había construido. Éramos una unidad de tres, Joseph, Santiago y yo, y sin mi hijo esa unidad dejó de existir. Me quedé sola de nuevo. De nuevo no: en realidad nunca había estado sola.

—No quiero ninguna misa —dije. Mi madre se levantó de su asiento en la isla de la cocina para dejar la taza vacía en el fregadero. Jackie se la quitó de las manos y la lavó—. ¿Mami? ¿Me escuchaste? No quiero ninguna misa.

—Te escuché.

—Vas a hacerla de todas maneras.

—Voy a hacerla, y espero que estés presente.

—¿Y Joseph? —le pregunté.

Joseph, solo en Firgesan.

—Es bienvenido, por supuesto. ¿Cuándo regresa?

—No sé si lo hará.

¿Regresaría? ¿Volvería Joseph a nuestra casa en la Roma?

—¿Se pelearon? —siguió mi madre. Negué con la cabeza—. Es normal que las parejas se peleen en una situación así.

—¿Qué situación?

Mi madre se sentó a mi lado. Los taburetes de la isla de nuestra cocina eran bonitos pero nada cómodos. Me agarró de la mano.

—Sé que crees que estás sola. Que tu pena es solo tuya, que es incomprensible para todo el mundo menos para ti. Pero no es así, Magos —aunque traté de encontrarle lágrimas en los ojos, no se le formó ninguna. Por mucho que me molestara, mi madre era un ser formidable—. Mi niña, esta pena es nuestra. Mía, de Joseph, incluso de Jackie. ¿Verdad, Jackie? —Jackie asintió, se secó las manos húmedas en el delantal y me apretó la otra mano—. Deja que la carguemos contigo.

Noté en la garganta el nudo que hasta ese momento me había esquivado, pero tragué y me zafé de sus manos. No iba a ceder a las lágrimas; me habían rechazado durante tanto tiempo que ya no las quería.

—¿Cómo, mami? —mi madre tensó los labios, esos labios finos que yo había heredado—. Quiero saber cómo —hice el gesto de quitarme un trozo del estómago y pasárselo a ella—. ¿Quieres que cague mi pena y se la dé a ustedes?

—No seas ordinaria, Magos.

—En serio que quiero saberlo, mami. No intento complicar las cosas, lo prometo. ¿Cómo lo hago? Dime.

—Vamos a dar una misa, para empezar.

Durante un segundo tuve miedo de venirme abajo o experimentar algún tipo de epifanía.

—¿De qué servirá eso? ¿Va a ayudarme Dios?

—Esto no tiene nada que ver con Dios. Lo importante es el rito. El momento en que te permites reconocer que pasó lo que pasó delante de quienes te quieren.

—Ya sé lo que pasó, mami —me levanté, enderecé la espalda y alcé la barbilla—. Mi hijo está muerto —declaré, y volví a sentarme—. Ahí lo tienes. Reconocido.

—Sabes muy bien a qué me refiero.

Y lo sabía. Sabía la importancia de esas ocasiones, la importancia de crear un espacio para la honra. Yo solía ser muy partidaria de las ocasiones: cumpleaños, aniversarios, grandes fiestas innecesarias para celebrar que Joseph inauguraba su estudio de diseño, o que Santiago había acabado tercero, o que a Lena le habían concedido una residencia en un sofisticado hospital de Nueva York, tanto al irse como al regresar. En otros tiempos me encantaba tirar la casa por la ventana.

—Haz lo que se te antoje, mami, aunque no esperes que participe.

—Está bien, pero llama a Joseph, por favor. Tiene que estar aquí.

Mi madre me dejó terminarme las entomatadas.

—Riquísimas —le dije a Jackie, señalando la última con el tenedor.

Jackie asintió.

Nadie esperaba que Santiago pasara de su primer día de vida. Vimos las radiografías, su pecho vacío salvo por un fantasma, más o menos en el centro, semejante a un kumquat. Era su pulmón, nos dijeron, como un segundo corazón en miniatura. También nos dijeron que algunas personas sobrevivían con un solo pulmón. En esos casos, el pulmón único crecía un poco más y cumplía la función de dos. El problema era que el pulmón único de Santiago estaba infradesarrollado. Médicos, pediatras y especialistas negaron con la cabeza cuando Santiago nació, como forma de prepararnos para la despedida, para que no nos encariñáramos demasiado. A excepción de Lena. Ella nos aseguró que Santiago sobreviviría, aunque por entonces era solo una estudiante de Medicina. Nos dijo que si había sobrevivido a la conmoción del nacimiento, que si su pulmón único y diminuto había funcionado fuera del vientre, si había respirado de algún modo durante esas primeras y escasas horas, antes de saber siquiera lo que ocurría —respirado con dificultad, pero respirado al fin y al cabo—, que si eso había pasado, Santiago sobreviviría.

Con tres meses de vida, el pulmón no había alcanzado el tamaño que debía, pero sí el suficiente para mantener a Santiago sobre la faz de la tierra. Para su primer cumpleaños, con el pulmón aún pequeño pero tirando, dimos una fiesta que parecía una boda. Joseph y yo nos habíamos mudado a nuestra casa de la Roma, una vivienda art déco de dos plantas, vieja y estrecha, con un patio y grandes maceteros decorados con espejos rotos. Llené esa casa de plantas y convertí el patio en una microselva. No obstante, aquella fiesta la celebramos en casa de mi madre, porque nuestro patio era demasiado pequeño y en el jardín de mi madre cabían sin problemas una carpa y varias mesas. Durante la celebración, Joseph no se separó de Santiago, con los ojos llorosos, con miedo a que, si lo dejaba solo, fuera a despertar de vuelta en el hospital.

Vivimos sustos constantes, como en el jardín de niños, cuando Santiago se desplomó mientras jugaba, o aquella vez del terremoto. En otra ocasión, el pulmón le hizo corto circuito porque Santiago se exaltó argumentando que algunos pájaros habían sido dinosaurios, y que podían distinguirse fácilmente porque esos pájaros eran rojos o tenían algo rojo. Los dinosaurios no veían el color rojo, así que los ejemplares más pequeños y débiles evolucionaron hasta ser rojos para camuflarse y sobrevivir. Se excitó tanto durante ese alegato inventado que se desmayó. A partir de entonces empezó a ser cauto con sus diatribas y se frenaba solo antes de sobreexcitarse. Yo odiaba al pulmón por enseñarle tal autocontrol.

Nuestra vida se dividía en dos estaciones: una en la que Santiago estaba activo y alegre y otra en la que no era capaz de hacer nada sin resollar, toser y rendirse. Esas dos estaciones se fueron alternando a lo largo de nuestra existencia hasta que la segunda acabó por imponerse. Joseph transformó una habitación de nuestra casa en su estudio de diseño. Había estado trabajando en una empresa en Coyoacán, pero tardaba demasiado en ir y venir y no podía soportar estar lejos de nosotros; a diario, al irse, pensaba que ese sería el día en que no regresaría a tiempo de ver a su hijo vivo. Yo también me quedaba en casa y me aseguraba de hacer que nuestra vida fuera lo más disfrutable posible. Montaba obras de teatro. Comedias breves con finales alegres. Los peluches de Santiago eran nuestro público y Joseph, Santiago y yo éramos los actores. A veces se nos unía Lena, y o bien yo le asignaba el papel de narradora (el único en el que destacaba) o se unía al público peluchero. A mí misma me otorgaba el papel protagonista; Joseph era el villano o el amante, y a menudo ambas cosas; y Santiago hacía los otros miles de personajes secundarios, en su mayoría monstruos. Le daba igual que sus papeles no tuvieran nombre. Le encantaba cambiarse de ropa y ponerse los diferentes disfraces que él mismo inventaba.

Yo debería haber sido actriz, por lo mucho que disfrutaba actuando, pero estaba demasiado ocupada haciendo lo que más me gustaba: dirigir el desarrollo de nuestra vida, los tres atados el uno al otro, plenos.

Llamé a Joseph a Firgesan.

—Anoche dormí en su habitación —me dijo—. Qué pequeña es la cama. Deberíamos haberle comprado una más grande.

—Santiago cabía perfectamente en su cama. Esa cama no era para ti.

—Era muy pequeño, ¿no? —Santiago tenía once años cuando murió, pero parecía un niño de siete. Nos encantaba su tamañito—. Intenté no oler demasiado las sábanas, porque se les va aroma cada vez que lo hago, pero no pude evitarlo. He perdido su olor, Magos.

—Mira, Joseph, mi madre está planeando una misa para Santiago. Quiere que estés aquí.

—¿Y tú quieres que esté?

—Sí.

Me sorprendió que eso fuera verdad. Oír su voz me hizo querer tenerlo cerca.

—No creo que pueda —respondió.

—¿Por qué no?

—Es demasiado, regresar allí. A México. Todo allí es él.

—Hay México más allá de Santiago. Yo estaré aquí.

Me parecía estar viéndolo: desaliñado y delgado, desplomado. Me dieron ganas de alargar la mano a través del teléfono y enderezarlo. Quizá darle un manotazo. Resultaba agotador soportar su tristeza.

—¡Jesús, María y José, Joseph! —dije.

Normalmente eso lo hacía reír. En aquella ocasión, no.

—Me abandonaste —contestó.

—Te estoy diciendo que vengas a estar conmigo.

—¿Por qué hiciste aquello que hiciste?

—Quería llevarme un trocito de él.

—¿Qué trocito?

—Un pedazo del pulmón.

Joseph soltó un gemido al teléfono, de dolor o de incredulidad, no supe decirlo.

—¿Cómo es?

—Como cualquiera se imaginaría un pulmón.

—Estaba espantoso, abierto así.

—Estaba muerto. ¿Qué más da?

—¡Era nuestro hijo! Un niño precioso.

—Sí, era precioso.

Joseph lloriqueó con intensidad al teléfono y yo me puse a darle vueltas al cable.

—No tienes corazón —me dijo.

Había un helecho moribundo cerca de las puertas con ventanas que daban al jardín. Tenía las hojas hundidas, pardas y muy finas. Era extraño ver una planta morir en casa de mi madre. De niña yo creía que nuestra casa estaba encantada, que nada podía morir ahí.

—Te estoy diciendo que vuelvas. Te quiero aquí —nos escuchamos respirar el uno al otro—. Por favor.

—Lo pensaré.

Y colgó.

Mi madre organizó la misa: consiguió la iglesia y las flores y se puso en contacto con la gente que debía asistir. Sus nombres flotaban en mi cabeza; me resultaban familiares sin terminar de materializarse. A lo mejor un nombre evocaba una voz, un entrecejo, un par de zapatos increíblemente feos, pero ninguno a un ser humano completo.

El olor de la iglesia, a flores y a antiguo —a podrido—, unido al sonsonete de la voz del cura, me hizo dormitar de ese modo dulce e inevitable sobre el que una no tiene ningún control. Me habría quedado dormida de verdad, mi primer sueño profundo desde que regresé a México, si mi madre no hubiera estado dándome codazos todo el tiempo. Acepté asistir a la misa porque decirle que no a mi madre habría requerido más energía de la que tenía.

Joseph no era religioso, y a mí el catolicismo me resultó aburrido desde chica, cuando mi madre me llevaba al catecismo. A Santiago lo bautizamos porque era otra ocasión para celebrar su vida, pero más allá de eso no habíamos pisado una iglesia nunca. En cualquier caso, a Santiago le encantaba hablar de Dios; decía que a Dios le gustaba hacer esto y aquello, como si fuera un amiguito suyo (estaba desesperadamente falto de amigos). Una vez, comiendo, Joseph empezó a contarnos una historia y Santiago lo interrumpió para decirle que no se preocupase. Joseph le preguntó por qué. Santiago le dijo que a Dios le parecía grosero que la gente hablara con la boca llena, pero que no se preocupara porque Dios no nos estaba observando a nosotros. «Se supone que observa a todo el mundo», le explicó Joseph. Santiago le respondió que no, que Dios elige de quién preocuparse y a nosotros no nos había elegido. Pero que no debíamos estar tristes, porque de todos modos Dios tenía demasiadas normas y en realidad nosotros no queríamos seguir tantas normas, ¿no?

La gente se reunió en casa de mi madre después de la misa. Quienes vinieron me agarraban de las manos, con la mirada gacha, la voz suave. Cuando me retorcía para liberarme de su contacto, mi madre les decía: «Es un momento muy complicado para ella, para todos». Yo me deleitaba en mi grosería, en mi holgazanería, en mi negativa a llorar y también a ser la mujer diligente que les ofrecía a los invitados algo de comer.

Sin embargo, al poco ni siquiera mi grosería podía protegerme ya de la lástima ajena, así que me escabullí de la reunión. Subí a esconderme tras un escaso saliente de la planta de arriba desde el que se veía el recibidor principal de la casa, y espié a mi familia y amistades. ¿Se suponía que debía encontrar consuelo en esas personas? Me sentía sola, completamente sola, tanto que me sentía divina: como una deidad solitaria e insondable para todo el mundo salvo para sí misma. A lo mejor podía creer en el Dios de Santiago, un Dios que existía pero que había elegido no observarme.

Oí a uno de mis tíos preguntarle a mi madre por mí. Los ojos de mi madre se lanzaron directamente arriba, a los míos, que yo creía escondidos. Pensé que vendría a llevarme de nuevo a rastras abajo, pero en vez de eso alejó a mi tío del recibidor.

—Vamos a buscarla —le dijo.

Apareció Lena. Lena odiaba las iglesias y en concreto a Dios, con un desprecio profundo que solo es posible si de primeras ha habido amor, así que no asistió a la misa, ni siquiera por mí, y yo tampoco se lo habría pedido. Llevaba unos jeans anchos, unos tenis blancos, una camisa también blanca y una chamarra bermellón: un impacto de color frente al omnipresente negro. Escandaloso, inapropiado. Magnífico.

Mi madre le pasó una mano por la solapa de la chamarra, un gesto que estipulaba lo mal vestida que iba para una ocasión de tanta pesadumbre, pero no abrió la boca salvo para hacerle saber que yo no me encontraba bien y que me había ido a la cama. Seguidamente le guiñó un ojo. Lena parecía confusa. Mi madre ladeó la cabeza hacia arriba hasta que Lena lo entendió. Yo no comprendía muchas de las maquinaciones de mi madre, pero aunque nunca lo expresé en voz alta, creía que ella pensaba que Lena era la única persona que merecía estar conmigo. La única persona, quizá, a la que yo nunca engulliría.

Lena le entregó a mi madre un ramillete de lilas, también escandalosamente inapropiadas: demasiado alegres y silvestres para significar pena. Mi madre le dio las gracias con un beso en la mejilla y lanzó otra mirada furtiva arriba, hacia mí. Lena esperó en un rincón detrás de una palmera de abanico hasta que no hubiera nadie mirándola y entonces se deslizó escaleras arriba.

—Flaqui —susurré cuando pasó de largo camino de mi habitación.

Solo yo la llamaba «Flaqui», un apelativo cariñoso cuyo origen no alcanzaba a recordar, dado que Lena no era delgada. De todos modos le quedaba bien, por la sonoridad, dura y dulce a la vez.

—¿Qué haces? —me preguntó.

—Shhh, van a vernos.

Con un gesto le indiqué que se agachara junto a mí y se arrodilló a mi lado.

—¿Quién es toda esa gente?

Un ser inferior me habría preguntado cómo estaba.

—Cuervos que vinieron a alimentarse de mi pena.

—Ah, bien.

Me encantaba cómo Lena fingía que mi teatralidad la repelía sabiendo muy bien que en el fondo la disfrutaba.

—Pienso dejar que se mueran de hambre —añadí.

Apoyé la espalda en el saliente, aburrida de espiar, mientras Lena, hechizada por el teatro de mi familia y mis amistades, se empapaba de la reunión. Me había cansado ya de escuchar mi nombre y el de Santiago.

—¿Quién es esa?

Lena señaló a una de mis primas, con mechas y un chongo en el pelo. Una mujer con tres hijos, todos feos y dos sumamente tontos. Intentó ser amiga mía durante años, en vano. Lloraba con unos sollozos escandalosos mientras una tía y su hijo pequeño la consolaban. Representaba el papel de madre doliente: el espectáculo que nos habían enseñado a esperar.

—Es una prima —respondí.

—Está montando un buen número.

Mi madre salió corriendo hacia los sollozos, pero suspiró aliviada al descubrir que no venían de mí. Entonces, como la prima no dejaba de llorar, la cara de mi madre mutó del alivio a la repulsión. Le dio un pañuelo y, después de que se sonara la nariz, la condujo hasta el baño.

—Límpiate bien —le dijo, cerró la puerta y se alejó de allí.

Qué poco tacto, imaginé que me susurraba mi madre.

Lena y yo empezamos a ponernos caras la una a la otra, como niñas aburridas en una fiesta de adultos a la que no teníamos permitido asistir. Por turnos, intentamos darnos manotazos en las manos. Nos reíamos tontamente.

—¿Crees que piensan que lo maté yo? —le pregunté.

—¿Matar a quién?

—A Santiago. Y a Joseph a lo mejor también.

—¿Por qué iban a pensar eso?

—Porque a la gente le encanta una buena historia. Qué escándalo, ¿no?

—Te harías famosa.

—Una historia de terror.

Me puse a mover los dedos, fingiendo que lanzaba un hechizo.

—¿Por qué no vino Joseph? —preguntó Lena.

Me encogí de hombros.

—¿Hablaste con él?

Joseph era amigo de Lena antes de convertirse en mi marido.

Lena asintió.

—Nuestras llamadas consisten en que él llora.

—¿Crees que va a regresar?

—¿Tú quieres que lo haga?

—No lo sé.

Lena me puso una mano en el muslo y yo coloqué mi mano encima. En otra vida, ella habría sido mi esposa. En esta, debería haberle retirado la mano, haberla salvado de mí. Dejé que el contacto persistiera.

—¡Mierda, mierda, mierda!

Lena empezó a dar patadas, se echó de espaldas a mí y me aplastó contra la esquina del saliente. Me la quité de encima de un empujón.

—Pero ¿qué te pasó?

Se hizo muy pequeña, pegada a mi lado.

—¡Mátalo! —dijo y señaló el clóset de la ropa blanca.

La sombra de un ratón, o una cucaracha enorme, pasó apretujada bajo la puerta del clóset.

Me eché a reír.

—¿En serio? Eres cirujana...

—¿Y qué tiene eso que ver? No soy cirujana de ratas.

Me acerqué al clóset.

—¡No lo abras!

Oí un ruido de rasguños seguido por dos grititos diminutos.

—Suena a ratón —dije.

Los rasguños continuaron, acompañados por un siseo agudo.

—Eso no suena a ratón —respondió Lena.

El sonido me puso los vellos de punta, aunque no era especialmente amenazante. Lena se colocó detrás de mí antes de que tuviera oportunidad de abrir la puerta.

—Un momento —susurró.

—¿Qué?

—Voy por una escoba.

—Tendrás que bajar por una. No, espérate.

Corrí a la habitación de mi madre y, de la esquina más alejada del vestidor, saqué una raqueta de tenis, de madera, muy pesada. Todos esos años había permanecido justo donde yo sabía que estaría.

—Perfecto.

Lena me quitó la raqueta de las manos y la blandió como una espada.

—Uno, dos y tres.

Abrí la puerta de golpe. No había nada.

—A lo mejor se metió ahí.

Lena señaló un recoveco oscuro en la balda de abajo, junto a un juego de mantas envuelto en un plástico transparente. Le quité la raqueta a Lena y traté de retirar las mantas con ella. No había espacio para desplazarlas.

—¿Lo ves? —preguntó Lena.

Negué con la cabeza. Entonces oímos un chillido. Y otro.

—Está ahí dentro —dijo Lena, asomándose desde encima de mi hombro—. ¿Tienes una linterna?

No me hacía falta ninguna linterna.

—Voy a sacar las mantas esas. Aplástalo si sale corriendo, ¿de acuerdo? —Lena asintió, poco convencida, pero volvió a encargarse de la raqueta—. ¿Lista?

Jalé las mantas y no salió nada corriendo.

—¿Qué es? —preguntó Lena desde el otro extremo del pasillo.

—Gran ayuda.

—¿Qué es, Magos?

—No lo sé.

Me eché al suelo, bocabajo, apoyada en la barriga. El fondo del clóset estaba oscuro y olía a humedad atrapada. En un rincón se movió algo. Me di cuenta de lo que era, por increíble que pareciera. Alargué la mano y aquello siseó. Retiré el brazo de golpe.

—¿Qué es?

Lena seguía al fondo del pasillo.

—Un ratón —mentí.

—¡No lo toques!

—¿Y qué va a hacerme un ratón?

—Transmiten enfermedades —dijo Lena, y se acercó unos pasos.

Entré en pánico. Si aquello salía corriendo, Lena lo mataría. Volví a alargar la mano y, obviando los repelentes siseos, lo agarré. Una masa. Una masa viva que se retorcía, como una bolsa llena de gusanos. Me lo acerqué al pecho y corrí a mi habitación, dejando atrás a Lena, demasiado perpleja para detenerme. El frasco del pulmón estaba tirado en el suelo, roto. Busqué una caja de zapatos vieja mientras luchaba por mantener agarrada la criatura que se retorcía. La metí ahí dentro.

Era el pulmón, que había cobrado vida.

—¿Magos? —dijo Lena al otro lado de mi puerta.

—¡Voy!

Até la caja de zapatos con uno de mis cinturones y la metí en mi ropero de un empujón. Abrí la ventana. Lena entró.

—Lo tiré —mentí, señalando abajo al jardín—. No quería matarlo.

—Estamos en el segundo piso.

—Un ratón puede sobrevivir a esa caída.

—¡Estás sangrando!

Lena corrió hacia mí y me agarró la mano. Tenía húmeda la manga de la blusa, larga, verde azulada, de seda. Parecía que me faltaba un pedacito del pulgar izquierdo, por la parte de abajo. No mucho, un trozo del tamaño de un chícharo, ni siquiera un chícharo, una lenteja. Aun así, sangraba considerablemente. Lena me llevó a rastras a mi baño, me subió la manga de cualquier manera y me echó agua fría por la mano. Me la enjabonó y me la enjuagó.

—¿Tienes alcohol?

—En el baño de mi madre.

Me arrastró hasta allí, manteniéndome la mano en alto, con el brazo flexionado por el codo. Me limpió la herida con alcohol. La mordedura escocía, pero Lena no la sopló. Me la envolvió con una gasa.

—Los ratones no hacen estas cosas —me dijo.

—A lo mejor no era un ratón. No me fijé muy bien.

—Necesitas ponerte la antirrábica. Voy a llevarte al hospital.

—¿Ahora?

La idea no me parecía terrible. Las voces de la reunión viajaban hasta arriba y quería que me alejaran de ellas. Pero no podía marcharme. ¡El pulmón estaba aquí!

—¿Qué ocurre?

Mi madre entró en el baño.

—Un pequeño accidente —respondí.

Mi madre se quedó mirando las bolitas de algodón ensangrentadas y luego se fijó en la mano vendada.

—¿Qué pasó?

—Tenemos que ir al hospital —dijo Lena.

—¿Al hospital?

—No, mami, Lena es una exagerada. Estoy bien.

—La gente se está marchando —dijo mi madre—. Tu tía Evangelina quiere despedirse. Dice que no te ha visto.

—Ahora mismo bajo.

—¿Estás segura de que se encuentra bien? —le preguntó mi madre a Lena.

Lena asintió reacia.

Bajé y dejé que mi familia y mis amistades me abrazaran. Cuando se marcharon, Lena insistió en ir al hospital.

—La rabia no es ninguna broma —dijo.

—No tengo rabia.

Mi madre y Jackie recogieron los vasos y la vajilla, con la cubertería haciendo ruido al chocar.

—Eso no lo sabes.

Pero sí que lo sabía: el pulmón no podía tener rabia, acababa de nacer.

—Ven, te voy a enseñar una cosa —le dije.

El pulmón estaba allí plantado, dentro de la caja de zapatos.

—Puaj —soltó Lena.

Era redondeado, del tamaño de una pelota de beisbol, aunque un poco más plano, y con una protuberancia (una cola o un brazo, no supe descifrar bien qué) que se meneaba lentamente, como un periscopio que explorara el terreno, que nos explorara a nosotras. Utilizó esa cola-brazo para corretear por la caja. La piel del pulmón se había vuelto más gris, más suave, y le crecían unos mechones de pelusa oscura como parches. Se parecía a un dibujo animado mal hecho, como uno de los monstruos que dibujaba Santiago. Santiago no había heredado el talento de Joseph.

—¿Qué es eso? —me preguntó Lena con una mueca.

—Un pulmón.

—¿Qué es un pulmón?

—Pues eso: un pulmón para respirar.

Inspiré para demostrárselo.

—Sé lo que es un pulmón, Magos, y eso no es un pulmón.

Le conté a Lena la historia de cómo había abierto a Santiago, le había quitado un trozo de pulmón y lo había alimentado. Lena no le haría daño a ese pulmón, no si yo no quería.

—Imposible —me dijo, mirando más de cerca el interior de la caja—. Un pulmón no se puede alimentar. Es un órgano, no un ser independiente.

—Los tejidos se regeneran, ¿no?

—No todos los tejidos, y solo ocurre en las condiciones adecuadas. No con caldo de pollo.

—Da igual. La cosa es que está aquí, vivo.

Lena se acercó para observarlo, más de lo que creí que fuera a atreverse. Como médica, supuse, la habían formado para ignorar sus miedos cuando fuera necesario.

—Yo digo que es una rata deforme —comentó—. Gravemente deforme. Tiene cola, hocico no. ¿Dónde están los ojos?

No le encontramos ningún ojo, solo una boca que se abría lo mínimo con cada respiración. Era una boca ancha, como de pez, que abarcaba la mitad del cuerpo.

—Pobre bicho. Deberíamos acabar con esto ya.

—¿Matarlo?

—Está sufriendo.

—Eso no lo sabes.

—No es el pulmón de Santiago, Magos. Es un roedor amorfo y desgraciado. No puede vivir así.

—Está creciendo.

—Te mordió.

—Lo asusté.

—Magos, por favor. No podemos quedarnos con esta cosa.

—No es nuestro. Es mío.

Volví a ponerle la tapa a la caja y la até bien con el cinturón. Coloqué la caja en un rincón de mi ropero y deslicé la pesada puerta de madera para cerrarla. Recogí los trozos del frasco roto.

—Se escapó. Quiere vivir —le dije a Lena.

—¿Puedo llevarte ya al hospital?

—El pulmón no tiene rabia. ¿Te pareció que la tuviera?

Lena me llevó al hospital y me pusieron la antirrábica. Insistió en que me deshiciera del pulmón, del roedor, como lo llamaba ella. Le aseguré que lo haría.

Mis días se dividían en dos: el tiempo que pasaba con el pulmón y el tiempo que pasaba preguntándome qué hacer cuando me aburría de él. El pulmón creció. Lo alimentaba con ternera y cerdo (el pollo se lo comía, aunque a regañadientes) y con las sobras que lograba rapiñar sin que Jackie o mi madre se dieran cuenta. Lo que más le gustaba era la ternera, y dejaba siempre las verduras con las que intentaba equilibrarle la dieta. Pasó de tener el tamaño de una pelota de beisbol a ser como una sandía pequeña, igual de redonda. Le creció un cabello oscuro, pelaje más bien, que le daba un aspecto mucho menos repugnante. La boca seguía siendo una simple raja ancha. Cuando comía o siseaba (aprendí que su siseo era un sonido más de placer que de amenaza), dejaba a la vista dos hileras de colmillos diminutos, arriba y abajo, grises y afilados.

La mano se me curó y lo perdoné por morderme.

Le aparecieron unos ojos negros, muy separados, como dos bolitas brillantes, justo encima de la boca. No tenía nariz, o al menos ninguna que pudiera verle. Para multiplicar la impresión de contrahecho, la cola-brazo le crecía no en el punto opuesto a la cara, sino más bien en ángulo, y en la punta tenía una zarpa con tres uñas largas y negras, como unas garras; más allá de su engorrosa ubicación, el pulmón la manejaba con habilidad. Con la cola-brazo se movía a rastras por todas partes. La usaba para comer, se rascaba, se colgaba de sitios, enganchando la cola-brazo a la parte más alta del sillón, de mi cómoda o —su lugar favorito— de la barra del ropero en la que yo colgaba mis cosas. En cuanto lograba agarrarse con comodidad, se quedaba ahí, balanceándose. Así dormía.

Mientras el pulmón descansaba (dormía mucho), yo deambulaba por la casa inventando juegos para mí misma. Encontré una bolsa de canicas metida en un cajón del estudio de mi padre, junto a unas revistas porno viejas, amarillentas. Leía las novelas de misterio que había en la habitación de mi madre. Jugaba con Almendra; su juguete preferido era un calamar de peluche sucísimo —que había sido de Santiago— al que le faltaba un ojo y que tenía un tentáculo mordisqueado. Algunos días me limitaba a sentarme en una silla del jardín y ver las sombras moverse. Antes no habría sido capaz de no hacer nada, pero ahora me parecía relajante quedarme mirando. Inspeccionaba mi cuerpo y me pellizcaba la carne, aunque era casi todo pellejo. No salía de la casa; no tenía motivos para hacerlo. Además, me daba miedo que, si me iba fuera, Jackie o mi madre encontraran el pulmón y lo mataran.

Jackie, igual que yo, estaba siempre en casa y tenía obsesión por mi dormitorio.

—No quieres vivir así —me dijo ante la puerta de mi habitación—. Esto es un desastre.

Tenía unos ojos castaños enormes y penetrantes, compensados por una nariz pequeña y redonda que los suavizaba.

—Sí quiero —mi desastre me daba paz. Jackie tenía intención de destruir mi ecosistema y el del pulmón—. A mi mamá no le va a importar que no limpies aquí.

—Ya lo sé.

—Entonces, ¿por qué lo haces?

Jackie arrugó la nariz y me pregunté si sería capaz de oler el pulmón. El pulmón emitía un olor a tierra y a fruta podrida, aunque confiaba en que mi propio aroma ayudara a enmascarar el suyo, así que me volví más apestosa.

—Me gusta mantener la casa en el mejor estado posible —dijo Jackie.

—¿Por qué?

—Es mi trabajo. Y también es mi casa.

Habría sido cruel decir que en realidad no era su casa, solo su lugar de trabajo. Y además habría sido falso. Jackie llevaba casi veinte años viviendo con mi madre. Su labor era borrar los hábitos de mi madre, aplanar la deformación en su lado preferido de la cama, recoger su piyama de donde la hubiera dejado, reordenar sus cremas, lociones y maquillaje, aprender qué productos utilizaba con mayor frecuencia. Si Jackie quería, seguramente podría deducir la vida íntima de mi madre. Yo hacía años que no vivía ahí, años en los que Jackie sí había estado, años en los que esta era su casa cinco días a la semana, luego seis, y ya ni siquiera se marchaba los fines de semana.

—¿Alguna vez te tomas días libres, Jackie?

—No los necesito.

Su padre, el principal motivo por el que se iba los fines de semana, había muerto hacía años.

—¿No sales con nadie?

Se echó a reír.

—Tuve un novio una vez, pero era un menso.

—Podrías encontrar a otro.

—Demasiado lío.

—¿Y amistades no tienes?

—Salgo de vez en cuando. Las niñas de por aquí se la saben. A veces me invitan a bailes. Pero creo que me estoy haciendo demasiado vieja para eso.

—No creo que nadie se haga demasiado viejo para bailar. ¿Y no te aburres?

—No —me miró, no con falta de cariño—. ¿Y tú?

No tuve respuesta para eso.

—¿Puedo limpiar ya tu cuarto? —añadió.

—Voy a limpiarlo yo.

—Bueno. Como no lo hagas nos van a criar ratones.

Jackie se marchó con una última mirada desalentada a todo el desastre. Yo sabía que volvería para intentar limpiar.

Los martes y domingos Lena cenaba con nosotras, y esos días yo me bañaba y me ponía ropa bonita, y recordaba lo que era vestirse bien, combinar colores brillantes y siluetas favorecedoras para crear versiones más pizpiretas de mí misma. Lena solía traer regalos, bizcochos o pan dulce, y a veces una pulsera o un collar, todo indicativo de lo bien que conocía mis gustos. En una ocasión me regaló unos pendientes de plata tallados en forma de diminutas arañas.

—Qué espanto —dijo mi madre mientras les daba vueltas entre sus dedos pasados por la manicura.

Me los puse al instante.

Lena no me preguntaba cómo estaba, aunque yo notaba que le preocupaba. Evitaba hablar de Santiago, pese a que no me habría importado que lo hubiera hecho. Yo no estaba tratando de olvidarlo.

En una de esas visitas, Lena me preguntó si me había deshecho del roedor y le aseguré que sí. No me engañé a mí misma pensando que me había creído, pero no volvió a sacar el tema.

Le pregunté por la mujer con la que estaba saliendo. Al contrario de lo que ocurría con el resto de temas, sobre los que hablaba largo y tendido, me respondió muy seca.

—¿Acaso no te gusta? —insistí, y cuando me dijo que sí, con las mejillas rollizas coloradas, me deleité en la certeza de que estaba mintiendo.

Mi madre y yo nos sentamos en la cocina para ayudar a Jackie a picar ejotes. La cocina tenía unos ventanales que daban a la parte del jardín donde crecía la mayoría de las flores de mi madre. Fuera brillaba un sol luminoso, amarillo y denso.

—¿Necesitas dinero? —le pregunté a mi madre.

Partió un ejote por la mitad y se quedó un momento con los trozos en las manos.

—¿Por qué piensas eso?

Le dije que había visto a Jackie disculparse con el jardinero, un hombre huraño que venía una vez por semana. Le debían el salario de dos meses y el hombre amenazaba con dejar de ir. Jackie prometió que le pagarían.

—Además, me he dado cuenta de que la casa necesita reformas. No te gusta nada que este sitio esté ni un solo punto por debajo de la perfección.

—Olvidé dejarle a Jackie el dinero. Le pagaremos el próximo día que venga.

Jackie se sumió aún más en los ejotes.

—Mami —le agarré una mano—. Puedo ayudarte. Tengo dinero.

Mi madre deslizó la mano para apartarla de la mía y agarró un puñado de ejotes que esparció ante sí.

—No voy a aceptarle ni un peso a Joseph.

—Ese dinero es mío también.

—¿Lo ganaste tú?

—Pues sí, la verdad es que sí.

—No sabía que tuvieras trabajo.

—Cuidaba de mi familia. Todo lo que Joseph y yo teníamos era para los tres.

—Creía que vivían principalmente con el dinero de la familia de Joseph.

—¿Y a quién le importa eso? Estoy ofreciéndote ayuda.

Mi madre agarró otro puñado de ejotes y los partió todos a la vez.

—Tengo ahorros y los depósitos de la empresa. Puedo arreglármelas.

La empresa que mi padre levantó llevaba años tratando de reducir las aportaciones a mi madre o de anularlas por completo.

—Podrías vender la casa. Es demasiado grande para ti. Seguro que es carísima de mantener.

—No pienso vender esta casa. Es nuestra casa.

—Podrías comprarte un buen departamento con ese dinero y ahorrar el resto. Vivir cómodamente.

—Estoy cómoda aquí.

—Mami…

—Ya está bien, Magos —mi madre empujó el tazón de ejotes—. Prefiero pasarlo mal aquí, ser pobre, dejar que la casa se me caiga a pedazos encima y morir con ella.

Jackie se acercó el tazón de ejotes y siguió picándolos. Mi madre llevaba la mata de pelo negro muy peinada hacia atrás, sujeta en un chongo bien arreglado. Tenía las cejas pobladas y expresivas, unas cejas que habíamos heredado Santiago y yo, los pómulos prominentes, los labios finos y rojos y las arrugas precisas, situadas en los puntos exactos para darle un aspecto majestuoso.

—No te pongas dramática, mami.

—Hay cosas que no se abandonan, Magos. Tu papá y yo construimos esta casa, la casa de nuestros sueños. Todas las habitaciones, todos los detalles, son nuestros. Tú te criaste aquí. Esta casa es nuestra familia.

—Nuestra familia es nuestra familia, no la casa.

—La casa también. Este lugar me conoce, y yo me conozco a mí misma aquí —mi madre agarró un ejote y lo mordió—. ¿Joseph por qué no vino?

—No cambies de tema.

—No cambio de nada. Joseph es tu familia. Averigua lo que quieres hacer con ella y déjame a mí con la mía.

Me notaba la garganta seca, pero no logré reunir la voluntad de levantarme y servirme agua.

—Yo ya no tengo ninguna familia —dije.

—Quién está poniéndose dramática ahora.

—¡Mi hijo se murió!

Mi madre me pellizcó la barbilla y me giró la cabeza a izquierda y derecha. Me exploró la cara, las orejas, el cuello, la mandíbula, como si fuera nueva para ella.

—Sí, mi cosa preciosa, se murió. Pero tú no, ¿verdad?

Esa noche estaba acostada en la cama, flotando entre el sueño y el despertar, cuando oí un grito, luego otro más, y después un aullido y un portazo. No tenía la certeza de si estaba dormida o despierta. Entonces Jackie chilló. Me destapé de golpe y bajé corriendo a la cocina.

Avancé a tientas por la oscuridad. Otro chillido. Luego un gruñido.

—¡Almendra! —gritó Jackie.

Salí a un pasadizo estrecho que se abría al patio trasero y a otro patio flanqueado por el cuarto de la lavandería, la zona donde se ponía a secar la ropa y la habitación de Jackie. Me encontré a Jackie con una escoba levantada por encima de sí. Estaba intentando desengancharla de la cuerda de tender. Almendra gruñía. A lo mejor la perra se había vuelto loca. Pero entonces, con ayuda de la luz de la luna, vi el pulmón adherido a los cuartos traseros de Almendra.

—¡Jackie, no!

Pretendía aplastar el pulmón para separarlo del animal; solo le faltaba desenganchar la escoba. Agarré yo también el palo. Jackie intentó que lo soltara. Me puse a jalar y ella hizo lo mismo. La cuerda de tender no iba a aguantar mucho más.

—Por favor, Jackie, no.

Almendra gritaba y se escabulló a un rincón del patio. El pulmón seguía sujeto a ella, con la zarpa de la cola-brazo bien cerrada en un costado de sus cuartos traseros mientras con el cuerpo-bola le mordía el otro.

—Yo se lo quito.

Le arranqué a Jackie la escoba de las manos.

—Pero ¡hazlo ya! —me dijo, y agarró a la perra por el collar, tratando de calmarla.

A Almendra le temblaban las patas, pero dejó de aullar y de gruñir.

Me arrodillé junto a ella, intentando averiguar la manera de retirar el pulmón sin hacerle daño a ninguno de los dos. Sujeté el cuerpo del pulmón con ambas manos. A través de su tacto blanducho noté algo similar a un latido, más fuerte, como una deglución. Parecía que el pulmón estaba bebiendo. Lo jalé. No cedió nada. Jalé más fuerte. Seguía ahí pegado. Dejé de jalar, por miedo a ejercer demasiada fuerza y quizá arrancar un trozo de Almendra.

Opté por agarrar el pulmón por la cola-brazo, justo por debajo de las garras. Con el pulgar y el índice le apreté lo que pensaba que sería la muñeca. Con la otra mano traté de hacer palanca para que abriera las garras y soltara a Almendra. El pulmón no la dejaba ir. Le apreté más la muñeca, hundiéndole las uñas. El pulmón chilló y aflojó la cola-brazo. La retiré de un jalón y la sostuve lejos del trasero de Almendra.

—Agarra esto.

Le tendí la cola-brazo a Jackie.

—No.

—¡Vamos!

El pulmón podía contraatacar en cualquier momento.

—Va a…

—Jackie, por favor.

Agarró la cola-brazo con asco.

—¡No la sueltes!

El pulmón seguía con la boca enganchada a la perra.

Volví a apretarle el cuerpo, con fuerza, usando ambas manos. El pulmón chilló pero continuaba pegado. Apreté más. El cuerpo le cedió, como si se desinflara. No dejé de apretar, aumentando la fuerza muy poco a poco, tratando de calibrar el punto en el que tendría que parar si no quería hacerle daño de verdad. Seguí así. El pulmón se convirtió en un frisbee gordo y peludo, pero sin soltar la mordida. Metí las uñas y le fui pellizcando pliegues de la piel. Ahondé aún más. Y más. Aunque no quería desgarrarle la piel, quizá tendría que hacerlo… Solo que…

El pulmón gritó, abrió la boca y se soltó.

Con el pulmón abrazado, me alejé corriendo de Almendra. Jackie soltó la cola-brazo, que se desplomó floja en el costado del pulmón. Almendra salió disparada en dirección a un hueco bajo el calentador. Mantuve el pulmón agarrado con fuerza por si batallaba para volver hacia la perra, pero permaneció inmóvil. Si no hubiera sido por el gorjeo que llegaba desde sus entrañas, hubiese pensado que había muerto.

Jackie se sentó junto a Almendra y la acarició, y la perra le apoyó la cabeza en el regazo. El pulmón abrió la boca. Lo sostuve lejos de mí por si estaba intentando morderme. Eructó y se le escurrió una gotita de sangre por la comisura de la boca. Un instinto reflejo me decía que debía disculparme en nombre del pulmón, decirle a gritos que era un monstruo, sentir repugnancia. Sin embargo, de haberlo hecho no habría sido sincera. Lo sentía por Almendra, sí, pero el pulmón actuaba sin malicia. Tenía hambre. No sabía que no debía atacarla. El pulmón desplegó la cola-brazo, la estiró y se envolvió el cuerpo con ella, abrazándose a sí mismo. Jackie batalló con las palabras que quería decir durante una serie de inicios en falso y tartamudeos.

—No se lo cuentes a mi madre. No lo entendería —le pedí.

—¿Es el pulmón? —asentí—. Te dije que no le dieras de comer.

—No pensé que fuera a pasar nada.

El pulmón volvió a eructar, se estremeció y cerró sus ojos como bolitas, listo para echarse una siesta tras una comida satisfactoria. Me lo acerqué más al pecho y, como Jackie con Almendra, le acaricié el pelaje.

—¿De verdad es el pulmón? —preguntó Jackie.

Me aproximé para que pudiera darle un vistazo, pero se echó atrás. Almendra se enterró más en su regazo. Jackie se puso en pie y sacó al animal a rastras de debajo del calentador. La perra caminaba tan pegada a ella que iban tropezándose la una con la otra. Las seguí.

En la cocina, a plena luz, Jackie examinó a Almendra.

—¿Está bien? —pregunté.

Tenía dos zonas ensangrentadas a ambos lados de sus cuartos traseros.

—No —me respondió—. Aunque al menos la cosa esa no le arrancó ningún trozo. Lo habría hecho, si... —me agaché hacia Almendra para ver el daño con mis propios ojos, pero Jackie me la apartó. Con delicadeza, le separó el pelo para inspeccionar las heridas—. No puedes quedarte con eso.

Extendí un brazo protector sobre el cuerpo del pulmón.

—Pues voy a hacerlo.

—Es peligroso.

—Lo mantendremos bien a raya.

—¿Y ese plural?

Me puse de cuclillas para colocarme al nivel de Jackie.

—Por favor, Jackie. No puedo dejarlo ir. Le enseñaremos a portarse bien.

—¿Y si no quiere portarse bien?

—Querrá.

—Esa cosa no es tu hijo.

—Ya lo sé.

No me había vuelto loca, aunque Jackie tenía razón: no había manera de saber si era posible enseñar o domesticar al pulmón de algún modo. Ni siquiera sabía cómo había logrado escaparse de mi habitación.

—Ahora mismo tenemos que ayudar a Almendra —añadió Jackie.

—Iré por un poco de alcohol.

Salí corriendo de la cocina con el pulmón. De vuelta en mi habitación, lo escondí dentro de una maleta vacía y me aseguré de no dejar ningún cierre abierto. Entré a hurtadillas en el dormitorio de mi madre, que roncaba levemente. De su baño saqué un bote de alcohol antiséptico, tiomersal, algodón y gasa.

Ya en la cocina, Jackie estaba limpiando a Almendra con un trapo de cocina mojado. Agarró un trozo de algodón, lo empapó en alcohol y le limpió las heridas a la perra, que hacía gestos de dolor pero permanecía sumisa. Las heridas ya no le sangraban.

—No está tan mal —dije.

Jackie me lanzó una mirada horrible y después echó algo de tiomersal con el aplicador en los peores tajos. Almendra se mantuvo con el hocico apoyado en las patas estiradas. Busqué un par de salchichas en el refrigerador y se las ofrecí. Las olisqueó, agarró una con los dientes de delante y la mordisqueó sin entusiasmo.

—Se pondrá bien. Es como donar sangre —continué, aunque yo nunca había donado sangre—. Descansas, comes y te recuperas.

—Almendra no donó nada.

—Es más o menos el mismo principio, ¿no?

—¿Cómo vas a explicarle esto a tu madre?

—Podemos decirle que Almendra se despertó así. Que no sabemos qué pasó.

—No pienso mentirle —la cara de Jackie se suavizó y pasó de la mirada feroz a un gesto de preocupación, con las cejas arqueadas, casi de ternura—. Sé de dónde salió esa cosa, Magos, y lo que debe significar para ti, pero en realidad no es lo que quieres. Es horrible.

—No puedo matarlo y ya está.

—Deja que se muera de hambre.

—¡No!

—No creo que sienta demasiado. Se desmayará y punto. A lo mejor puedes envenenarlo. Es más rápido.

—Esto no va a volver a pasar, Jackie. Y si pasa, prometo que me desharé del pulmón yo misma.

Levanté la mano, pese a que era una promesa que no podía cumplir.

—Voy a guardarte el secreto una semana. Averigua qué hacer con él en ese tiempo.

—Una semana no es suficiente.

—Pues entonces tendré que decírselo a tu madre.

—No va a creerte.

—Le enseñaré el monstruo.

—Yo soy su hija. Te despedirá antes que no creerme. Me aseguraré de ello.

Pese a que ambas sabíamos que mi madre no iba a despedir nunca a Jackie, al menos no por mí, sentí una ardiente necesidad de ser mezquina.

—Vamos —le dijo Jackie a la perra. Almendra la siguió y salieron de la cocina. Mientras se alejaba, añadió—: Haga lo que se le antoje, señorita.

Cuando tenía once años, la misma edad que Santiago al morir, lanzaba cosas por la ventana de mi habitación para saber cómo se romperían. A muchas no les pasaba nada (las muñecas de plástico y los peluches aterrizaban sanos y salvos en el césped del patio de abajo), pero los juguetes de madera sí se rompían, o al menos se desarmaban.

Un día, mi padre me trajo una bola de nieve de un viaje de trabajo a Quebec. Dentro había un pueblo invernal, con los tejados cubiertos de nieve y chimeneas que se alzaban hacia el cielo abovedado. En México, todas las chimeneas que conocía eran únicamente decorativas.

Esa bola de nieve fue lo último que lancé por la ventana, no porque mi madre me castigara, que lo hizo, sino porque la bola reventó de una manera tan gloriosa —una explosión de cristal, agua, nieve y brillantina, el pueblo por completo destrozado— que pensé que nunca sería capaz de replicar una destrucción similar.

Jackie solo me hablaba con los monosílabos imprescindibles. La dejé estar. Yo tenía mi enojo y ella tenía el suyo. Ya me daba igual que le contara a mi madre lo del pulmón. Iba a quedármelo, pasara lo que pasara. Solo confiaba en tener un poco de tiempo para idear un plan. A lo mejor Lena me permitía alojarme con ella. A lo mejor podía volver a Firgesan y vivir con Joseph y el pulmón, o quizá podríamos regresar a nuestra casa de la Roma y que el pulmón ocupara el patio que yo había transformado en una selva. Joseph lo entendería. Era una persona fácil y cariñosa.

—¿Qué le hiciste? —me preguntó mi madre, en referencia a la frialdad de Jackie.

Me había sentado con ella en la terraza que daba al jardín. Jackie se encerró en su habitación con el pretexto de que le dolía la cabeza. Las dos nos habíamos llevado una de las novelas negras de mi madre para leer, aunque yo era incapaz de concentrarme. Había metido el pulmón en una maleta con una pila de libros encima. Odiaba tenerlo preso, pero ¿qué otra opción me quedaba? No quería que deambulara por ahí y lo mataran. Mi madre había llamado a la veterinaria en cuanto fingí descubrir las heridas de Almendra. La veterinaria dijo que no había de qué preocuparse. De todos modos, le puso la antirrábica.

—Creo que sigue preocupada por Almendra —respondí.

—A mí me parece que la perra ya está bien —dijo mi madre. Pese al cono que le había plantado la veterinaria, Almendra había recuperado su esencia juguetona de siempre—. ¿Crees que Jackie quiere dejarme?

—No creo, no.

—No podría soportarlo.

—Te quiere mucho, mami.

—Lo sé, pero se está haciendo mayor. Me temo que la tengo aburrida.

—No parece aburrida. Lleva esta casa como si fuera suya.

—Es que es suya —mi madre me retiró el pelo de la cara. Me había crecido. La mayor parte de mi vida me había sujetado el cabello en una cola, pero últimamente me lo dejaba suelto—. No puedo vivir aquí sola.

—Ahora estoy yo.

—Pero no te quedarás mucho.

—¿Me estás echando?

—Ahora no, pero acabará por pasar.

Almendra me echó las patas delanteras encima y me soltó el calamar de peluche en el regazo. Se lo lancé. La perra salió corriendo. Una de las baldosas de terracota que componían el suelo de la terraza se salió y mi madre la volvió a colocar en su sitio con el pie. No era la única baldosa suelta. El sol se ocultó tras unas nubes y la tarde se enfrió. Volví a retomar el libro.

—¿Qué es lo que quieres, Magos?

—Leer.

Mi madre sonrió. Odiaba el espectáculo pero se le daba genial. A las dos nos pasaba lo mismo.

—¿Y qué pasa con Joseph?

—No sé si va a volver.

—¿Qué va a pasar con su negocio?

—No tenía mucho negocio que digamos.

—¿Tú quieres que se regrese?

Solté el libro.

—Creo que sí. Lo extraño.

—¿Y Lena?

—¿Qué pasa con Lena?

—Está enamorada de ti, ya lo sabes.

—¡Mami!

El amor de Lena era una joya escondida que yo atesoraba, que se suponía que era solo mía.

—Ay, Magos, si es de lo más evidente.

—¿Crees que Lena me aceptaría? Ha pasado mucho tiempo. Y sigo casada. Y quizá siga enamorada de Joseph.

—¿Tú la quieres?

—Sí, pero no me siento atraída por ella.

—¿Por qué no?

—¿A ti te atrae?

—Veo posible que me atrajera, sí, de haberme agarrado más joven. Cualquiera es libre de explorar.

—¿Y Jackie? —pregunté.

Mi madre no dejó escapar nada, ni siquiera un encogimiento de hombros. Me eché a reír y entrelacé la mano con la suya, que tenía más arrugas de lo que yo recordaba pero seguía siendo igual de regia, o quizá incluso más. Llevaba las uñas limadas, con las puntas pulcras y redondeadas, y pintadas de rojo a la perfección. Los anillos le sobresalían brillantes y refinados, una parte más de sus manos como lo eran los huesos. Mi madre me besó la mano.

Cuando Lena vivía con nosotras, en la época de la universidad, me planteé estar con ella. Me atraían su inteligencia y su carácter fácil. En una ocasión nos besamos, un beso delicioso lleno de saliva y de deseo. Sin embargo, me di cuenta de que mi deseo era distinto al suyo. Ella sentía una lujuria carnal, tenía la carne caliente, sus manos se morían por mi cuerpo. Yo no sentía ninguna lujuria, o al menos no una tan física, sino más bien de admiración, una sensación de orgullo por ser el objeto de deseo de alguien como ella. Además, para entonces ya me había enamorado de Joseph.

Empezaron a caer unas gotas de lluvia. Me gustaba la lluvia de México, en cierto modo más amable.

—Lena sabe manejarte.

—¿Y si me gusta estar sola?

—Apenas dijiste que extrañas a Joseph.

—Debería estar sola, ¿no te parece?

—Bueno, pues hazlo. Pero antes tienes algo pendiente.

—¿Qué cosa?

—Encontrar trabajo.

—¿Dónde? ¿Cómo?

—¿No querías ser actriz? Monta una obra de teatro. Averíguatelas.

—Creía que odiabas mis interpretaciones.

—Las odio menos que esta nada.

Comenzó a llover en serio y, aunque estábamos bajo el techo de la terraza, el viento nos traía la lluvia. Recogimos los libros y entramos a la casa.

Contraté a un mozo para que ayudara con las reparaciones que necesitaba la casa. Cuando mi madre lo sorprendió volviendo a cimentar las baldosas de la terraza, lo despidió de inmediato, con el trabajo a medio hacer. Le pagué el encargo entero.

—Esta casa es mía. Déjame a mí llevarla —me dijo mi madre.

Al día siguiente, Jackie y ella terminaron el trabajo del mozo con el cemento que el hombre había dejado, mi madre en pants (no recordaba haberla visto nunca en pants) y Jackie con una pañoleta verde atada a la cabeza. Se pasaron toda la tarde y el día siguiente haciéndolo. Al acabar, brindaron con limonada por su hazaña, felices con su suelo recién renovado, orgullosas de su casa.

Me encontré un cuaderno sin estrenar en mi habitación junto a una elegante pluma fuente. «Escribe un papel nuevo para ti», leí en una nota con la cuidada letra de mi madre, en cursiva. Escondí la pluma y el cuaderno en un cajón y llamé a Joseph. Habíamos hablado de forma esporádica, conversaciones breves que no iban a ninguna parte.

—Vente —le dije.

—¿Por qué?

—Volvamos a nuestra casa.

Yo aún no había regresado a la casa de la Roma. Lena la cuidaba por nosotros.

—¿Por qué me quieres de vuelta?

—No quiero seguir en esta casa.

—Podrías volver tú a Firgesan.

—Nuestra casa está aquí.

—Lo estaba.

—Sigue siendo mía. Ven, Joseph. Deja de comportarte así.

—Estoy de duelo por la muerte de mi hijo, Magos. Tengo permiso para estar deprimido.

Jackie pasó junto al banco en el que yo estaba sentada. Le sonreí y no me hizo ni caso.

—Tengo una cosa que enseñarte —le susurré al teléfono.

—¿Qué?

—Una cosa de Santiago que descubrí.

—¿Qué cosa?

Noté perfectamente cómo se enderezaba.

—Ven y te lo cuento.

—No me andes con juegos, Magos.

—Pero si a ti te encantan los juegos.

Suspiró y su suspiro fue un rugido en el teléfono.

—Te extraño —me dijo.

—Yo a ti también.

—¿De verdad?

—De verdad. Te lo prometo. ¿Vas a venir?

—Podría ir a pasar un par de días.

—¿Esta semana? No aceptaré nada que se demore más de esta semana.

—Intentaré ir el fin de semana.

—¡Trato hecho! —dije, y colgué.

Hasta que llegó Joseph, permanecí encerrada en mi habitación; solo salía para cenar con mi madre y con Jackie. Mi madre me preguntó si estaba escribiendo; parecía la mejor excusa para mi reclusión, así que le dije que sí. Le daba de comer al pulmón y jugaba con él. Le gustaba que lo lanzara al aire y se agarraba a lo que podía antes de caer al suelo. Era increíblemente flexible, como un gato. Podía ocultarse en los rincones más pequeños y hacerse igual de fino que un hot cake. Podía deslizarse por debajo de las puertas y escapar. Coloqué una toalla bloqueando la parte inferior de la puerta. Cuando se dormía, yo intentaba ponerme a escribir, pero no lograba ir más allá de unas pocas ideas mediocres. La mayor parte del tiempo la pasaba caminando de un lado a otro de la habitación, preguntándome qué pensaría Joseph del pulmón, si querría volver con nosotros y retomar nuestra vida en la Roma. Los tres juntos otra vez.

Cuando Joseph apareció, mi madre lo recibió con una sonrisa enorme y se fue hacia él para abrazarlo.

—Mi Joseph, ¿cómo estás? ¿Por qué nos tuviste tanto tiempo abandonadas?

Joseph tenía el mismo aspecto demacrado que cuando lo dejé; la única diferencia era que además parecía estar limpio y que su pelo había recobrado parte de su brillo dorado. Se agachó para abrazarme y yo lo agarré con fuerza. No se quedó demasiado entre mis brazos.

—Tienes buen aspecto —le mintió mi madre—. ¿Has comido?

Jackie le agarró la bolsa de viaje que llevaba, una bolsa para un fin de semana. Yo esperaba una más grande.

—No, no —dijo mientras la dejaba ir—. No voy a quedarme aquí. Tengo un hotel en Coyoacán.

—Qué tontería —respondió mi madre.

Jackie se tomó eso como una indicación de seguir adelante y llevar la bolsa de Joseph arriba. A mi habitación, imaginaba yo. Joseph trató de protestar pero no hizo más que tartamudear.

—Vamos —añadió mi madre, y lo agarró por el brazo y lo condujo a la sala. Se sentó junto a él en el sillón más largo. Yo me acoplé frente a ellos en un sillón—. ¿Nos extrañabas?

—Sí te extrañaba, Lucía.

Joseph se había ganado el amor de mi madre, o su ternura al menos, siendo su admirador más sincero. Pese a estar demasiado incómodo para repartir cumplidos, se quedó mirando como un niño que ve un truco de magia, encorvándose más en presencia de mi madre, como si no se atreviera a ser más alto que ella. Mi madre le frotó la espalda y él sonrió con tal franqueza que pensé que iba a echarse a llorar. O que lo iba a hacer yo. Lo extrañaba.

—¿Quieres una cerveza? ¿Un trago?

Me resultaba raro hacer de anfitriona para mi marido.

—Estoy bien, gracias.

Mi madre no nos dejó solos y se lo agradecí. Necesitábamos tiempo para entrar en calor el uno con el otro y ella era nuestro amortiguador. Serví un tequila para mi madre y otro para mí.

—Bueno, tomaré uno yo también —dijo Joseph.

Chocamos los vasos y, dado que no encontramos otra cosa por la que brindar (aún no se podía mencionar a Santiago), brindamos por México.

Jackie se nos unió. Le daba demasiada vergüenza sentarse con mi madre en el sillón, así que acercó una silla del comedor y se colocó ahí, sorbiendo el tequila que yo le había servido con diligencia, con las piernas muy juntas, apretadas, aunque parecía algo más relajada de lo que había estado los días anteriores. Saqué una crema de cebolla con galletas saladas, paté y cacahuates japoneses. Mi madre contó la historia de cuando conoció a Joseph, de cómo él metió el pie en la fuente del recibidor.

—Qué apenado estabas… Echaste a perder el zapato, ¿no?

—Me puse nervioso.

Joseph se sonrojó, complacido.

La fuente era un espejo de agua con una piedra grande y redonda que arrojaba agua en el centro, delineada únicamente por un dibujo de cantos rodados. De niña, yo sabía que había desagües por todo el derredor, pero quería creer que el agua desaparecía por arte de magia, que un río secreto la llevaba a otra dimensión bajo las piedras. Joseph apenas se había mojado los zapatos en aquella ocasión, pero disfrutaba con la exageración de mi madre, y yo disfrutaba de que así fuera.

Recordé cómo era quererlo, recordé lo perfectamente largo y delgado que era su cuerpo contra el mío, lo delicado, lo adorable. Podía volver a descubrirlo.

Sonó el timbre. Jackie se puso en pie de un salto para atender a la puerta y apareció Lena.

—¡Flaqui! —dije—. No sabía que venías.

—Tu madre me avisó de que Joseph estaba aquí.

—¿Mami?

—Pensé que procedía montar una reunioncita. Hay que celebrar estos momentos.

Lena abrió los brazos.

—¡Joseph, Joseph! —dijo, mientras lo abrazaba y le daba palmadas en la espalda, como si Joseph necesitara echar gases.

Lena quería a Joseph como a un hermano pequeño, se mostraba protectora y encantada con casi todo lo que él hiciera. En la universidad se juntaban con una pandilla cool y rebelde, o al menos así los veía yo. Ellos me veían como a la niña mimada y protegida de las Lomas. Lena y Joseph eran las personas más emocionantes que había conocido, y aunque no esperaba que los dos se enamoraran de mí, no me parecía del todo imposible.

—Me alegro de que hayas venido —dijo Lena—. Por fin.

Serví más tequila y brindamos con los vasos tequileros.

La tardenoche se fue animando gracias al licor y a las historias escandalosas de Lena. Me olvidé de que habíamos perdido algo. Me sentí completa.

Lena había bebido un poco de más y aceptó la oferta de mi madre de quedarse en nuestra habitación de invitados. Joseph insistió en dormir en la sala de estar. Jackie y yo lo ayudamos a preparar el sofá cama.

—¿Seguro que no quieres dormir conmigo? —le pregunté.

—Seguro.

—¿Estás enojado conmigo?

—Estoy cansado.

No conseguía dormirme, así que cuando la casa llevaba unas horas en silencio bajé a hurtadillas a la sala de estar y me colé en el sofá cama. Joseph murmuró algo ininteligible pero no se despertó.

Le agarré la mano y la coloqué en mi vulva.

—¿Qué estás haciendo? —dijo Joseph.

Aparté su mano y empecé a tocarme yo.

Pasado un rato con mi respiración y su silencio, le dije:

—Ven, ayúdame.

Alargó la mano hacia mí y me dejó jugar conmigo misma usando sus dedos largos.

Transcurrieron unos minutos; mi respiración se hizo más intensa.

—¿Te viniste?

—Todavía no.

De todos modos, estaba cerca. Me permitió seguir utilizando sus dedos, su mano caliente contra la mía. Me vine con tal fuerza que me dio un calambre en la pierna izquierda. El dedo gordo del pie se me curvó como en un rictus.

—Ah. Ou —alargué la mano hacia el pie—. Tengo un calambre.

Con la mano ya libre, Joseph me agarró la pierna y me hizo un masaje en la pantorrilla.

—Se me había olvidado que esto te pasaba mucho.

—Solo cuando hacías un trabajo excelente.

—Entonces sí me has extrañado, ¿no?

El placer del orgasmo perduró incluso tras desvanecerse el dolor del calambre.

—Sí, Joseph.

—Yo dejé de extrañarte hace un tiempo.

—Eso no está bien —respondí con una sonrisa.

Entendía el enfado, pero no podía soportar la cortesía.

—No pretendo ser mezquino.

—Pues deberías.

Joseph se incorporó y me empujó la pierna. Yo me eché hacia él y le apoyé la cabeza en el regazo.

—Llegué a tener mucho miedo —me dijo—. Después de que te fuiste y Tío viniera a cuidarme, de repente dejé de sentir. Cuando murió mi madre, Tío absorbió toda la pena y la acumuló en su cuerpo para que a mí no me llegara nada, por eso está tan retorcido y doblado en ángulos raros. Después de Santiago, creí que iba a retorcerme yo también. Quería tener mi pena, pero en vez de eso me quedé con una nada terrible, y me dio mucho miedo. Entonces vi que el miedo sí podía sentirlo, así que me aferré a él. Le tenía miedo a mi soledad. Le tenía miedo a no volver a encontrar a nadie a quien querer. Te culpaba por eso. Por marcharte. Estaba enojado. Furioso. Y ahí ya tuve dos emociones: miedo y furia. La furia me ayudaba a levantarme por las mañanas, a comer, a limpiar la casa y a lavarme yo. La furia incluso me distraía el tiempo suficiente para olvidar mi soledad, y a veces, en ráfagas breves, hasta sentía alegría.

—¿Estás enojado conmigo ahora?

—Sí.

—No pasa nada.

—Te quiero, Magos, pero no sé si puedo vivir contigo, ni si quiero. Así que en realidad da igual que te quiera. ¿Qué voy a hacer con eso? ¿Qué...? Ese amor no me hace sentir mejor.

Lo jalé del pelo, con la esperanza de que, si le hacía daño en la cabeza, a lo mejor el corazón le dolía menos.

—¿Por qué me trajiste aquí? —me preguntó al fin.

Me incorporé.

—Quiero esperar a mañana, cuando no estés tan desanimado.

—Vamos a quitarnos esto ya de encima, Magos, por favor.

Lo agarré de la mano y lo llevé arriba. Dormido, el pulmón colgaba bocabajo en mi ropero.

—¿Es una zarigüeya? —preguntó Joseph.

—¿Te acuerdas del trozo de pulmón que me llevé?

—¿El de Santiago?

—Sí. Bueno, pues le di de comer, creció y ahora es esto.

—Ay, Magos —dijo alejándose de mí y yéndose hasta un montón de ropa—. Eso es imposible.

—No lo es. ¡Míralo!

Se sentó en mi cama, con la cabeza entre las manos, moviéndola en gesto de negación, llorando.

—No pasa nada —le dije, y me senté a su lado y le froté la espalda.

Me sentía torpe ante su llanto.

—¿En serio esto es lo que querías mostrarme?

Me miró con los ojos cansados, húmedos.

—¿Es que no lo ves? Podemos volver a nuestra casa de la Roma. Dejar que el pulmón viva en el patio. Tú regresarás a tu estudio. Y si de verdad quieres, podríamos regresar a Firgesan. En realidad, Firgesan le iría muy bien al pulmón, con todo ese espacio al aire libre. Podríamos…

—¡Magos, para!

—Estoy escribiendo un monólogo —mentí—. Voy a representarlo. Podemos lograr que todo esto salga bien.

Se giró hacia mí con una lástima increíble.

—Me estoy esforzando —le dije.

—¿Mostrándome un animal raro?

—¡Es una parte de Santiago!

—Mira todo este desastre —Joseph se echó a reír. La cara se le puso roja y lloraba, pero esa vez de alegría. Me pregunté si por fin había conseguido romperlo—. ¡Mira esta habitación! Ni siquiera se ve el suelo. Huele que apesta. Y mírate tú, Magos. ¡Tienes una pinta horrible! —se rio aún más—. Y lo digo en el mejor sentido: todo esto es genial, en serio, genial.

—¿Cómo que genial?

Joseph se secó las lágrimas de la cara.

—¿Sabes lo que más me molestaba de ti? Creía que no te importaba que Santiago hubiera muerto. O no tanto que no te importara, sino que de algún modo estabas por encima de ese sufrimiento, que eras tan fuerte que podías seguir adelante. Odiaba pensar que ya estabas rehaciendo tu vida. Odiaba no poder hacer lo mismo. Pero ¡mira todo esto! Eres un desastre. Creo que nunca había visto una blusa tuya mal colocada. Y ahora están todas tiradas por ahí —recogió una de mis blusas arrugadas—. Incluso las de seda.

Se la quité de las manos, la doblé y la metí en un cajón.

—¿Contento?

—Magos, no pasa nada. De verdad. Tú…

—No te pongas condescendiente, Joseph.

—No lo hago. Te lo juro. Yo también soy un desastre.

—¿Podemos hablar del pulmón? Joseph, en serio, creo que podríamos…

—Oye, ¿dónde está? —me dijo, mirando más allá de mí.

El pulmón no estaba colgado en el ropero. Joseph empezó a saltar de un pie a otro como si el suelo le quemara.

—Mierda.

Rebusqué entre un montón de ropa y prendas esparcidas.

—¿Es peligroso? —me preguntó Joseph buscando en otro montón de trapos.

—Claro que no —busqué tras las cortinas, donde a veces le gustaba colgarse. No estaba ahí—. Mira tú bajo la cama —le pedí a Joseph.

Se agachó, echó un vistazo rápido y negó con la cabeza. Me tiré bocabajo y revisé por debajo de la cama. El pulmón no estaba ahí.

—¿Se habrá escapado? ¿De vuelta a la naturaleza?

—No.

—Magos, es un animal.

—Ayúdame a buscarlo o lárgate.

Joseph reanudó la búsqueda entre la ropa. Abrí la maleta donde a veces lo guardaba, pero, más allá de su excremento, no encontré nada.

Mi madre gritó.

—¿Qué fue eso? —preguntó Joseph.

Mi madre volvió a gritar:

—¡Jackie! ¡Ayúdame!

—No, no, no —murmuré mientras salía corriendo.

Irrumpí en su habitación y le encendí la luz. Mi madre estaba en la cama revolviendo las piernas, con las sábanas y las mantas hechas bola en el suelo.

—Soy yo, mami —dije por encima de sus gritos.

Dejó de gritar y echó la espalda hacia la cabecera de la cama, una barrera que no le permitía escapar. El pulmón se le había enganchado al muslo. A mi madre se le heló la cara en gesto de pánico; tenía un aspecto horrible, retorcido, pálido, y abría y cerraba la boca con jadeos cortos.

—¡Quítamelo!

Salté a la cama y me arrastré hasta donde estaba mi madre agazapada.

—No pasa nada, mami. Quédate quieta.

Agarré el pulmón con ambas manos, apreté y tiré. Le pellizqué la piel, pero esta vez el pulmón no consentía ceder.

—Haz algo —le dije a Joseph, que permanecía parado junto a la cama.

—¿Y qué hago?

—¿Qué está pasando? —preguntó Lena, que apareció al lado de la cama, frente a Joseph—. ¿Qué carajos es eso?

—¡Quítenmelo!

Mi madre no dejaba de dar patadas.

—¡Estate quieta!

—Déjame a mí.

Lena me empujó para retirarme. Yo le devolví el empujón, pero no se movió del sitio.

—Ten cuidado con él —le dije.

—Magos, sujeta a tu madre. Lucía, tienes que calmarte. Joseph, tráeme un martillo.

—¿De dónde? —preguntó Joseph.

—¡Busca uno!

—¡No le hagas daño! Puedo desengancharlo.

Aparté a Lena de un empujón.

Mi madre seguía dando patadas. Lena dejó de intentar controlar el pulmón y sujetó a mi madre, que paró de mover las piernas. Encajé los dedos entre el pulmón y el muslo de mi madre, retorciéndolos para buscar la abertura de la boca. Conseguí meterle un dedo y, tras engancharselo como un anzuelo a un lado de la boca, jalé. Me hundió los colmillos en los dedos. Mi madre gritó de dolor. El pulmón no consentía soltarla y yo le estaba haciendo daño a mi madre. Lo dejé. Mi madre volvió a intentar quitarse el pulmón de una patada, pero no conseguía doblar la pierna lo suficiente para llegar. Me golpeó en un costado del pecho.

—¡Ay, mami!

Me retorcí; la patada había sido mucho más fuerte de lo que habría imaginado.

—Sujétala tú —me dijo Lena—. Voy a quitarle esa cosa.

—Trata de meterle los dedos en la boca. No le hagas daño, Flaqui, por favor.

Lena, con un semblante serio y calmado, manejó los dedos para metérselos en la boca con mucha más destreza que yo.

—¡Tengo el martillo! —anunció Joseph, blandiéndolo por encima de su cabeza.

Jackie entró tras él. Se subió a la cama frente a mí y agarró a mi madre, que se dejó caer en sus brazos. La cola-brazo del pulmón continuaba aferrada a la parte de atrás del muslo de mi madre. Yo trataba de hacer palanca para quitársela mientras Lena seguía luchando por liberar a mi madre de la boca.

—¿Le doy un golpe? —preguntó Joseph.

—¡No! —respondí. El pulmón aflojó la cola-brazo y conseguí separarla—. Se está soltando.

Sin embargo, la boca continuaba aferrada. Se empezó a acumular sangre bajo el muslo de mi madre, que se desmayó encima de Jackie.

—Jackie, mantenla despierta —dijo Lena—. Lucía, quédate con nosotras.

—¿Mami? —la llamé yo.

Jackie le fue dando unas palmaditas en la mejilla con cada vez más fuerza hasta que mi madre volvió a despertar al terror. Empezó a dar patadas de nuevo, soltando aullidos, y con la desesperación golpeó a Lena en la cara.

—Estate quieta, Lucía —dijo Jackie, y le echó el cuerpo encima.

Bajo ese peso mi madre se tranquilizó. A Lena le sangraba la nariz, pero mantenía el pulmón sujeto. Soltó un gemido y, jalándolo de las mandíbulas con ambas manos, por fin consiguió abrirle la boca y despegarlo de mi madre.

—Dale un martillazo —ordenó Lena, mientras sostenía el pulmón a un brazo de distancia y se lo ofrecía a Joseph en sacrificio.

—Joseph, no te atrevas —le dije. Joseph dudó—. Por favor. Es el pulmón de Santiago. Por favor.

El pulmón eructó como si no pasara nada.

—Lo siento, Magos.

—Joseph, me lo voy a llevar. Y tú no tienes que venir con nosotros. Pero, por favor…

Joseph dejó caer el martillo. El pulmón chilló, con un sonido suave, y luego nada. La cola-brazo se le hundió y el cuerpo entero se le quedó flácido, derritiéndose en manos de Lena, con todas las estructuras internas cediendo. Lena lo soltó y el pulmón cayó blando en la cama. Mi madre lo apartó de una patada.

—No, no, no.

Lo recogí y lo sostuve contra el pecho, tratando de buscarle los órganos gorjeantes, pero por mucho que lo apretaba, no encontraba nada. Las bolitas brillantes de sus ojos, antes relucientes y traslúcidas como unas canicas oscuras, parecían opacas; las cubría una película lechosa. Al pulmón no le quedaba nada de vida.

Lloré y la habitación quedó en silencio.

Mis lágrimas eran gruesas y moqueaba. Aunque tenía ganas de gritar, mi voz no encontraba fuerzas para hacerlo. Todos los insultos y maldiciones que quería lanzarles se me quedaron atrapados en el estómago. Solo me salía un resuello. El vientre se me endureció y luego lo hicieron los pulmones. Perdí la capacidad para insuflarles aire. Empecé a jadear, respirando con trabajo, como Santiago había hecho tantas veces.

—¿Magos?

Joseph se acercó a mí.

Me obligué a calmarme, a relajar el ritmo de mis pulmones, a hacerlos asimilar oxígeno igual que se lo había ordenado al pulmón de Santiago todas esas veces que le había fallado. Me estaba ahogando. El cuerpo entero se me tensó por el pánico. Trataba de aspirar aire pero no lo conseguía. Moví la boca y fue inútil.

La vista se me oscureció hasta que solo quedó un puntito de luz.

Cerré la mano y me soplé en el puño. El soplido me tranquilizó los pulmones lo suficiente para forzarme a inspirar un poco de aire. Volví a soplar y aspiré más aire. Seguí soplando hasta que inspiré con la suficiente profundidad para que mi visión se despejara y la habitación volviera a aparecer ante mí. Estaba en el suelo. Tenía el pulmón delante de mí. Muerto. Mi madre se agarraba la pierna ensangrentada. Jackie abrazaba a mi madre y le acariciaba la cabeza. Joseph estaba de pie junto a ellas, con el martillo aún en la mano. Lena se había arrodillado cerca. Todos me miraban fijamente.

Eché a correr.

Agarré el pulmón y eché a correr.

Salí corriendo de la habitación de mi madre, de la casa, a la calle.

Por la noche, tarde, las calles de las Lomas están muertas, oscuras, flanqueadas por unos árboles enormes y unas casas también enormes. Iba caminando y me escondía las pocas veces que pasaba algún coche. Con el pulmón en las manos, un monstruo, mi monstruo, me sentía como una fugitiva, aunque estuviera muerto.

Ya no sabía con certeza dónde me encontraba. Vi un parque. La hierba estaba húmeda. Iba descalza.

Pensé en cavar una tumba, pero en cuanto empecé a arañar la hierba, a romperle las raíces, me di por vencida. No iba a pasar otra vez por uno de esos ritos. Coloqué el cuerpo muerto del pulmón en mitad de un jardincito cercado por unos arbustos bajos. Era todo lo que podía hacer por él. Me alejé de allí.

Lena me encontró sentada en una acera.

—Hola, Flaqui —le dije.

—¿Adónde ibas?

—¿Cómo está mi madre?

—La llevamos al hospital. Sobrevivirá. Jackie se quedó con ella.

—¿Dónde está Joseph?

—En la casa, esperando, por si vuelves.

—¿Dónde estamos?

—Seguimos en las Lomas. ¿Dónde creías?

—Pensé que me había alejado más.

—No —Lena se sentó a mi lado—. ¿Dónde está la cosa esa?

—Está muerto. ¿Tienes el coche?

—Sí.

—¿Me llevas a algún sitio?

—¿Adónde?

No respondí. Lena se puso en pie y me ofreció la mano. Se la agarré. Me levantó. Caminamos hasta su coche, un viejo Vocho que Lena adoraba.

—¿Adónde vamos, Magos de la Mora?

—No quiero regresar.

—Pues no te llevaré de vuelta.

—¿Puedes conducir y ya está?

Lena pisó el embrague, arrancó el coche y metió primera. Nos pusimos en marcha.

MAGOS
LENA
JOSEPH
M.

Magos se vino a mi casa y se pegó a mi sillón como una larva envuelta en un capullo de mantas. Era lunes y hacía más de una semana del incidente. El primer lunes tuve que cancelar mi cita con Maritoñi y este otro pintaba igual.

Magos no era consciente de la existencia de esas citas, de esas mujeres a las que contrataba para que me bañaran. El lunes anterior, Maritoñi me escribió: «Sin problema. El lunes que viene (emoji de guiño e icono de jabón)». Ya había llegado ese siguiente lunes. ¿Cuántas citas me había perdido en la última década (sin contar los meses de mi supuesta iluminación, cuando pensé que podría hacerlo sin ellas)? Cuatro. El lunes pasado fue la quinta y este sería la sexta.

Carmina fue la primera mujer a la que contraté. La elegí frente a una librería católica en Tlalpan. El escaparate, recién pintado de amarillo con letras azules y una paloma blanca con las alas extendidas, era la parte más iluminada de la calle, y por eso ella y otras mujeres rondaban por ahí, recorriendo los bordes de la luz arriba y abajo. Carmina me preguntó si buscaba pasar un «rato divino» y se echó a reír. «¡Sexo de diosas!», gritó una mujer por detrás de ella. Carmina también se rio de mi Vocho (mi primer coche, comprado por una miseria, aunque en su momento me pareció que estaba entregando una fortuna), se rio de la carraspera que sonaba cada vez que cambiaba de velocidad, y de mis pants fluorescentes, y se rio por lo lejos de casa que había conducido, aunque yo sabía que no podía ser la primera persona en ir a buscar sus servicios desde tan lejos. Se rio porque la llevé a mi departamento y no a un motel, se rio porque yo era una principiante. Se rio porque yo no era un hombre, y su risa llenó el coche de ráfagas desenfadadas, «jo, jo, jo» más que «ja, ja, ja». Era alta y el pelo le caía cubriéndole los pechos. Cuando se sentó en mi sillón me quedé parada delante de ella porque no estaba segura de cuánto podía acercarme. La minifalda se le subió por los muslos y dejó a la vista el filo inferior de unas pantaletas rosas. Me pescó mirándola y me preguntó si quería tocarla. Negué con la cabeza. Se agarró ella misma el filo de los calzones, jugueteando con los dedos, y gimió de gusto. Le pedí que parara y alargó la mano para agarrarme. Me retiré.

—No pasa nada, cariño —me dijo. Le respondí que me llamaba Lena—. Vamos, Lena.

Abrió aún más las piernas y la falda se le subió otro tanto.

—No tengo miedo —le expliqué.

—No dije que lo tuvieras.

Me bajé el cierre de la chamarra del pants, la sacudí para soltar las mangas subidas y la coloqué bien doblada en el sillón, al lado de Carmina.

—Eso. Desnúdate para mí, Lena.

Se estaba tocando por encima de las pantaletas. A continuación me quité el top; no llevaba brasier. Desnuda de la cintura para arriba, me quedé de pie ante ella. Noté que uno de los pechos me colgaba más que el otro y, cuanto más fijamente me miraba Carmina, más sentía que ese pecho se me hundía mientras el otro permanecía en su sitio, obstinado.

—No tienes por qué hacerlo —le dije después de que soltara un gemido.

—Me pones cachonda, cariño.

—Me llamo Lena —repetí.

—Lena —dijo.

Le pedí que me bañara. Me siguió hasta el baño, donde me quedé completamente desnuda. Ella también se desnudó y dejó la ropa encima de mis pantalones, doblada igual que la mía. Se recogió el pelo en un chongo alto.

—¿O lo quieres suelto?

Le dije que no tenía preferencia. Dejé el agua correr hasta que salió caliente y el baño se llenó de vapor. Le di una pastilla de jabón, que se frotó en las manos para hacer espuma antes de pasármela por el cuerpo. Ni siquiera esa primera vez necesité darle instrucciones. Carmina me frotó entera, empezando por el cuello y hasta llegar a los dedos de los pies. Me tocaba con firmeza e intención. Agarró el champú y me lavó el pelo, con unos dedos fuertes, como dándome un masaje. Permaneció en silencio todo el tiempo, sin gemidos, sin tocarse. De algún modo se dio cuenta de que lo que yo quería no era explícitamente sexual.

Salió de la ducha primero y me dijo que me quedara dentro. Se secó con una toalla, con la que se envolvió el cuerpo, y luego extendió otra toalla seca y me envolvió con ella. Me secó el pelo y el cuerpo, frotándome como una madre secaría a su hija. Me agarró de la mano y buscó mi habitación. Mi desnudez me parecía más pronunciada fuera del baño mientras su mano guiaba a la mía. Me preguntó dónde estaban las piyamas y le indiqué un cajón en el que guardaba partes sueltas de abajo y camisetas. Me dio unos pantalones y una camiseta y me observó vestirme.

—¿Todo listo? —me preguntó.

Respondí que sí, satisfecha como nunca antes me había sentido y al mismo tiempo inquieta al ver que esa mujer conocía mis necesidades mejor que yo misma.

Carmina se vistió en el baño, se soltó el pelo y volvió a ponerse su labial rojo. Le pagué y me ofrecí a llevarla en el coche de vuelta a Tlalpan.

—Estás lista para meterte en la cama —me dijo, y me pidió dinero para un taxi.

Se lo di. Me besó en la mejilla y se marchó. Dormí la noche entera, con unos sueños ligeros, intrascendentes, tanto que luego no recordaba ni uno solo.

Estuve dos años contratando a Carmina todos los lunes, que era su noche más libre. Y entonces desapareció. Las mujeres de enfrente de la librería católica me contaron que se había regresado al norte, a su tierra natal. Las presioné en busca de detalles, pero no quisieron decirme nada, para protegerse entre ellas. Busqué a Carmina, cuyo nombre real desconocía, por toda la Ciudad de México. No conseguía convencerme de que se hubiera marchado de verdad. Pensé que podía estar en peligro y quería ayudarla igual que ella me había ayudado a mí. Encontré a otras Carmina, pero no a ella. Aunque contraté a otras mujeres, iba a Tlalpan al menos un lunes al mes para ver si Carmina había regresado. Estuve tentada de rezar por ella, pero Dios es escoria; no respondería ni a una sola de mis plegarias. En vez de eso, pedí deseos, como se hace al soplar las velas de cumpleaños o al ver pasar una estrella fugaz. Pedí que Carmina estuviera en casa y que alguien la bañara como ella me había bañado a mí, esperándola con una toalla extendida en la que acomodarse e irse a dormir, a salvo y feliz.

—Flaquiii —dijo Magos gimiendo desde la sala.

—¿Qué? —respondí desde la cocina.

—Ven a sentarte conmigo.

—Estoy poniendo el lavavajillas.

El mensaje de Maritoñi apareció iluminando la pantalla: «De camino». Había aceptado el hecho de que ninguna de las otras mujeres lograría lo mismo que Carmina, con su dulzura auténtica e inimitable, y sin embargo Maritoñi hacía un trabajo aceptable, aunque después de tres años conservara un matiz de falsedad.

—Flaquiii.

—Dios mío. Un momento.

Qué niña tan mimada.

—Flaquiii.

—Mierda, Magos. Que ya voy.

Le respondí a Maritoñi: «Esta noche no puedo. Lo siento».

Mi departamento se estremecía entre disparos, quejidos y escupitajos, con los altavoces al límite de su capacidad. Magos no hacía otra cosa que ver a zombis sacar y echar sangre en la tele. Esa serie era mi favorita, aunque después de una semana de tenerla puesta sin parar me di cuenta de que nada tenía sentido: los personajes tomaban las decisiones más estúpidas del mundo solo para que la serie pudiera tenerlos siempre peleando con zombis, nunca a salvo, nunca condenados del todo. Traté de estimular a Magos para que hiciera alguna otra cosa: jugar a las cartas, montar una obra, salir a dar un paseo, incluso ver algo que no fueran zombis. Se negó. Esperé a ver si algún vecino se quejaba por el ruido y así tener excusa para apagar a los zombis, pero nadie lo hizo. Maritoñi me respondió: «¿Va todo bien?».

«Sí. Te pagaré la noche. Lo siento».

«El lunes que viene —me escribió, y luego mandó un solitario signo de interrogación—: ?».

«Seguro», le contesté, aunque no estaba segura. ¿Y si Magos se quedaba más tiempo? ¿Cuál era el plan? ¿Podía pasar otra semana más sin una cita? Tendría que ir averiguando mis mierdas día a día. Magos me había puesto la vida patas arriba. Terminé de llenar el lavavajillas y lo puse a trabajar.

En el sillón me coloqué los pies de Magos en el regazo. Helados.

—¿Tienes fiebre? —le pregunté.

Magos no dijo nada, así que alargué la mano para tocarle la frente.

—Estoy bien, Flaqui. Déjame —una manada de zombis atravesó unas puertas. La pandilla principal entró en pánico—. Ahora sí que tienen un problemón —dijo Magos sonriendo.

Pues claro que sí. Imbéciles. Yo lo haría todo perfecto en un apocalipsis zombi.

—¿Te has bañado? —le pregunté.

Uno de los personajes principales estaba a punto de morir. Lloré cuando presencié su muerte por primera vez, pero en esta ocasión estaba deseosa de que reventaran al tonto ese.

—¿Huelo horrible?

—Sí.

Magos me quitó los pies del regazo. La semana anterior conseguí reorganizar mi horario de trabajo para quedarme en casa y estar pendiente de ella. Pedía comida a domicilio y me aseguraba de que Magos no se muriera de hambre, aunque apenas comía. Le preparaba tés que dejaba a medio beber en la mesita de centro. Intentaba lograr que se bañara, diciéndole lo bien que le sentaría el agua caliente en el cuerpo, pero la única vez que hizo el amago no pasó de sacarse el suéter hasta la mitad de la cabeza. En la pantalla, el tipo murió.

—Ay, no —suspiró Magos, aunque era la segunda vez que veía la serie entera.

—¿Quieres que te ayude? —le dije, acompañada por la música triste de la serie.

—¿Ayudarme a qué?

—Puedo bañarte, si quieres.

—No soy una niña pequeña —me respondió.

Por momentos, Magos se dejaba barrer por algún gesto (un suspiro satisfecho, una relajación de la mandíbula, un movimiento tonto de la mano) que la hacía parecer ligera, casi alegre, y yo pensaba que estaba empezando a salir a rastras del hoyo en el que se hallaba. Pero al instante el gesto desaparecía, como un tic, y me daba cuenta de que no estaba saliendo de ningún sitio. No habíamos hablado del incidente. Magos no preguntaba por su madre, ni por Joseph, que estaba desaparecido. No mencionaba al monstruo.

Busqué en internet criaturas que se parecieran a ese bicho o casos documentados de gente que hubiera convertido órganos en organismos independientes, pero más allá de fantasías y leyendas populares, no había nada. Deseaba haber podido examinar a la criatura, determinar qué era y de dónde había salido. ¿Y si era el pulmón de Santiago? ¿No habría sido un descubrimiento revolucionario: que alguien le diera vida a una criatura únicamente con su pena y un pródigo rechazo a dejar ir las cosas?

Magos jaló la manta hasta taparse la nariz. Yo alargué la mano para recoger la taza más reciente que había en la mesita. El té se le había quedado helado.

—¿Quieres otro? —le pregunté.

No respondió. Reuní el resto de tazas a medio terminar.

—No, Flaqui. Quédate aquí.

Volví a sentarme.

Iba a pasarme la mayor parte del día siguiente fuera por una cirugía que no pude posponer. Me preocupaba lo que hiciera Magos estando sola. La oí resoplar y luego aclararse la garganta. No había llorado. Se hundió aún más en las mantas. Magos había perdido dos veces: primero a Santiago y luego a su monstruo. Las personas podemos soportar bastantes cosas, más de lo que nos creemos capaces, pero Magos no estaba más que empezando a echar el callo de la pérdida.

No podía pedirle a Lucía que viniera a quedarse con ella. Lucía no nos hablaba por causa del incidente; técnicamente no le hablaba a Magos, pero como ella se alojaba conmigo yo quedaba incluida en ese silencio. Intenté dar con Joseph llamando a varios hoteles de Coyoacán, donde dijo que iba a alojarse. Probé también con hoteles de Polanco, del Centro y por la avenida de la Reforma. Ningún señor Joseph Jansen en ninguna parte. Incluso llamé a su tío, Luke, a Nueva York. El hombre no hablaba, solo gruñía, pero en cualquier caso Joseph lo llamaba por teléfono todas las semanas; juraba que entendía sus gruñidos. A mí me sonaban en gran medida ininteligibles, aunque a fuerza de repetirme hasta el filo del acoso logré entender que Joseph no había regresado a Estados Unidos, al menos no que Luke supiera.

—¿Adónde vas? —me preguntó Magos.

—A hacer pipí —dije. Me miró como si fuera a desintegrarse si yo no estaba en la habitación—. Vuelvo enseguida.

—Meas mucho.

—Me mantengo hidratada.

Desde el baño llamé a Jackie. Esperaba que me dijera que no; Jackie estaba en el bando de Lucía de todas todas, pero para mi sorpresa consintió echarle un ojo a Magos durante unas horas. Colgué. Les dejaría un pollo asado comprado, medio, la mitad que no nos comiéramos esa noche. Aunque no oriné, descargué la cisterna para que mi mentira cuajara. Volví al sillón y a los zombis. Magos me colocó los pies en el regazo. En esa ocasión no mencioné lo fríos que estaban.

A lo largo de ocho horas de cirugía, no pensé en Magos ni una sola vez. Estaba entregada a lo que hacía. Mis colegas practicaban para alcanzar esa clase de concentración. A mí me resultaba fácil compartimentar así, hasta tal punto que a veces me preocupaba tener algún tipo de psicopatía aún sin descubrir, y entonces recordaba que, si fuera una auténtica psicópata, no me daría miedo serlo.

Tras acabar, mientras me quitaba los guantes de las manos, con el brillo de la luz verdosa de los fluorescentes, Magos cayó sobre mí aplastándome como una apoplejía. Me lavé las manos en un suspiro. La llamé, pero el teléfono estaba apagado o sin batería. Cero sorpresas. Llamé entonces a mi casa y no respondió nadie; Jackie debía de haberse ido. Le había pedido a Magos que atendiera el maldito teléfono.

Si no había tráfico podía estar en casa en cuestión de veinte minutos, pero esa noche la circulación por la Ciudad de México se mostraba cruel, como tanto le gusta. Me pasé el camino pitando como si llevara una sirena puesta, atascada en el Periférico en un río de luces traseras, incapaz de llegar al segundo piso porque no me quedaba saldo en el TAG; siempre tenía en mente vincularlo a la tarjeta de crédito pero nunca lo hacía. Pité y pité. Los coches me bloqueaban el paso a propósito para enojarme tanto como los estaba enojando yo a ellos. ¡Cabrones! (aunque probablemente en su lugar yo hubiera hecho lo mismo).

Tardé más de una hora en volver a casa. Irrumpí de golpe en el departamento.

—¿Qué pasó? —me preguntó Magos, de una pieza, de pie ante la puerta de la cocina—. ¿Se murió alguien?

—Estás bien.

—Preparé cena.

Todas las luces del departamento estaban encendidas, los zombis habían desaparecido y las ventanas estaban abiertas. Respiré una frescura que llevaba días sin encontrarme allí.

—¿Por qué no contestaste al teléfono?

—Odio hablar con gente que no conozco.

—¡Era yo quien llamaba!

Magos se me acercó y me colocó una mano en la mejilla. Qué astuta. Sabía cómo suavizarme.

—Tienes muy mal aspecto, Flaqui. Estás pálida. ¿Pasó algo en el hospital?

—La cirugía salió perfecta.

—Seguro que tienes hambre.

Magos regresó a la cocina.

—¿Cocinaste? ¿Qué cosa?

Me derrumbé en una de las sillas del comedor, que eran espantosamente rígidas. Cada vez que me sentaba en una pensaba en cambiarlas y, aun así, no lo hacía. Me resultaba difícil dejar ir las cosas.

—Pollo al horno con papas.

Magos me pasó un plato humeante.

Yo por lo general cenaba fruta, quizá una quesadilla. Nunca nada tan elaborado como eso. Olía de maravilla. Magos se había bañado y llevaba un pants viejo mío que le quedaba fatal, aunque de algún modo resaltaba la frescura de su aspecto. Aún tenía el pelo húmedo y olía a frutas. Engullía la comida.

—Pareces animada.

Asintió juguetona pero no me explicó por qué. Cuanto más le preguntara, más postergaría la satisfacción de mi curiosidad, así que no insistí. Me sonreía de vez en cuando, incitándome a ceder y a preguntarle de nuevo. Por la calle pasó el tipo que vendía «tamales oaxaqueños».

—¿Quién habrá hecho esa grabación? ¿Crees que le pagaron? —me preguntó.

—Me gusta pensar que es la voz del vendedor original de los tamales, que fue pasando a sus descendientes.

—Yo antes creía que era un mismo tipo que los iba vendiendo por toda la ciudad. Me parecía increíble. ¡Cuánto trabajaba y qué rápido manejaba el carrito con la bicicleta! ¿Alguna vez les compraste tamales?

Asentí. Magos me miró como si la luz del sol le saliera de los ojos.

—Bueno, vamos. Cuéntame. ¿A qué viene este repentino renacimiento?

—Jackie pasó por aquí.

—Te dije que vendría. Se lo pedí yo.

—Me contó una cosa... —Magos mordió un hueso de pollo y le chupó el tuétano—. ¿Me odian? ¿Fue para tanto lo que pasó?

—Sí, fue para tanto.

—¿Y tú me odias por eso?

—No fue culpa tuya. No sabías lo peligrosa que era la cosa esa.

—Sí lo sabía, Flaqui. Había atacado a Almendra.

—Eso no me lo contaste.

—¿Por qué iba a hacerlo? Jackie quería que me deshiciera del pulmón y tú me hubieras dicho lo mismo. No me importaba lo peligroso que fuera.

Eché mis huesos de pollo limpios en el plato de Magos.

—Ahora ya da igual. Jackie dice que tu madre se está curando bien. Te perdonará. Y Joseph reaparecerá.

—Jackie me dijo que vio el pulmón colgado de un árbol, a tres calles de la casa de mi madre.

La luz que colgaba en el comedor parpadeó. A veces parpadeaba tanto que me daba náuseas. Por eso mismo nunca la encendía.

—Se habrá confundido.

—Me dijo que tengo que pasar por allí para cazarlo —Magos se rio, dio un mordisco y chupó un nuevo hueso—. «Cazarlo», dice.

Fuera rugió una moto. La luz parpadeó más.

—¿Crees que podría ser una jugarreta? ¿Una especie de venganza por lo que les hiciste pasar a Jackie y a Lucía?

Magos dejó el hueso de pollo en el plato.

—Eso sería cruel, y Jackie no es cruel —apartó el plato y se recostó en la silla—. ¿La crees capaz de algo así?

Negué con la cabeza. Magos tenía razón: Jackie no era cruel.

—Entonces vería algún otro animal. Seguimos todas en shock, desconcertadas, y vemos monstruos donde no los hay.

—¿Tú ves monstruos?

Yo no veía monstruos. Tenía otros problemas, que no guardaban ninguna relación con los monstruos.

—No —respondí—. Aunque yo manejo el estrés mejor que la mayoría de la gente. Es mi trabajo.

—Jackie no confundiría el pulmón con otro animal, no después de todo esto. No me daría esperanzas si tuviera alguna duda.

—No creo que esté tratando de darte esperanzas. Quiere que te ocupes de él.

—¿Que lo mate?

Asentí. Magos recogió los platos y los llevó a la cocina. Yo apagué la luz parpadeante. Trajo dos cuencos llenos de fresas y una lata de leche condensada. Ahogó sus fresas en leche. Yo me eché un chorro más ligero.

—¿Crees que voy a encontrarlo, Flaqui?

—No.

—Voy a encontrarlo.

—¿Y?

—Ya veremos.

Magos pinchó una fresa y lamió la leche condensada que goteaba. Me pescó mirando y sonrió. Me metí una fresa en la boca.

—Flaqui, ya pasaron… ¿Cuánto? ¿Tres semanas?

—Diez días.

—¿Solo diez? —Magos se desplomó en la silla; la espalda le cedió—. Guau. Yo…

Fijó la mirada más allá de mí, explorando el departamento como si acabara de darse cuenta de que estaba en mi casa.

Mi casa estaba llena de cachivaches que encerraban momentos dignos de recordarse (en mi opinión), una acumulación material de mi vida destinada a garantizar que no pasara desapercibida. Algunas de esas cosas conservaban su recuerdo asociado: un brunch en el que me reí hasta que me dolió la barriga; un viaje a Argentina, más lejos de lo que nunca pensé que iría; un día bajo la lluvia; una cirugía complicada y exitosa. Sin embargo, muchos otros habían renunciado a sus fantasmas y permanecían allí, sin alma: un jarroncito de Talavera, el cartel enmarcado de una película que no recordaba haber visto, mariposas de cristal policromado, un alebrije de gato con la cola rota. Debería haberme deshecho de ellos, pero estaba esperando a que sus fantasmas regresaran. En mi departamento solo cabía un número limitado de cosas. Mi sueldo me daba para un lugar más grande; me daba para una maldita mansión. Pero me gustaba mi diminuto departamento. Ese sitio me había visto pasar de ser una persona que apenas podía permitirse pagarlo a alguien que podía prosperar fácilmente. Nunca me había juzgado. ¿Por qué juzgarlo yo?

Magos se enderezó.

—El pulmón estará buscándome. Se preguntará por qué lo abandoné.

—Si sigue vivo. Joseph le dio un martillazo. Tú misma me dijiste que estaba muerto.

—Me quedé consternada, Flaqui. Todos ustedes lo querían muerto, así que yo también pensé que lo estaba. Seguramente solo se desmayó. Mi pobre pulmón.

Magos apartó de sí el cuenco pese a que aún le quedaba un par de fresas que yo rescaté. Luego recogió el resto de la mesa.

Me parecía inviable encontrar al monstruo. Probablemente el cadáver se lo hubiera llevado un tlacuache o un perro callejero, o algún ave carroñera. Sin embargo, no dar con él sería el peor resultado posible. Magos necesitaba un punto final. Si localizábamos al monstruo muerto, podríamos retomarlo todo donde lo habíamos dejado, con los zombis y la prolongada permanencia del olor de Magos en mi departamento. Magos siguiendo pesadamente el curso de su pena, por retorcido y abrupto que fuera.

Por supuesto, existía la posibilidad de que lo encontráramos con vida. Jackie se cuidaba mucho de lo que decía. Y si de verdad nos lo topábamos vivo, bueno, entonces no tenía ni idea de lo que podría pasar.

Nos reunimos con Jackie en la puerta de la casa de Lucía. Almendra nos ladró, preguntándose por qué no entrábamos. Yo llevaba una red de pesca, Jackie una pala y Magos nada. Magos nos hizo prometer que no íbamos a atacar al monstruo, que lo atraparíamos y punto. Yo no estaba segura de si Jackie mantendría su promesa, y no pensaba culparla por ello.

Jackie nos llevó al oeste. Pensé que iríamos al sur, a Chapultepec; un parque me parecía el destino propio para un monstruo. Las calles por las que pasábamos eran demasiado residenciales, sin nada aparte de muros que ocultaban casas enormes. Nos acercamos de puntitas al árbol en el que Jackie había visto colgado al monstruo, Magos abriendo camino y Jackie y yo detrás, con la red y la pala levantadas y listas. El árbol estaba vacío. Recorrimos ambos lados de la calle arriba y abajo, mirando en los árboles gruesos, tratando de avistar la bola de pelo negro. Jackie caminaba vacilante, con temor a que esa cosa le saltara encima y tratara de comérsela. Yo no tenía miedo. Creía que la cosa estaba muerta.

—¡Cacas! —gritó Magos, y levantó una bola de excremento del tamaño y la forma de una pelota de golf—. ¡Es caca del pulmón!

Soltó la bola y se limpió la mano en el pants que llevaba. Mis pants. Le ofrecí un pañuelo. Lo agarró y se lo guardó en el bolsillo de la chamarra. Se puso a seguir entonces la caca del monstruo y nosotras íbamos tras ella. Estuvimos una hora subiendo y bajando las calles de las Lomas, describiendo una espiral desde donde Jackie había visto al monstruo, pasando por casas amuralladas, cuidados arbustos, jacarandas, ficus y otros árboles con nombres que desconocía, cubiertas amplias que se extendían y daban una sombra agradable frente al sol. En otros tiempos esos árboles, tan ricos y tan extraños, tan poco míos, me habían dejado maravillada, cuando Magos y Lucía me llevaron por primera vez a su casa. En aquella época Magos no me conocía demasiado, pero a mí eso me daba igual: vivía aferrada a la idea de hacerme médica como garrapata monomaniaca, y si ella no me hubiera ofrecido su ayuda habría tenido que abandonar los estudios.

Mi llegada al mundo fue inesperada, cuando mis padres tenían más de cuarenta años y mi hermano ya había cumplido los dieciséis. Mi madre creía que yo era un demonio enviado para arruinar a su familia. Me culpaba de su depresión, de haber tenido que dejar el trabajo y de que mi hermano hubiera ido a la cárcel. Más allá de la iglesia, se pasaba la mayoría de los días encerrada en su habitación viendo la tele. Mi padre trabajaba de día en una fábrica farmacéutica y de noche como vigilante en un parque industrial. Mi madre me culpaba también de su ausencia.

Mi padre me decía que debía ser paciente con mi madre, que estaba enferma. «¿Por qué no puede tomar medicinas?», preguntaba yo, pero mi padre me contaba que su dolencia era del alma y que solo Dios podía curarla. Yo rezaba por ella, para que se pusiera mejor. Me portaba bien. Mantenía la casa impoluta. Me preparaba mis propias comidas y le dejaba a mi madre su ración en una bandeja ante su puerta. Raras veces se comía lo que le cocinaba, por miedo a que la envenenara. «¿Por qué no nos dejas en paz?», me preguntaba, y yo me esforzaba aún más. Me ponía unos vestidos anticuados que me hacían parecer una niña buena de cuento; eran tres modelitos almidonados con cuellos blancos festoneados que mi padre encontró en el tianguis, en tonos azul pastel, rosa pastel y amarillo pastel. Cuando me quedaron pequeños, me limité a llevar solo el uniforme de la escuela: falda, calcetines por la rodilla, zapatos negros y un suéter verde bosque.

Algunos días, si llegaba a salir de su habitación, mi madre me desnudaba y me buscaba marcas en el cuerpo, algo que poder enseñarles al cura y a mi padre para que vieran que yo era de verdad un demonio. Me arañaba como si la piel se me pudiera pelar y debajo escondiera la carne escamosa de diablo. Yo me cepillaba todas las noches el pelo largo para que me brillara y mi madre me lo alborotaba tratando de encontrarme cuernos en la cabeza. Le hablaba con delicadeza y nunca decía palabrotas, pese a que ella habría sido más feliz si le hubiera chillado y gritado obscenidades.

En la iglesia me tenía menos miedo. Rezaba por mí con los ojos cerrados y apretados. Estando allí creía en mi redención, en la salvación de su familia. Yo odiaba tener que arrodillarme, el avemaría, el padrenuestro, las campanas y los rituales, la voz piadosa del cura como si no fuera un hombre normal, el olor a incienso y a alcanfor. Aun así, la iglesia me daba un respiro, un lugar en el que mi madre no me atacaba; a veces incluso me compraba una oblea con cajeta en la puerta.

Tardé años en darme cuenta de que mi madre nunca me vería como a una hija. Daba igual que yo mostrara el aspecto y el comportamiento perfectos de una niña dulce: para ella era un demonio que fingía ser bueno, artero, dispuesto a destruirla en cuanto bajara la guardia. Con trece años, cuando por fin entendí que no importaba lo que hiciera porque mi madre nunca iba a quererme, empecé a comportarme con aún mayor dulzura. Era empalagosa. «Mamita», la llamaba, sonriendo grotesca. Le ponía los crucifijos bocabajo, les arrancaba los ojos a las vírgenes. Ella me daba manotazos, jalones del pelo. «¡Déjame vivir!», me gritaba, y me pegaba con más fuerza. Si mi madre estaba cansada, yo bajaba más la voz, ampliaba la sonrisa y gruñía como un demonio: «Mamita, te quiero». Me alejaba y se quedaba llorando.

Me convertí en su demonio. Necesitaba hundirla antes de que ella me hundiera a mí.

Cuando cumplí catorce y mi madre intentó envenenarme, mi padre me mandó a vivir con su tía, mi tía abuela Leti, una mujer con el pelo blanco rapado que se pasaba las tardes chismeando sobre parientes a los que yo no conocía. Fue la primera persona en calificarme de inteligente, y despreciaba a la Iglesia, pero no a Dios. Convertirme en médica parecía la cosa más complicada de lograr y la más próxima a ser divina. La tía Leti vio cómo me admitían en la UNAM aunque murió poco después. Yo no podía abandonar los estudios. Así que Magos me acogió.

Viví con Magos, Lucía y Jackie durante más de tres años. Magos decía que éramos hermanas, pero dejó de hacerlo en cuanto las dos nos dimos cuenta de que me había enamorado de ella. Magos, la niña rica del pelo largo, amiga de una amiga, que me había hablado durante una fiesta, que se había enganchado a mi brazo como si me conociera de años. Me marché un mes después de que diera a luz a Santiago. Joseph se había mudado a la casa y yo estaba en medio. Además, por fin pude permitirme un hogar, el departamento en la colonia Del Valle, donde aún vivía.

—¿Por qué no encontramos más? —preguntó Magos.

—El monstruo no puede estar cagando por toda la colonia de las Lomas. La mierda es finita —respondí.

—Tiene que andar por aquí.

—Eso espero. Lucía no va a poder dormir con esa cosa rondando —dijo Jackie.

—¿Se lo dijiste a mami?

—Tendré que hacerlo si no lo atrapamos.

Diez minutos después, Magos vio un nuevo rastro de caca que nos condujo hasta la entrada del parque situado sobre la Barranca de Barrilaco.

—¿Entramos? —preguntó Magos.

—Tú eres la rastreadora de cacas —le dije.

En ese parque había partes que eran un bosque salvaje y caótico, pero otras mostraban la mano cuidadosa del ser humano, con caminos empedrados, buganvillas formando pulcros arbustos, barandales... Recorrimos una serie de senderos que entrecruzaban la barranca pasando por puentes. Había llovido los últimos días, por lo que el parque lucía lozano, verde y enlodado.

—Por ahí.

Jackie señaló a un grupo de gente asomada a la barranca.

Había una pareja adolescente agarrada de las manos mientras un hombre le daba con un palo a un par de gatos destripados. Los animales estaban a solo unos centímetros de donde caía la barranca. Una mujer se tapaba la boca con la mano pero sin retirar la mirada. Los árboles daban sombra a la zona. El olor a sangre y a entrañas no desvelaba ninguna podredumbre: a esos gatos los acababan de matar.

—¿Qué pasó? —pregunté.

El hombre del palo señaló un árbol que se alzaba desde lo más hondo de la barranca. En una de las ramas estaba colgado el monstruo, como un fruto negro, redondo y peludo.

—Esa cosa los mató.

—¡Mi pulmón! —Magos trató de correr hacia él, pero la caída era pronunciada. Probó a deslizarse, aunque la jalé antes de que se revolcara—. ¡Pulmón! —gritó. El monstruo se enroscó hacia arriba para mirarnos—. ¡Pulmón!

—No lo llame —dijo la mujer que se cubría la boca.

—¡Pulmón! —el monstruo se pasó a una rama más próxima a nosotros, ágil con la cola-brazo—. ¡Pulmón!

Se acercó aún más. La mujer salió despavorida. El monstruo aterrizó en un arbusto que sobresalía en la pared de la barranca, solo unos metros por debajo de donde estábamos. La muchacha de la pareja le lanzó una piedra. Falló. El hombre daba golpes en el suelo con el palo, pero el monstruo no se encogía. La chica agarró otra piedra.

—No —dijo Magos—. Somos profesionales. Lena, diles que somos profesionales.

—¿Qué?

—Vinimos hasta aquí a llevarnos ese animal. Lena, díselo.

—Vinimos hasta aquí a llevarnos ese animal.

—¿Profesionales de qué? —preguntó la muchacha.

El hombre del palo se nos acercó.

—Atrás —le dije activando el modo cirujana, y blandí la red al aire—. Somos profesionales —le di con el codo a Jackie, que también levantó su pala—. Apártense ahora mismo.

La pareja adolescente y el hombre del palo se unieron a la mujer en el sendero, más allá. El monstruo abrió la boca y gruñó. Los colmillos le brillaban ensangrentados. Magos se deslizó hacia él, pero la jalé.

—Yo me ocupo. Jackie, sostenme —Jackie me agarró de la mano—. Magos, sujeta a Jackie y ánclate a ese árbol, ¿de acuerdo? —hicimos una cadena. Me deslicé barranca abajo y el monstruo retrocedió—. Magos, llámalo.

—Déjame ir a mí.

—¡Que lo llames!

—¡Pulmón! Pulmón, ven aquí.

Los ojos del monstruo, dos canicas negras, sobresalieron ante la voz de Magos. Aquella cosa gruñó inquisidora. Solo iba a tener una oportunidad con la red: si no lograba atraparlo, estaba bastante segura de que el bicho no se quedaría quieto en el sitio.

—Pulmón. Pulmoncito —lo llamaba Magos.

El monstruo se soltó del arbusto. No cayó. Estaba encajado, con la cola-brazo enroscada hacia arriba, como un periscopio. Tenía los ojos fijos en los míos. Lancé la red. El monstruo saltó hacia mí. Me escurrí del agarre de Jackie.

Mierda.

Arañé a mi alrededor pero no logré agarrarme a nada. Golpeé contra algo tras tropezarme en la bajada. Vi hojas revolotear encima de mí.

Vi el cielo.

La pared de la barranca se alzaba sobre mi cuerpo. Inspiré para confirmar que estaba viva. Apestaba a barro, me dolía todo, estaba mojada. Me moví para levantarme, pero no había suelo por ningún sitio que pudiera sostenerme. Estaba en un saliente. Aguanté. El dolor me atravesaba la muñeca izquierda, pero no me solté. Aún quedaba una caída pronunciada barranca abajo. Logré incorporarme, sentada, con las piernas colgando. Me toqué la cabeza en un intento por averiguar si me la había golpeado. Podría haberme roto el cuello.

—¡Socorro! ¡Socorro! —grité.

No veía a Jackie ni a Magos, ni a nadie, pero oía cierta conmoción más arriba.

—Lena.

Jackie se asomó.

—¡Socorro!

Desapareció de nuevo. Oí voces. Discusiones.

—¡Socorro!

No podía salir de la barranca yo sola. Tampoco sabía cuánto tiempo más me aguantaría el saliente, ni si podría sobrevivir a otra caída.

—¡Socorro!

—¡Aguanta! —me dijo Jackie.

Bajó resbalándose lentamente, agarrada al hombre del palo, que también se deslizó. Alargué el brazo hacia Jackie, pero estábamos demasiado separadas. Jackie le pidió al hombre que bajara más, y pese a que lo intentó el barro patinaba muchísimo. Estuvo a punto de dejar caer a Jackie, que se agarró a él con ambas manos, y entonces el hombre volvió a jalarla. Me puse de rodillas. Algo crujió. Abracé la pared y hundí los dedos en la piedra.

Jackie se deslizó de nuevo, más lento. El hombre la tenía sujeta por una mano y a su vez a él lo sostenía el muchacho, a quien alguien agarraba también. Coloqué un pie en la roca para comprobar su resistencia, para asegurarme de que no iba a desmoronarse. Me impulsé. El pie me patinó en el barro. Jackie me atrapó una mano y con la otra me aferré a una grieta de la pared. No me importaban ni el dolor ni las ganas que tuviera mi mano de resbalarse y soltarse. El hombre jaló. Jackie jaló.

Salí a rastras.

Estaba llena de barro y arañazos, pero nadie iba a fijarse en mí: Magos tenía al monstruo en brazos, sujeto como un bebé. La muchacha quería tocarlo, aunque estaba demasiado asustada y no se atrevía. El chico y el hombre no se acercaban a esa cosa.

—¿Qué es? —preguntó la chica.

—Una especie rara —respondió Magos.

—¿Adónde lo van a llevar? —quiso saber el hombre humildemente, impresionado por nuestros actos heroicos, por torpes que fueran.

—A una reserva.

—¿En Chapultepec?

—Al norte. En Sonora. Es una especie del desierto.

El grupo intercambió miradas, todos asombrados. Se me habían roto los jeans por las rodillas, me sangraba el brazo y tenía más de una espina clavada en la mano.

—Hora de irnos —dije.

—Flaqui. Madre mía.

Magos me quitó una ramita del pelo. El monstruo se me quedó mirando y gruñó. Magos lo abrazó aún más y le dio un beso en la cabeza.

Mi madre pensaba que yo era un monstruo y por eso no me quería, y a esa cosa, que era un maldito monstruo de verdad, sí la querían.

Le di un empujoncito a Magos para que se pusiera en marcha. Jackie dudó si seguirnos; podría haberle contado al grupo que éramos unas impostoras, que esa cosa no era ningún animal del desierto, que era peligrosa y que todos debían ayudar a su destrucción. Magos la miró con ojos suplicantes. Jackie agarró la pala, le dio las gracias al grupo y se alejó con nosotras.

—¿Cómo lo atraparon? —pregunté cuando estábamos cerca de la casa de Lucía.

El cielo se había oscurecido y empezaban a caer gotas de lluvia.

—Jackie lo apaciguó —respondió Magos, peinándole al monstruo el pelaje con los dedos—. ¿Está más grande? Yo creo que sí. Desde luego, pesa más.

—Se puso gordo con los gatos del barrio —dije.

Jackie se nos plantó delante y nos detuvo.

—¿Qué harán con él?

—Llevarlo a casa. Con Lena.

—Yo no quiero a un monstruo en mi casa.

—Flaqui, por favor. Lo meteremos en la habitación que tienes libre hasta que averigüemos una solución permanente.

—¿Permanente? —preguntó Jackie. Pasó un coche y de forma instintiva nos apiñamos junto a una pared como si estuviéramos delinquiendo. Jackie susurró—: ¿Acaso piensas quedártelo? Mi niña, por favor. Apenas dijiste que esta cosa está más crecida. ¿Qué tan grande va a ponerse? Ahora ya es peligroso, imagínatelo más grande.

—Jackie tiene razón —dije.

—¿Acaso las atacó ahora? ¿A alguna de las dos? Podría haberlo hecho y no. Ya aprendió la lección.

—Con los gatos no parece que haya sido así.

—Solo necesita tiempo. El pulmón se convertirá en un niño. Tú misma me lo dijiste, Jackie. Como lo de la prima de tu bisabuela.

Magos le mostró el monstruo a Jackie, que dio un paso atrás.

—¿Y si no se convierte en un niño? ¿Y si se queda como está? ¿Una cosa salvaje? ¿Cómo vas a quedártelo? ¿Metido en una jaula?

—¿Qué alternativa hay?

—Matarlo —dije.

—¡Flaqui!

—Es que esa es la alternativa.

Retumbó un trueno. La lluvia arreció.

—¡Ya está bien! —gritó Magos, y apretó al monstruo, que soltó un chillido—. Perdón —el monstruo le enroscó la cola-brazo en el bíceps—. Jackie, muchas gracias por llevarme hasta mi pulmón. Gracias, de verdad. Pero esto ya no es problema tuyo. Siento haberlo tenido en la casa, siento que atacara a mi madre, pero de ahora en adelante juro que no tendrás que volver a verlo si no quieres. Lo mantendremos a salvo con nosotras.

—¿Nosotras? —pregunté.

—De momento, Flaqui, por favor. No tengo otro sitio al que ir.

Tenía la casa de la Roma, aunque eso no se lo dije. Quería que se quedara conmigo, pese a que el precio de su compañía fuera tener también al monstruo. Jackie levantó las manos en gesto de rendición.

—Está bien —dijo, y se alejó.

—Por favor, no se lo cuentes a mi madre —le gritó Magos desde atrás—. Todavía no, por favor.

Jackie siguió caminando.

Metimos al monstruo en la habitación de invitados, con la puerta siempre cerrada salvo cuando Magos entraba para darle de comer o jugar con él. Pese a que, según ella, el hueco de debajo de la puerta era demasiado estrecho para que se colara, de noche colocábamos una toalla. Yo no podía dormir. Había perdido mi rutina de baño de los lunes y, además, ahora Magos dormía en mi cama y tenía a un monstruo al otro lado del pasillo. Por las noches lo oía arañar, sisear y gruñir.

Un día, después de una semana en la que solo concilié el sueño durante escasas siestas en mi despacho, me sentía agotada. Magos no roncaba, pero sí respiraba muy fuerte, y aunque traté de usar ese ritmo para quedarme dormida, tras cada espiración Magos dejaba de respirar y en todos esos silencios yo dudaba si volvería a hacerlo. Terminé por levantarme de la cama.

Al pasar ante la puerta del monstruo oí un gruñido, casi un ronroneo, como si la cosa esa estuviera feliz. Me asomé. El monstruo estaba colgado de la lámpara del techo. El brillo de los faroles de la calle le iluminaba el cuerpo, un globo de pelo que se mecía como si soplara una brisa. Entré y cerré la puerta detrás de mí. Los faros de un coche recorrieron la habitación. El monstruo se enroscó hacia arriba para mirarme y me enseñó los colmillos. Pese a que podía atacarme igual que a Lucía, no hui. Le devolví la mirada fija. La habitación apestaba aunque Magos la limpiara constantemente.

El monstruo abrió mucho la boca, dejando bien a la vista todos los colmillos: dos hileras que le recorrían el cuerpo hasta la mitad. Le tenía envidia, por lo poco que le importaban su naturaleza y sus actos; no se avergonzaba de nada y se mantenía erguido con cierto orgullo. Pero sobre todo tenía celos de cómo Magos se preocupaba por él pese a ser un monstruo.

—No tengo miedo —le dije.

El monstruo siseó.

Respondí con otro siseo.

Aunque cerró la boca siguió mirándome, descifrando quién era yo.

—No puedo dormir.

El monstruo gruñó, se balanceó y saltó a la barra de la cortina. Agarré la manija, lista para salir huyendo si a continuación se abalanzaba sobre mí, pero regresó a la lámpara meciéndose. Continuó saltando de la lámpara a la barra, de la barra a la lámpara. Daba vueltas y volteretas en el aire, montando un espectáculo. Me senté en el suelo alfombrado y lo observé. Pasado un rato, se cansó y se quedó suspendido de la lámpara para dejar que el impulso fuera remitiendo. Aplaudí. Mi envidia y mis celos habían mutado en algo similar a la simpatía. Lo contemplé mecerse.

Me despertó la voz de Magos.

—Flaqui, Flaqui —se arrodilló a mi lado, con el monstruo en brazos, que se asomó y extendió la cola-brazo hacia mí—. Le caes bien a Monstrilio.

—¿Monstrilio?

—No puedo seguir llamándolo Pulmón.

Cierto. Nadie va por ahí llamando Óvulo a la gente. Alimentábamos a Monstrilio con carne cruda, en su mayoría sobras de la carnicería, ternera o cerdo, a veces cordero. Monstrilio no distinguía tanto el tipo de carne como que estuviera cruda o no. Le compré un rascador para gatos de cuatro niveles para que tuviera algo con lo que entretenerse más allá de colgarse de la lámpara y la barra de la cortina. Monstrilio se dejaba caer encima del rascador y se ponía a mirar por la ventana. A menudo me lo encontraba ahí acostado, sobre todo cuando brillaba el sol.

Magos decía que estaba desarrollándose, que ya no era redondo y que pronto se pondría erguido. Yo no estaba segura de que fuera a erguirse, pero sí era cada vez más grande y le empezaron a salir cuatro muñones semejantes a patas, o quizá manos y pies. Por momentos, Monstrilio se estiraba como un gusano y se quedaba mirando sus nuevas extremidades. Las mordía, preguntándose qué eran, o a lo mejor tratando de deshacerse de ellas. Magos pasó a hablar de él dándole siempre cualidades humanas. Monstrilio no era Santiago pero estaba adquiriendo un ser propio; los vínculos que lo unían al dolor de Mago se diluían y su oscuridad original daba paso a algo nuevo e independiente.

Me acostumbré a que Magos durmiera a mi lado. No hacíamos la cucharita ni nos agarrábamos de la mano, ni nos besábamos ni nos tocábamos. Para ella éramos dos amigas que dormían en la misma cama. Para mí era una antigua esperanza que revivía: la de que Magos me quisiera como la quería yo. Maritoñi me escribió para preguntarme cuándo retomaríamos nuestras sesiones. Le respondí «Pronto» y, pese a que mi rutina de baños era el único remedio que había encontrado para mi insomnio, no quería que ese «pronto» se hiciera realidad.

Una mañana sonó el timbre. Me encontré a Joseph en la puerta. Tenía la piel bronceada y el pelo le había crecido más allá de los hombros.

—¿Dónde andabas metido, cabrón? —le pregunté.

—Me largué.

Joseph se acomodó el pelo tras las orejas.

—Júralo. Vamos, pasa.

—Magos —dijo, y se quedó helado nada más cruzar la puerta—. Creí que estabas en casa de tu madre.

—No se me permite estar allí después de lo que pasó —le respondió ella.

Joseph se giró hacia mí con la cara pálida. Lo enganché del brazo, por si trataba de escaparse otra vez, y lo sujeté con fuerza.

—Lucía está cambiando de opinión. Al menos ahora a mí sí me habla —comenté.

—¿Y cómo está?

—Necesita usar bastón.

—Tiene la pierna perfectamente —intervino Magos—. Pero a mi madre le encantan los aires de grandeza que le da ese bastón.

—¿Un café? —pregunté, y llevé a Joseph hasta la mesa.

—¿Dónde estabas? —le dijo Magos cuando nos sentamos.

—En Oaxaca —respondió Joseph.

—Me gusta Oaxaca —añadió ella.

Joseph se enderezó en la silla y acercó el cuerpo hacia mí.

—Encontré un pueblo en la playa. Una posada con tres habitaciones solamente. Comía, dormía y me bañaba en el mar, flotando hasta que el agua me taponaba los oídos y lo único que veía era el cielo —le dio un sorbo al café y se quedó mirando la taza que acunaba entre las manos—. Matar esa cosa y el caos de aquella noche me hicieron olvidarme de mí mismo. La Virgen, vaya bendición.

—Y, entonces, ¿por qué regresaste? —le preguntó Magos.

Joseph se la quedó mirando, con la cara encendida. Imaginé que quería pegarle un grito después de lo que Magos había hecho. La mandíbula se le puso tensa en un ataque de osadía que se le disipó tan rápido como le había aparecido. Se limitó a beber más café. Magos intentó agarrarle la mano. Él se la quitó de encima de un golpe.

—¿Vas a quedarte en la Ciudad de México? —le pregunté a Joseph.

—No lo sé.

Magos me miró.

—Están los dos aquí. Conmigo —añadí.

—¿Los dos?

Magos volvió a acercarle la mano, pero Joseph se echó atrás de manera tan forzada que casi volcó la silla.

—Joseph —dijo Magos—. Esa cosa, como lo has llamado tú, no está muerta.

Magos se levantó y le pidió que la siguiera. Joseph se quedó sentado. Yo lo agarré de la mano y, por ser yo, cedió.

Monstrilio estaba encima del rascador. Plegó el cuerpo para mirarnos, enseñó los colmillos en lo que a mí me gustaba pensar que era una sonrisa (aunque quizá no lo fuera) y emitió una serie de gruñidos.

—*What the*... —susurró Joseph.

Monstrilio soltó otros cuantos sonidos nada similares a los que le había escuchado hacer hasta entonces. Joseph se atragantó con el inicio de un sollozo. Me quedé esperando a que perdiera los estribos. El corazón me latía con fuerza. A lo mejor Joseph intentaba matar a Monstrilio y yo no iba a consentirlo.

Joseph no volvió a inspirar aire y su inmovilidad me hacía difícil respirar a mí también. Magos le dio con el codo, pero Joseph no reaccionó. Siguió haciéndolo hasta que Joseph se volvió hacia ella, con los ojos azules a punto de salírsele de las órbitas. Agachó la cabeza hasta las rodillas. ¿Estaba a punto de vomitar? ¿Me daría tiempo a apartarlo de la alfombra?

Le froté la espalda, pero se enderezó de manera tan abrupta que me hizo dar un salto. Estaba riéndose. Una risa errática y extraña.

—*Oh, man* —dijo, hablando de nuevo en inglés, con la cara colorada y lágrimas en los ojos.

Magos lo agarró de la mano y en esa ocasión Joseph se lo permitió. Probablemente ni se diera cuenta.

—No llores, Joseph, por favor.

Lloraba con unos sollozos largos y descarados. Soltaba unas lágrimas libres y torrenciales. Magos me miraba como si yo supiera alguna manera de detener aquel llanto. Cerré la puerta de la habitación de Monstrilio. Magos agarró a Joseph por la cintura y, como una titiritera, lo hizo caminar hasta la sala y lo dejó caer en el sillón. Se sentó a su lado.

—¿Qué está pasando? —dijo Joseph entre berreos—. Magos, ¿es que nos suicidamos en Firgesan?

—No estamos muertos —le respondió Magos.

—Eso lo puedo confirmar —dije.

—¿Esa cosa acaba de llamarme «Papi»?

—¿Qué? No —dijo Magos.

—Hizo un ruido extraño —respondí.

—Monstrilio no habla —explicó Magos.

—¿Lo llamas Monstrilio?

—Necesitaba un nombre.

Joseph se tragó lo que le quedaba de lágrimas y mocos, se limpió la nariz con el dorso de la mano, se levantó y volvió a la habitación. Lo seguimos. Monstrilio se giró hacia nosotros y entonces, quizá porque estábamos esperando a que lo hiciera, quizá porque teníamos la respiración contenida (parecía como si toda la Ciudad de México hubiera dejado de respirar), lo oímos.

—¡Papi! —dijo con una voz áspera y los ojos llenos de luz.

Dejó los colmillos a la vista, volvió a decir «¡Papi!» y bajó para quedarse colgando de nuevo.

Joseph cerró la puerta.

—Esta vez lo oyeron —dijo.

—Sí —respondí.

Magos se quedó mirando la puerta cerrada como si en ella hubiera algo más que madera.

Me sonó el teléfono. Una urgencia. Mi paciente, la señora Rodríguez, no estaba recuperándose tan bien como yo esperaba. Dejé a Magos y a Joseph frente a la puerta de Monstrilio.

Me pasé el resto de la mañana en el hospital mientras revisaba las pruebas de la señora Rodríguez, le pedía algunas más y tranquilizaba a la familia diciéndole que, con el tiempo, se recuperaría del todo.

Esa tarde no había mucho tráfico. Me fui directo con el coche a la casa de Magos y Joseph en la Roma; pasé por delante de mi local favorito de tacos de canasta, un toldo naranja vivo que vendía tortas ahogadas, otro verde que vendía fruta, terrazas de restaurantes con maceteros que delimitaban su territorio, una papelería con mochilas colgadas de una cuerda y aceras levantadas por raíces de árboles. El olor a tortillas recién hechas se me coló en el coche. Giré a la derecha en la tortillería para entrar a una calle estrecha en la que la ciudad permanecía callada y se alzaba la casa, fina y alta y pintada de azul cielo, con las ventanas enmarcadas en cuadrados oscuros.

La puerta principal, un hierro forjado con un diseño art déco, daba a la sala, que se abría al comedor y luego a la cocina. La casa llevaba un tiempo desocupada, pero estaba cuidada. Llamé a voces a la señora Rosa, la misma que limpiaba mi departamento los martes y los jueves y a quien contraté para limpiar y regar las plantas en casa de Magos y Joseph una vez a la semana. No quería provocarle un ataque al corazón si estaba por allí; no sabía qué días exactos iba. En la casa no había nadie. Los muebles estaban tapados con sábanas, los suelos y las superficies tenían la cantidad mínima de polvo y las plantas del interior y del patio sobresalían de las macetas, grandes y engreídas. La señora Rosa era concienzuda. Magos y Joseph podrían regresar al día siguiente si querían, y quizá lo hicieran, ahora que Joseph estaba de vuelta y Monstrilio lo llamaba.

Subí a la habitación de Santiago y me senté en su cama. La luz del sol se filtraba por los bordes de las cortinas cerradas. La habitación olía a suavizante. Olisqueé la manta con dibujos de dinosaurios. A lo mejor Magos me odiaba por haber eliminado el olor de Santiago de su habitación; el tiempo lo habría borrado de todos modos. En la mesa había tazas y frascos llenos de arcoíris formados por lápices de colores, marcadores y bolígrafos.

Me fijé en un cuaderno con una tapa en la que se leía «Santiago Jansen de la Mora». En la primera página Santiago había escrito: «Hola, hoy es martes», y había dibujado una especie de zorro con una cola tres veces más grande que el cuerpo. En la siguiente página decía: «Hola, hoy es miércoles», y había un dibujo de una criatura rosa; por la forma se parecía sobre todo a una jirafa, aunque con dos colmillos grandes que le sobresalían de la boca. En una de las últimas páginas escritas («Hola, hoy es sábado»), Santiago había dibujado una criatura que era igual que Monstrilio, el mismo cuerpo-bola, la misma cola-brazo saliéndole con desgarbo de un costado, la misma hilera de colmillos atravesándole la mitad del cuerpo. Unas páginas más allá, Santiago había escrito: «Hola, hoy es lunes». Luego, en vez de una criatura, había puesto: «Fin». En el cuaderno quedaba un puñado de páginas en blanco.

Cerré el cuaderno y lo coloqué tal y como Santiago lo había dejado. Abrí las cortinas y la ventana. Volví a sentarme en la cama, con la esperanza de que entrara algo de brisa que me refrescara la cara y de que la luz del sol despejara las sombras que se aferraban a mí.

Monstrilio no tardó mucho en ganarse a Joseph.

«¡Papi! ¡Papi! ¡Papi!», lo llamaba, y mientras tanto saltaba de la lámpara al rascador y de ahí a la barra de la cortina, emocionado sencillamente porque Joseph había entrado en la habitación. El sonido de su voz era áspero y bajo, pero tenía un matiz infantil en la entonación: fresca, asombrada y cariñosa. Joseph fingía indiferencia al principio, como si no fuera evidente que Monstrilio le derretía el corazón. Existía la posibilidad de que Monstrilio estuviera diciendo «Papi» como un reflejo, un sonido que solo significara algo para nosotros, pero entonces empezó a decir también «Mami» y «Lena».

Magos y Joseph decidieron regresar a su casa de la Roma, como yo sospechaba que harían. Joseph voló a Nueva York para recoger las cosas que Magos y él habían dejado. Mientras él estaba fuera, Magos me pidió que vaciara la habitación de Santiago. Le dije que esperáramos a Joseph, pero me respondió que ni él ni ella podrían hacerlo. Pese a que yo tampoco quería, Magos me lo suplicó y fui incapaz de negarme. Guardé la ropa, los libros y los juguetes de Santiago en cajas que almacené en un cuarto pequeño, en la azotea de su casa. Los muebles se los di a un orfanato. Yo me quedé con el cuaderno de monstruos.

Una vez vaciada la habitación, elegí una revista del estudio de Joseph (una cosa muy gruesa con pinta de ser para diseñadores), me la llevé a la cocina y le prendí fuego. Las llamas arrugaron las páginas y lo tiré todo al suelo. Observé cómo el fuego reducía la revista a cenizas. Las baldosas no iban a arder, pero la estancia se llenó de humo.

Quería retrasar la mudanza, hacer que Magos se diera cuenta de que su sitio, y el de Monstrilio, estaba conmigo. Renunciaría a mi departamento y Magos y yo nos compraríamos una casa. Convencería a Joseph de que se quedara en Nueva York, le diría que Magos no lo quería, que lo había abandonado, y encima dos veces. Ni siquiera había ido a buscarlo, sino que se había venido conmigo. Le diría que Monstrilio era un monstruo incapaz de quererlo.

Apagué lo que quedaba de fuego a pisotones, recogí los restos de la revista, los eché al fregadero y los empapé en agua. Abrí la puerta que daba al patio para ventilar el humo. Las baldosas estaban ennegrecidas y afeaban la cocina. No me arrepentí.

Un día después ayudé a Magos a mudarse a su casa. No había mucho que trasladar, más allá de la poca ropa que Magos había estado poniéndose desde su regreso a México y el rascador de Monstrilio. Quitamos las sábanas de los muebles, barrimos y limpiamos el polvo. Magos se paseó por la casa mirando fijamente el mobiliario y las obras enmarcadas de Joseph y de Santiago. Como si estuviera en un museo, caminaba sin tocar nada, con las manos a la espalda en todo momento. Esperé a que algo penetrara en la frialdad con la que se contenía, pero eso no ocurrió.

Metimos a Monstrilio en la antigua habitación de Santiago, vacía salvo por el rascador. Magos frotó con el pie las baldosas ennegrecidas de la cocina y fingí no darme cuenta. En el patio, Magos acarició sus plantas, agarró algunas hojas como para calcular su peso, les susurró y luego se quedó petrificada en mitad de su diminuta selva.

—¿Estás bien? —le pregunté.

—¿Por qué no iba a estarlo?

Me ofrecí a quedarme con ella, pero me dijo que se las arreglaría bien, que yo ya había hecho suficiente.

—Al menos invítame a una pizza.

Magos estaba fregando la cocina cuando sonó el timbre. Fui a abrir, aunque no había ninguna pizza: en la puerta estaban Lucía y Jackie.

—Venimos a ayudar —dijo Lucía.

—¿A ayudar?

—Con la mudanza —valiéndose del bastón, que era de madera y con un mango de plata, Lucía abrió del todo la puerta y entró. Jackie iba tras ella. Magos estaba de pie en la sala—. Qué alegría volver aquí —añadió Lucía.

—Pensé que era la pizza —respondió Magos.

Jackie se sentó en el sillón y Lucía se acopló junto a ella.

—Bueno, ¿puedo verlo? —preguntó Lucía.

—¿Ver qué? —dijo Magos.

—El monstruo.

—¿Qué monstruo? —intervine yo con voz aguda.

Magos sonrió.

—Está en su habitación.

—¿En la habitación de Santiago? ¿No es eso un poco irrespetuoso? —dijo Lucía. Magos tensó los labios tal y como hacía su madre cuando estaba molesta. Lucía levantó las manos—. Bueno, no vine a discutir.

Magos guio el camino escaleras arriba. Yo iba detrás de las tres, tratando de averiguar si Lucía o Jackie escondían algún arma con la que matar al monstruo; no vi nada evidente, aunque el bastón de Lucía podría servir, así que me mantuve cerca de ella. Monstrilio estaba echado en el nivel más alto de su rascador, mirando por la ventana. No tenía mucho que ver más allá de las paredes de la casa de al lado, pero disfrutaba con la luz.

—¿Es eso? —preguntó Lucía desde la puerta—. ¿No era más grande?

—Antes era más pequeño —contestó Magos.

Monstrilio se giró hacia nosotras y enseñó los colmillos. Lucía dio un paso atrás. Jackie se adelantó en gesto protector.

—No pasa nada —dijo Magos.

Entonces Monstrilio se dejó caer, se agarró a una barra del rascador con la cola-brazo y se balanceó hacia nosotras, ganando impulso. Hacía eso cuando le dábamos de comer, como una pantomima de caza.

—No, no es hora de comer —añadió Magos. Monstrilio siguió meciéndose, impulsándose más—. Monstrilio, no.

Monstrilio cedió y se quedó colgando.

—Mami —replicó con un graznido.

—¿Apenas dijo «Mami»? —preguntó Jackie.

Magos les indicó con la mano a Lucía y a Jackie que se acercaran.

—Esta es Lucía, mi mamá, y esta es Jackie.

—Hambre —insistió Monstrilio.

—Ya comiste.

—Carne.

—Está hablando. ¡Jackie, no me contaste que hablaba! —dijo Lucía.

—No lo sabía.

—Empezó a hablar hace muy poco —explicó Magos—. Palabras sencillas: mami, papi, carne, hambre, jugar, luz, gracias.

—¿Dice «gracias»? —quiso saber Lucía.

—A veces. Sobre todo a Joseph.

—También dice «Lena» —comenté yo.

Monstrilio se balanceó y, con una voltereta, se lanzó a la parte alta del rascador para volver a ponerse frente a la ventana. Lucía agarró a Jackie de la mano y ambas se acercaron.

—¿Cómo lo llamaste?

—Monstrilio.

—Monstrilio —dijo Lucía.

Monstrilio se giró hacia ella, con los colmillos a la vista. Lucía se encogió.

—Así es como sonríe —expliqué, aunque no estaba segura de que eso fuera verdad.

—Qué feo eres.

Lucía le dio un golpecito a Monstrilio con el bastón.

—¡Mami, no!

—Es que es feo. No te creas que lo he perdonado —volvió a darle en la cabeza a Monstrilio, que se rascó en el punto en el que le había tocado el bastón—. ¿Sabes decir «Lucía»?

—No funciona así, mami.

—Lu-cí-a —la boca de Lucía se movía con gestos lentos y amplios. Monstrilio la miraba fijamente—. Bicho tonto.

—Lucía —dijo Monstrilio. Lucía se lo quedó mirando. Monstrilio repitió—: Lucía.

—No intentes comerme otra vez, ¿me estás oyendo?

Monstrilio gruñó, no amenazante, sino más bien como una pregunta. Lucía meneó el bastón y volvió a darle un tercer toque. Uno más y pensaba confiscarle ese bastón. Monstrilio enseñó los colmillos. Estuvieron mirándose fijamente hasta que Monstrilio se dio la vuelta.

—Bueno, pues ya está —dijo Lucía.

Magos la siguió fuera de la habitación. Jackie me preguntó si podía tocarlo. Asentí. Le dio unos toquecitos con el dedo, como para asegurarse de que era real.

—Cuando le dije a Lucía que estaba vivo le entraron ganas de matarlo.

Monstrilio gruñó.

Jackie se echó atrás.

—¿Me entiende?

—No estoy segura.

Monstrilio bostezó y se le erizó el pelaje.

—Madre mía —dijo Jackie.

—Lo sé.

Cuando Monstrilio estiraba toda la boca, la mitad del cuerpo se le abría en canal.

—¿Y Lucía sigue queriendo matarlo? —le pregunté.

—Diría que no. ¿Tú crees que es el pulmón de Santiago?

—Quizá, pero no es Santiago.

—¿Crees que se convertirá en un hombre?

—¿Y tú?

Jackie me miró con ojos tristes.

—Le conté a Magos una historia en la que un corazón se convertía en hombre. Y esa historia no acababa bien.

Monstrilio se desplomó en la plataforma. Jackie volvió a darle un toquecito. Monstrilio se rascó. Le gustaba frotarse contra texturas rugosas, aunque en esa habitación no había alfombras ni tapete. En mi habitación de invitados, la alfombra estaba despeluchada en su sitio favorito. Había arañado también muchas de mis toallas y de mis sábanas hasta hacerlas jirones. Magos le compró alfombras industriales para que no me destrozara del todo el departamento, pero se nos había olvidado llevarlas a la Roma; lo haría yo más adelante. ¿O Monstrilio ya no era asunto mío? Su nueva habitación daba al patio y en ella no se colaba ninguno de los sonidos de la ciudad. Era demasiado silenciosa, hermética, como una tumba. Entré en pánico: estaba a punto de perder algo que no iba a recuperar. Me concentré en el pelo de Jackie mientras trataba de tragarme mi pánico. Jackie se hacía la permanente con unos rizos que le enmarcaban la cara a modo de halo y llevaba siempre el pelo sujeto con un pañuelo; el de ese día era naranja.

—¡Flaqui! ¡Jackie! —nos llamó Magos desde abajo—. La pizza ya está aquí.

Jackie salió de la habitación. Yo acaricié a Monstrilio, que siseó y le respondí con otro siseo.

Compré un pack de cervezas en la tienda del barrio. Nos sentamos a la mesa del comedor. Magos y yo comimos pizza. Jackie y Lucía se nos unieron con las cervezas. De vez en cuando Lucía le acariciaba la mano a Jackie. Me pregunté si tendrían sexo. Se hizo de noche y dije que debía irme. Lucía me preguntó por qué no me quedaba allí con Magos, sobre todo estando «esa cosa» en la casa. Me inventé que tenía una cirugía a primera hora de la mañana siguiente. Magos me dio un beso en la mejilla y me marché.

La colonia Del Valle, donde yo vivía, no quedaba lejos, y conduje muy rápido. Al llegar me quedé dentro del coche. Junto a mí pasaban veloces otros vehículos. «¿Estás libre esta noche?», le escribí a Maritoñi, aunque no era lunes. Esperé quince minutos y no me respondió. Me fui con el coche a uno de mis bares favoritos, una cantina antigua con mesas grandes de madera cubiertas de plástico, un servicio huraño y unas tostadas de atún alucinantes. La mesera me conocía y me llevó a una mesa para cuatro, la más pequeña que tenían. Bebí mezcal acompañado de cerveza. Entró un grupo de oficinistas medio borrachos ya, riéndose. Una mujer iba agarrando a dos hombres por la cintura como si estuvieran a punto de caerse, ellos o ella. Todos se atropellaban al hablar. La mujer se sentó primero y el grupo se dispuso a su alrededor. Cuando llegaron las bebidas, brindaron con mucho alboroto. La mujer había logrado alguna victoria en el trabajo; cuando el brindis terminó, se dio cuenta de que la estaba mirando. En circunstancias normales habría retirado los ojos, pero le sostuve la mirada. La mujer levantó el cubalibre hacia mí, yo hice lo propio con mi mezcal y bebimos juntas aunque estuviéramos sentadas en mesas diferentes. A lo mejor ella estaba pensando que quería ser como yo: valiente, independiente, bebiendo sola, comiéndose una tostada de atún, a quién le importa que esté sola. De hecho, ¡mejor sola! Me acabé el mezcal. El tercero. ¿El cuarto? Pedí otro.

La mujer se sumergió en su fiesta y yo perdí el interés. A Joseph le encantaba esa cantina, igual que a mí. No habíamos ido juntos desde antes de marcharse ellos a Firgesan. Magos decía que a ella también le gustaba, pero por cómo se comportaba allí, sin tocar apenas nada, me daba cuenta de que le parecía un sitio mugriento. Joseph y Magos volverían a ser una familia, con Monstrilio en vez de Santiago. Incluso Lucía se había presentado allí, a regañadientes quizá. Todo parecía estar acomodándose en su sitio, regresando a una vida en la que yo no tenía cabida.

—Hola.

La oficinista se plantó delante de mí. Llevaba el pelo recogido en un chongo estiloso, la blusa lo bastante suelta para que le quedara elegante y a la moda, con los filos del brasier visibles, y unos pantalones de cintura alta.

—Siéntate —le dije.

La mujer volvió la mirada al grupo y ninguno le estaba prestando atención. Se sentó.

—¿Quieres tomar algo? —le pregunté.

—¿Eres médica?

Me miré tratando de deducir si mi ropa revelaba algo, pero no llevaba nada indicativo de eso.

—¿Cómo lo sabes?

—¿La doctora Álvarez?

—Sí. Lena Álvarez.

—Mi abuelo es…

Dijo un nombre que me resultó familiar, aunque no logró evocarme a nadie en concreto, más bien al típico señor rico y viejo con una familia amplia de bellezas sonrientes que te llaman «doctora» con tal reverencia (por haber salvado a su querido anciano) que terminas creyéndote importante.

—Ah, sí, claro —respondí.

—Tienes buen aspecto —me dijo, arrastrando ligeramente las palabras—. Más joven.

—La cirujana más joven de México.

—¿Es verdad eso?

—Sí —respondí sin estar del todo segura; sí era la cirujana más joven de mi hospital. Y susurré—: Soy una genia.

Se echó a reír. Quise añadir algo más, algo ingenioso y coqueto, pero las palabras me traicionaron. La mujer se levantó.

—Qué bien haberte visto. Le diré al abuelo que hablé contigo.

Me ofreció la mano y se la agarré. La retorció, un poco avergonzada, incapaz de decidir si volver a sentarse o huir de mí. No la solté.

—¿Cómo te llamas?

Me dijo su nombre y no supe qué hacer con él. Tiró de la mano para irse y se la apreté más, con ambas manos esta vez. La mujer estaba tan incómoda que me dieron ganas de llorar.

—Encantada de conocerte —añadí, y por fin la dejé libre.

Regresó tambaleándose con el grupo. ¿Qué carajos ha pasado ahí?, decían los ojos saltones de uno de sus amigos. Pedí otro mezcal.

Cuando llegué, Magos no estaba en casa.

—Salió a unos recados —me dijo Joseph.

Fue ella quien me pidió ir, aunque me dijo que le escribiera antes de salir y no lo hice. Joseph estaba sudando y llevaba puestos unos guantes de trabajo.

—¿En qué andas? —le pregunté.

Joseph le había construido a Monstrilio un área de juegos en el patio, con plataformas de madera y troncos que sobresalían de algunas paredes, soportes en postes altos, una estructura de casita con un techo y escaleras de cuerdas que lo conectaban todo. Dentro de la casita había colocado una cama para perros. Monstrilio hizo acopio de toallas viejas y sábanas arrugadas y vistió la cama con ellas; en apariencia ahora prefería eso a dormir bocabajo. Joseph lo llamaba «nido». Pintó la casa de Monstrilio de amarillo y las plataformas y los troncos de rojo, azul y verde. Integró las plantas de Magos en la zona de juegos y añadió algunas suyas: palmeras, helechos, una hortensia. Trasladó la monstera grande y frondosa desde el rincón situado junto a las escaleras hasta un costado de la casita de Monstrilio. Joseph había enganchado además una red que iba del tejado de la casa hasta el muro del vecino, tras un incidente en el que Monstrilio se había escapado del patio y unos aterrorizados Joseph y Magos lo habían encontrado horas después, esperándolos subido a un árbol frente a la casa, como si nada. La red le aseguraba a Monstrilio un cielo abierto y al mismo tiempo evitaba que volviera a escapar.

—¿Ves ese rincón de ahí? —Joseph señaló un pedazo de tierra al fondo del patio—. Ahí es donde Monstrilio tiene su baño. Pensé ponérselo más bonito —nos acercamos al extremo en el que Joseph tenía una mesa dispuesta con herramientas y varios trozos de madera—. Hay que retirar parte del cemento, pero tengo a un tipo que se ocupará de eso. Construiré un cercado alrededor, lo rellenaré con mejor tierra y plantaré césped. A Monstrilio le encantará. Y además va a ser más fácil de limpiar.

—Qué bien.

Joseph asintió, agradado.

—Bueno, ¿qué tal? Llevo un tiempo sin verte.

—¿Me extrañabas?

—La verdad es que sí.

Joseph se puso a medir las maderas. Últimamente yo había estado ocupada y había aceptado más cirugías de las que podía manejar de forma razonable. La única manera que encontraba de dormir era irme a la cama con un nivel de agotamiento máximo. Maritoñi me había dejado; encontró un acuerdo con exclusividad. Pese a que no me quedaba claro lo que significaba eso, sabía que no debía pedir detalles. Me pasé semanas buscando a la mujer adecuada que la sustituyera. Intenté encontrar a alguien por internet. Una me pareció aburrida y me lavaba como un robot, con gestos duros y mecánicos. Otra me acunaba y me acariciaba la cabeza como si yo fuera una especie de animal sarnoso al que estuviera rescatando. Otra más me lavaba de un modo bastante aceptable, pero salió corriendo con mi bolso y mi batidora. Por fin di con Estrella. Excelente, comparable a Carmina. Sin embargo, tampoco así lograba dormirme ya. Supuse que mi cuerpo necesitaba tiempo para adaptarse a Estrella. Era buena. No: era excelente y pronto conseguiría que me durmiera.

—Pásame esa sierra —me dijo Joseph.

Lo hice. Se me quedó mirando y con la mano libre me jaló de la mejilla derecha como si supiera qué buscar en el blanco de mis ojos.

—¿Estás bien? —me preguntó.

Le aparté la mano.

—De maravilla —Monstrilio me aterrizó en los hombros. Pegué un salto—. Mierda. Me asustaste.

—Lena —me dijo, y saltó a la mesa de Joseph.

—Vete a jugar, que andamos trabajando —le pidió Joseph. Monstrilio le dio con la cola-brazo y Joseph se rio—. ¡Anda, vete!

Monstrilio volvió a darle y dejó a la vista la larga hilera de colmillos. Esa vez supe con seguridad que era una sonrisa; le brillaron los ojos, bobos y entusiastas. Joseph le devolvió el golpe y empezaron a jugar a pelearse, Monstrilio encima de Joseph, gruñendo, mientras Joseph, resoplando, fingía inmovilizarlo. Monstrilio había desarrollado cuatro patas bien definidas, con sus apéndices peludos con aspecto de manos y pies, y Joseph intentaba sujetarlas. Monstrilio las revolvía pero no las utilizaba para nada más. Solo necesitaba su cola-brazo. Se pusieron a rodar por el suelo hasta que Monstrilio escapó agarrándose a una cuerda y balanceándose a una plataforma de color azul cielo.

—Papi. Adiós.

—¡Tramposo!

Joseph se secó la frente.

—¿No ganaste?

—Siempre gana él. Sabe que no puedo seguirlo hasta allí arriba.

—¿Alguna vez te hizo daño?

—Unos cuantos arañazos. A veces se olvida de lo afilados que tiene los dientes y las uñas. Pero me gusta eso de él. Como si fuera indestructible.

Joseph agarró un lápiz y volvió a las mediciones. Empezó a serrar.

—¿No trabajas hoy? —me preguntó.

—Más tarde. ¿Y tú?

—Los de los yogures me dijeron que a lo mejor me encargan unas ilustraciones para una nueva línea infantil que van a lanzar, pero todavía no se deciden.

—Suena divertido.

—Es trabajo. No todos tenemos sueldo de cirujana.

—No todos nacemos con dinero bajo el brazo.

—De ese dinero no queda casi nada. Es mejor que no eche mano de él si puedo evitarlo.

—¿Luke seguirá cubierto?

—Estará bien, sí. Hay suficiente para él.

Joseph sopló el borde de la pieza cortada, agarró un pedazo de lija y pulió el filo con unas pasadas rápidas.

—¿Y Magos? —pregunté.

Joseph soltó la madera y se quedó mirándola como la pieza de un rompezabezas que no supiera bien dónde encajar.

—Anda siempre fuera.

Durante el siguiente par de horas lo ayudé como si fuera su enfermera: le iba pasando instrumental, le sostenía cosas, le agarraba otras. Recordé lo cálida que era su amistad y cuánto la extrañaba. No podía culparlo por truncar mi fantasía con Magos.

Por fin apareció Magos.

—¡Flaqui! Justo la persona que quería. Como si te hubiera invocado.

—Es que me invocaste.

Me pidió que la ayudara a meter las cosas que traía en el coche. Descargamos cuatro latas de pintura blanca, un trípode, una cámara de video, luces y rollos de papel de colores y lo subimos todo a la antigua habitación de Santiago.

—¿Qué es esto?

—Ahora que Joseph le construyó a Monstrilio su propio país de las maravillas, pensé en convertir esta habitación en mi estudio.

Descorrió las cortinas. La luz brillaba, rebotando con calidez en las paredes amarillas del lugar.

—¿Como un estudio de cine?

—Arte performativo —me respondió—. ¿Te acuerdas del espectáculo ese al que fuimos el mes pasado? Quiero hacer lo mismo.

—¿Aquella cosa rara en video?

Habían pasado casi dos meses de ese espectáculo; no la había visto desde entonces.

—No he parado de pensar en él y tengo muchísimas ideas. Soy artista, Flaqui. ¿No es magnífico? Siempre quise serlo, pero nunca pensé que pudiera. No sé dibujar ni pintar como Joseph, no sé esculpir, no soy buena con las manos, pero sé actuar.

—¿Y podrás vivir de esto?

Magos llevó las latas de pintura a un rincón de la habitación.

—Si te refieres a ganar dinero, seguramente no, pero esa no es la finalidad, Flaqui.

—¿Y cuál es, entonces?

—Crear. Expresarme. Compartir mi voz.

—Pareces poseída.

—Poseída por la creatividad. ¿Estás libre esta tarde?

—Tengo que estar en el hospital a las seis.

Miró el reloj.

—Bien. Hay tiempo de sobra.

Magos me llevó al MUAC. Era mi primera vez en ese museo; solo había visto por fuera los ventanales en saliente, como un tobogán invertido. Por dentro era un lugar luminoso, todo de cristal y cemento. Había tres jóvenes con botas y totebags parados delante de un conjunto de paneles de acrílico que yo no sabía si eran una pieza de arte o de decoración. Magos pasó de largo y fue directo a una de las salas interiores. Quería mostrarme una exposición de una artista performativa chilena que ya había visto tres veces. La artista, una mujer de pelo largo y negro, no muy distinto al de Magos, desgarraba libros en videos proyectados en las paredes. Habían colocado bancos delante de cada proyección, aunque solo había una mujer sentada.

—Ven.

Magos me jaló para ver a la artista destruir un libro infantil, de esos con páginas grandes y satinadas.

—¿Esto es lo que quieres hacer? ¿Destruir libros?

—¿No es fantástico?

—No lo capto —respondí, y sin embargo estaba fascinada.

La mujer luchaba por romper el libro en dos y yo quería que lo consiguiera. Cuando lo hizo y el libro pasó a ser un montón de páginas destrozadas y un lomo, noté una enorme sensación de éxito. Qué absurdo, me reí entre dientes. Pasamos al siguiente video. En ese, la mujer sujetaba la guía telefónica entre las manos. ¡Un libro duro! Lo agarró y trató de partirlo por el lomo. No lo consiguió. Arrancó algunas páginas, hizo una bola y la tiró. Eso no la dejó satisfecha. Pensé: «¡Tú puedes!», pero la mujer no necesitaba mis ánimos, solo a alguien que la observara. A mí, su público.

—Últimamente solo nos decimos «Buenos días», «Buenas noches», «¿Ya comiste?» —la voz de Magos me devolvió al museo—. Creo que me odia. O quizá no sea odio. Es como si yo le supiera amarga.

—¿De quién hablas?

—De Joseph —la artista mordió la guía—. A mí él me sabe amargo.

—Se les pasará —dije.

No sabía muy bien de qué me estaba hablando Magos. La artista escupió unos trozos de papel amarillo de la guía.

—No estoy convencida de si quiero que se nos pase, Flaqui. A lo mejor está bien que nos parezcamos amargos el uno al otro.

Me giré hacia Magos. La misma altura que yo. La cola se le meció cuando se volvió para mirarme; le relució la oscuridad los ojos, que llevaba delineados con una raya ligeramente gatuna. Le acomodé un mechón de pelo suelto tras la oreja.

—No quiero hablar de él, Magos.

Hizo un gesto como de cerrarse la boca con un cierre, girar una llave invisible y tirarla, luego se dio rápido la vuelta y me agarró del brazo con un saltito. Me condujo hasta la siguiente proyección. En esa, la artista trataba de destruir un libro encuadernado en piel con aspecto antiguo.

—Es guapa, ¿no te parece? —me dijo.

—Mucho.

Las páginas del interior del libro se arrancaban con facilidad, pero la mujer quería destruir también la tapa de piel y solo tenía su propio cuerpo para hacerlo. La observé probar diferentes maneras de reventarla. Cuando por fin encontró un modo, dándole mordiscos poco a poco, me di cuenta de que Magos se había ido. La encontré en una sala con una escultura esférica de aspecto extraterrestre (¿de ónice?), observando la lluvia caer fuera. Había otras dos personas viendo la lluvia por los ventanales del museo, impacientes, como si no cayera lo bastante rápido. Magos la miraba como si la lluvia formara parte de la obra.

—¿Trajiste paraguas? —me preguntó.

No.

—¿Y te importa mojarte?

No.

Me agarró de la mano y salimos a la lluvia. Nos quedamos plantadas en mitad de la explanada del museo, soplando los chorros de agua que nos caían por la boca. A Magos se le pegaban en la cara los mechones rebeldes que escapaban de su cola.

—¡Flaqui! Estamos empapadas.

Se rio. Yo me sentía demasiado enredada en emociones para reírme, llorar o besarla. Ella estaba magnífica.

En casa de Lucía se cayó una pared, uno de los muros exteriores que separaban la vivienda de la calle. Nadie resultó herido, pero el derrumbe afectó al jardín, a la cocina y a la zona en la que estaba la habitación de Jackie. Fui hasta allí en coche. Magos, Joseph, Lucía y Jackie, con Almendra sujeta por una correa, formaban una fila en la calle, mirando los escombros. Con el polvo parecían un cuadro.

—¿Qué pasó? —pregunté.

—No sabemos —dijo Lucía, y le dio a una de las piedras con el bastón.

—El viento, creo —respondió Jackie.

—Tenía que estar debilitado de antes —añadió Joseph.

Le di unas palmadas a Lucía en el hombro. Yo creía que su casa era invencible.

—Mami, vamos a buscarles algo de ropa —dijo Magos—. Jackie y tú pueden venirse a casa con nosotros hasta que arreglemos esto.

—Vamos a quedarnos aquí, ¿verdad, Jackie?

—Lucía no quiere dejar la casa sola, ahora que puede entrar cualquiera —contestó Jackie.

—¿Y no puede venir alguien a solucionarlo? —preguntó Joseph.

—Ya llamé a alguien, pero no puede hasta mañana —explicó Lucía.

—Entonces, ¿piensan quedarse aquí solas? —dijo Magos.

—No nos pasará nada.

—Me quedaré con ustedes.

—Y yo también —dijo Joseph—. A lo mejor podemos despejar un poco las piedras, ponerle algún parche a la cocina... Parece que el muro solo tiró parte de las ventanas. Nada estructural.

Joseph recogió una piedra de las que formaban parte del muro y la echó a la calle.

—Gracias —respondió Lucía.

Tenía las dos manos apoyadas en su bastón mientras miraba fijamente el derrumbe. Magos la rodeó con el brazo. Lucía se alejó de los escombros.

—Vamos a preparar algo de té —comentó.

—Yo no puedo quedarme —dije. La caída de la casa me daba picores de nariz y sentía los huesos como de goma—. Tengo que irme al hospital. Solo vine a ver si estaban todos bien.

Magos me dio un abrazo y un beso en la mejilla. Lucía me apretó la mano.

—Adiós, Joseph —dije, mientras él lanzaba otra piedra a la calle.

—Lena, oye, espera. A Monstrilio le dará hambre enseguida. Puedo ir yo a darle de comer si te supone demasiada molestia, pero si no te importa…

—Dime lo que tengo que hacer y listo.

Joseph me explicó que había una bolsa de carne en el refrigerador que debía separar en cinco raciones y distribuirlas entre los cuencos esparcidos por el patio de Monstrilio.

—Le gusta sentir que está de caza —me dijo.

Tras terminar unas cuantas cosas en el hospital y con el derrumbe de la casa punzándome en el estómago, estaba lista para dar el día por acabado. Entonces, uno de mis colegas más cercanos, amigo incluso, me llamó para consultarme una cosa. Me reuní con él en su despacho, una planta por debajo del mío, y me pasé buena parte de la noche hablando con él sobre un paciente que quería transferirme. Era un caso complicado, una osteomielitis vertebral. Para cuando llegué a casa, estaba tan agotada que me fui directo a la cama. Me desperté cuatro horas más tarde (hacía tiempo que no dormía tanto), me preparé un café, le eché un ojo al periódico y hasta que no estuve en la ducha cantando «Qué monstruos son» no recordé que no había ido a darle de comer a Monstrilio. Medio mojada y vestida con ropa dispareja, conduje hasta casa de Joseph y Magos.

Recorrí la casa de puntitas. No estaba segura de si un Monstrilio hambriento se olvidaría de quién era yo y me atacaría.

—Monstrilio. Soy tu amiga, Lena. Por favor, no me comas.

Oí un crujido. Me giré de golpe y me tropecé con un sillón. Tenía a Monstrilio encima de mí.

—¡Quítate!

Me puse a dar patadas y choqué con un taburete que tenía una planta encima. Monstrilio no estaba encima de mí: solo era el sillón con el que me había tropezado. Tardé un momento en recuperar el aliento tirada en el suelo.

—Monstrilio —llamé dirigiéndome al patio—. ¿Monstrilio?

Salí. Ruido de movimientos rápidos. Monstrilio se desplomó a mis pies. Sonrió. Colmillos ensangrentados.

—Mierda. ¿Qué hiciste?

Gatos y perros pequeños (algunos no tan pequeños), unas cuantas ratas también, todos tirados muertos por el patio, a pedazos, destripados. Apestaba a entrañas y a sangre. Monstrilio dio un salto, se agarró con la cola-brazo a un poste y se balanceó hacia otro. Gruñó desde donde estaba posado y mordisqueó algo que luego tiró a mis pies. Sangre y pelos. Caminé de regreso a la cocina y cerré la puerta detrás de mí.

Necesité tres respiraciones largas para adoptar mi modo cirujana y volver a salir. La casa amarilla de Monstrilio tenía una puerta para encerrarlo ahí cuando hubiera gente desconocida. Le pedí que entrara, pero no me obedeció.

—Monstrilio, por favor.

Se alejó de un salto.

—Lena —dijo juguetón.

Agarré un trozo de quién sabe qué animal y lo lancé al interior de la casa. Monstrilio saltó dentro. Atranqué la puerta.

Había una rotura en la red de arriba. Tarea para Joseph. Agarré una pala y una bolsa de basura de un cobertizo que había al fondo del patio y levanté con la pala un perro peludo prácticamente entero. Lo eché a la bolsa. Monstrilio eructó. Traté de recoger parte de un gato, pero no paraba de resbalarse de la pala. El cascabel del collar tintineaba. Volví a la cocina para buscar unos guantes. Sería más fácil recoger a los animales muertos con las manos.

—¿Qué haces aquí?

Di un salto.

Joseph se echó a reír.

—No pretendía asustarte.

—No salgas ahí.

—¿Por qué? —se le puso la cara blanca como la cáscara de un huevo—. ¿Le pasó algo a Monstrilio?

—Lo siento, Joseph. De verdad. Se me olvidó darle de comer ayer. Supongo que tuvo que sentir hambre porque salió.

—¿Está perdido?

—Está aquí. Pero las sobras de su comida también.

Joseph pasó rápidamente junto a mí, abrió la puerta del patio, salió y entonces dio un paso atrás y volvió a entrar. Estaba aún más pálido. Le dije que se sentara. Le pregunté si necesitaba vomitar. Me contestó que no, pero le puse una cubeta al lado, por si acaso. Le froté la espalda.

—Debería haberle dado de comer. Lo siento.

—¿Cuántos mató?

—Muchos.

—¿Por qué tantos?

—No lo sé, Joseph. ¿Por instinto?

—¿Y los trajo aquí?

—Tiene su sentido. Aquí es donde suele alimentarse.

—Magos no puede ver esto.

—Necesita saber lo que pasó, ¿no crees?

Encontré un par de guantes de plástico, me los puse y me dirigí afuera.

—Dentro de un momento estoy contigo —dijo Joseph, tan pálido que se le notaban las venas de las sienes.

—No hace falta.

—Sí, ahora voy.

Joseph y yo nos pasamos la hora siguiente recogiendo todos los animales que pudimos encontrar. Echamos al suelo cubetas y cubetas de agua con jabón. Joseph pasó el trapeador, e incluso cuando ya no quedaba sangre, siguió pasándolo. La cara se le puso colorada y sudorosa. El día estaba demasiado soleado para una escena así. Joseph no reaccionaba cuando Monstrilio decía «¡Papi!» desde detrás de la puerta. Yo froté las paredes y las macetas por donde se había esparcido la sangre. Algunas manchas no salieron del todo, pero al menos les rebajé el rojo incandescente; se quedaron más bien pardas, como la tierra.

—Creo que ya está limpio —dije, y recogí un trozo de mascota de una de las plantas.

Joseph le dio al suelo una última trapeada. Monstrilio arañó la puerta de barrotes metálicos con la cola-brazo y preguntó:

—¿Papi?

Los músculos de la cara de Joseph cedieron; se le hundieron las cejas y los pómulos.

—No puedo dejarte salir —respondió.

Monstrilio volvió a arañar. Joseph metió los dedos por los barrotes y Monstrilio les puso encima la cola-brazo. Miró fijamente a Joseph con sus ojos, unas bolas grandes y brillantes, y le enseñó los colmillos, aún ensangrentados.

—Lo siento.

Joseph se metió en su casa.

Estrella vino esa noche. Era lunes. Me dio un baño; llevaba el pelo recogido en un chongo alto y las puntas decoloradas se le pegaban empapadas a la frente. Se las aparté y le dejé la mano en la mejilla un poco más de la cuenta.

—¿Te parece bien? —le pregunté.

Asintió mientras me enjabonaba los pechos con las manos. Yo no solía tocar a las mujeres a las que contrataba, pero el sueño me venía tan raramente que me planteé que a lo mejor necesitaba hacer algo más para ganármelo. Bajé la mano desde la mejilla de Estrella hasta uno de sus pechos desnudos. Me detuve en su pezón, grande y hermoso, antes de viajar más allá de la curva de su vientre, hasta la vulva. Le hice un dedo. Me dio la impresión de que Estrella no sabía si debía dejar de bañarme o sencillamente relajarse; optó por lo segundo. Le pedí que me hiciera ella un dedo a mí. Después de venirnos (no supe con seguridad si se vino o si lo fingió por mí, aunque si fue fingido resultó increíblemente convincente), me secó con la toalla como en nuestras sesiones normales. La observé vestirme con mi ropa de cama. Le pagué más por la parte del sexo y se marchó. Me acosté con la misma tranquilidad que sentía todos los lunes previos al incidente, antes de que Magos y Monstrilio me pusieran la vida patas arriba. Tenía la certeza de que iba a dormir la noche entera.

Me desperté una hora más tarde sin rastro de sueño en el cuerpo. Llamé a Joseph y le pedí que se reuniera conmigo en nuestra cantina favorita.

—Es medianoche —me dijo. No respondí—. Bueno, nos vemos allí.

Joseph apareció con pantalón deportivo. Yo iba en pants. Pedimos cerveza y hasta que no nos bebimos la mayor parte de nuestros respectivos tarros no reunimos el valor para hablar.

—Gracias. Necesitaba esto —me dijo.

—Tú y yo, los dos.

Brindamos y nos bebimos el resto de la cerveza. Pedimos más.

—Qué horror, ¿no? —continuó—. Le conté a Magos lo que había pasado. Sigue en casa de Lucía; parece que hay más cosas que arreglar aparte del muro. Me contestó que era normal, si Monstrilio tenía hambre. Pero es que ella no vio lo que hizo, Lena. Tú sí. Eso no era hambre. Era como si estuviera presumiendo.

—Un espectáculo de terror.

—¿Verdad? Es decir, fue excesivo.

—¿Sigue encerrado?

—Me pasé el día instalando unas vallas metálicas para sustituir la red y poder dejarlo suelto. Parecía muy triste ahí metido y me destrozaba el corazón tenerlo encerrado, pero es que no podía permitir que saliera.

—No es culpa suya. Es un ser salvaje.

—Pensaba que se estaba amansando. Juego con él. Y habla, por Dios bendito. ¿Qué carajos es?

—Un monstruo.

En una mesa de al lado la gente hizo un brindis y chocó los vasos. Joseph bebió. Yo también.

—¿Deberíamos quedárnoslo? No tuvo ni el menor escrúpulo en atacar a todas las mascotas del barrio y traerlas a casa.

—No sabe comportarse de otra manera.

—No creo que sea un monstruo, Lena. Al menos no del todo. Puede aprender.

—¿Aprender el qué?

—A portarse bien —Joseph eructó—. Magos quiere cortarle la cola-brazo. Dice que el cuerpo de Monstrilio cada vez es más humano, que ya no la necesita. Tiene la teoría de que es salvaje por culpa de la cola-brazo.

—¿Y de dónde sacó esa teoría?

—No lo sé, pero parecía bastante segura.

—¿Tú crees que es así?

La mesa de al lado estalló en risas y yo sonreí, tratando sin éxito de absorber su alegría.

—El cuerpo le está cambiando —respondió Joseph—. Antes no tenía extremidades y ahora tiene cuatro. Ya no es tan redondo. No es que parezca más humano, pero al menos sí parece un animal más normal. Lo único que no encaja es la cola-brazo, que le sobresale ahí en el costado.

—Y quieren cortársela. Eso es una pendejada, Joseph.

Me enojé por Monstrilio. Pensaba que lo querían tal y como era.

Seguidamente me terminé el resto de la cerveza y Joseph hizo lo mismo. La mesera, de un pelirrojo tan artificial que parecía morado, se llevó los tarros vacíos. Le pedimos otra ronda.

—Está aprendiendo palabras nuevas y quiero seguir enseñándole cosas. Ya avanza más rápido. El otro día dijo: «Papi, agua más». Está construyendo frases. Vi unas muescas arañadas en uno de los postes de madera y cuando le pregunté qué eran, me respondió: «Sueño». ¡Está contando las veces que duerme! Como un calendario.

—¿Para qué?

—Ni idea. Pero ya ves lo listo que es. Y ahora dice «Monstrilio», ¿eso lo sabías? Dice «Monstrilio» y se señala. ¡Sabe quién es! —Joseph sonrió. Luego se puso triste—. No sé qué hacer, Lena. No sé si puedo mantener todo esto en marcha.

—¿Mantener qué?

—Esta vida, aquí, con Monstrilio. Con Magos. Me da la sensación de que Magos está actuando. Hace todas las cosas que haría la Magos real, dice todo lo que ella diría, pero por dentro está hueca. Es como si fuera una autómata.

—Una mentira repetida muchas veces…

—Yo he estado haciendo lo mismo. Trabajo, sonrío, estoy aquí cuidando de Monstrilio… Y a veces me parece que todo esto es real, que de verdad puedo ser esta persona —se acomodó unos mechones de pelo tras las orejas—. Es solo que tengo la sensación de que debería estar haciendo otra cosa.

—¿Como qué?

—Llorar.

—Pues llora.

—He llorado hasta secarme.

—Ya me imaginaba.

—¿No debería estar refugiado en alguna habitación a oscuras, con una barba desaliñada, sucio y loco perdido?

—¿Y por qué no lo estás?

—Supongo que eso ya lo hice. En Nueva York. Tío me observaba mientras lloraba. Podría volver allí o vivir en otro sitio. Ponerle fin a todo de una buena vez. Por eso regresé. Por eso me planté en tu puerta aquel día. Y todavía estoy a tiempo. Empezar de nuevo, pero de verdad, quiero decir —se me quedó mirando. Me puse a rascar un bulto en la cubierta de plástico de la mesa hasta que se hizo un agujerito—. Bueno, ¿qué opinas? ¿No vas a decirme que me quede?

—¿Por qué iba a hacer eso?

—Porque es lo mejor para mí, ¿no? Para Magos y para mí. Y para Monstrilio también, creo.

—¿Lo es?

—No lo sé. Ayúdame.

—A veces creo que debería desaparecer, irme a una cabaña a Groenlandia y hacerme leñadora.

—¿A Groenlandia por qué?

—¿Y por qué carajos no?

Joseph levantó el tarro y me miró a través de la cerveza, con la cara del color del sol. Sonrió, dejando ver todos los dientes, incluso el torcido de un lado. Le saqué la lengua. Él hizo lo mismo, soltó la cerveza y se excusó para ir a orinar.

Llegué a su casa a las siete en punto. La mayoría de la gente nunca se atrevería a llegar a la hora exacta, pero a mí me reventaba calcular cuánto margen debía dar (cuándo es demasiado tarde o cuándo está bien), así que aparecí a la hora que se me dijo. Me recibió Joseph. Lo jalé para darle un abrazo y se retorció. Tenía el antebrazo vendado.

—No es nada —me dijo.

—No parece que no sea nada. Déjame ver.

—¡Flaqui! —Magos entró en la sala y me dio dos besos—. Qué buen aspecto tienes. Un poco pálida. Trabajas demasiado, ¿no?

Asentí. Además, Estrella me había dejado y no había tenido energía para buscar a otra mujer. Empezaba a plantearme si mis rutinas de baño no habrían llegado a su término natural.

—Tengo tempranillo de ese que te gusta. Ven. Vamos —siguió Magos.

Había preparado la mesa del comedor con velas, servilletas de tela, cubertería reluciente de plata y unos platos de loza preciosos.

—¿Todo esto es por mí?

—Quería que esta noche fuera especial.

Joseph se había peinado el pelo hacia atrás y se había puesto una camisa con una chamarra malva encima. Magos llevaba un vestido suelto con un estampado en blanco y negro, un collar rojo y robusto y unas pulseras pesadas de plata. Yo iba con unos jeans y una camiseta que me fajé. Magos me dijo que no me preocupara.

—Tú siempre estás guapa —añadió, y desapareció en la cocina.

—¿Monstrilio? —pregunté señalando el brazo de Joseph.

—Un accidente.

—Trae aquí.

Joseph me acercó el brazo y le deshice el vendaje, que estaba muy mal puesto. Un tajo le recorría del codo a la muñeca; afortunadamente no había afectado a la arteria radial.

—¿Fuiste a que te lo revisaran? Vas a necesitar puntos —le dije.

—No quise ir al hospital y tener que responder preguntas.

—Deberías habérmelo dicho.

—Estoy bien.

Salí a comprar un kit de suturas, alcohol y gasas en una farmacia a tres calles de allí. Cuando regresé, Magos y Joseph estaban sentados en la sala con unas copas de vino. Habían dejado la mía lista sobre la mesita.

Magos levantó su copa.

—Salud.

—Un momento. Primero tengo que ocuparme de Joseph.

—¿No puedes hacerlo después?

—Nop. Esta noche pretendo beber.

Abrí el envase de alcohol y lo usé para frotar el instrumental. Magos nos dejó solos. Joseph se quejó cuando le limpié la herida.

—Tienes suerte de que no esté infectada.

Le puse once puntos.

—No lo hizo adrede —me dijo—. Estaba intentando bajarlo del techo de malla, pero debí de agarrarlo por sorpresa, porque en cuanto se dio cuenta de que era yo a quien le había hecho daño se puso triste. No sé si esa es la palabra exacta, pero no paraba de gimotear y de subirse encima de mí. Desde entonces hace siempre lo que le digo.

—¿Volviste a hacerte amigo de él?

—Nunca dejé de serlo. Solo estaba conmocionado; no sabía bien cómo gestionar el tema de las mascotas.

Le vendé el brazo con gasas nuevas.

—¿Podemos brindar ya? —preguntó Magos tras reaparecer en la sala.

Había preparado budín azteca, mi favorito, y había hecho una ensalada de espinacas y nueces con aderezo de flor de Jamaica. Joseph, que nos sirvió más vino, había horneado un tres leches para el postre.

—¿Qué tal van tus videos? —le pregunté a Magos.

—Estoy jugando con varias ideas. Escribí mucho el tiempo que pasé en casa de mi madre, pero en video no tengo demasiado hecho.

—¿No? Pero si pasas un montón de tiempo metida en el estudio —dijo Joseph.

—Practicando, probando, pero sin nada concreto todavía. No he encontrado mi proyecto.

—¿Qué significa eso? —quise saber.

—Lo que quiero contar, explorar. Algo que dé coherencia a mi obra. Creo que a lo mejor pruebo con una performance en vivo.

—Suena intenso.

—Lo es —dijo Magos.

Joseph le dio un buen trago al vino.

Después del postre y de una ronda más de vino, se quedaron en silencio, mirándome fijamente de manera ominosa.

—¿Qué? No estarán pensando en echarme a Monstrilio para que me coma, ¿no? —pregunté.

Magos se rio.

—Qué mensa eres.

—¿Qué pasa?

—Necesitamos pedirte un favor.

—A ver…

—Queremos que le quites la cola-brazo a Monstrilio.

—Ni loca.

Magos miró a Joseph como si le tocara a él decir algo, pero él mantuvo la vista fija en su copa de vino.

—¿Tú también estás de acuerdo? —le pregunté.

—Magos dice que eso servirá para que Monstrilio sea menos salvaje, aunque a lo mejor no debería serlo.

—Casi te arranca el brazo, Joseph —dijo Magos.

—Me lo arañó. Poquita cosa.

—¡Lena acaba de ponerte puntos! —Magos apoyó los codos en la mesa—. Tenemos que hacer algo, Flaqui. No puede seguir siendo siempre un salvaje.

—No tenías ningún problema con que fuera salvaje antes —respondí.

—Sí, pero Monstrilio tiene que evolucionar y nosotros debemos ayudarlo.

—No quiero mutilarlo —intervino Joseph.

—No es una mutilación. Es quitarle algo que acabará por hacerle daño. Es como extirpar un tumor, ¿verdad, Flaqui?

—No tiene nada que ver —contesté.

Magos se recostó en la silla, le dio un sorbo al vino y se quedó mirando la lámpara, media esfera metálica pintada de naranja acrílico. Yo iba con ella cuando se compró esa lámpara en el tianguis de La Lagunilla, hacía años, con Santiago a remolque. Santiago había estado observando todos los objetos con las manos a la espalda, como un coleccionista en miniatura. Le compré un robot de latón. Lo tuvo en el regazo todo el camino en coche de vuelta a casa. Le dije que tenía permitido jugar con él, pero me respondió que a lo mejor las sustancias de sus dedos lo dañaban. Recordé que me eché a reír.

Me encantaban sus rarezas. No me parecía haber visto ese robot cuando empaqué sus cosas.

Joseph recogió con el tenedor las migajas de su tres leches.

—Que Monstrilio sea salvaje no tiene nada de malo —continué—. Es un monstruo. Aparte, ¿por qué piensas que quitarle la cola-brazo va a hacerlo menos salvaje?

—Por instinto —respondió Magos—. Igual que el pálpito que tuve con el pulmón. Creo que hay que hacerlo, Flaqui. Tienen que confiar en mí, los dos.

—Pongamos que tienes razón, Magos —dijo Joseph—. Pero cortarle la cola-brazo me sigue pareciendo cruel. Monstrilio la usa para todo.

—Y, entonces, ¿por qué le están saliendo otras extremidades? Debemos ayudarlo a aprender a usarlas, pero no va a poder si sigue dependiendo de la cola-brazo.

—Más allá de la crueldad —dije—, quitarle la cola-brazo no es darle un tajo y listo. No sabemos nada de su anatomía. ¿Y si la cola-brazo le sostiene el cerebro, el corazón o algún otro órgano vital? Necesitamos saber qué músculos podrían verse dañados, si es que los hay. O huesos. Tendones. Monstrilio podría ser una membrana interconectada. No tenemos ni idea. ¿Y la recuperación? ¿Sabemos si cicatriza bien?

—Después de… del incidente de las mascotas, Monstrilio acabó con unos arañazos bastante serios y le cicatrizaron rápido —dijo Joseph.

—¿Qué necesitarías para hacerlo? —preguntó Magos.

—No pienso hacerlo. Pero harían falta radiografías, como mínimo. Lo ideal sería una RMN. Hay que saber si

Monstrilio responde a la anestesia y si es capaz de soportarla. Ni siquiera sabemos si tiene venas.

—Sangrar, sangra. Sangre de verdad, como nosotros —comentó Joseph.

—Habría que ir a un hospital.

—Tú trabajas en uno —replicó Magos.

—No voy a hacerlo, Magos. Monstrilio es salvaje. Si lo quisieras, no se te ocurriría cambiarlo.

Magos tensó los labios.

—Yo tampoco quiero quitarle la cola-brazo —añadió Joseph. Magos lo fulminó con la mirada—. De todos modos, creo que deberíamos hacerle las pruebas. A lo mejor así descubrimos algo, otra manera de ayudarlo, quizá.

Hacerle las pruebas me parecía razonable y, más allá de lo que se viera en ellas, podría seguir negándome a quitarle la cola-brazo. Además, sentía curiosidad. Programé una RMN con un nombre de paciente inventado. Lo complicado sería conseguir que Monstrilio se estuviera quieto. Tendría que sedarlo, aunque no sabía cómo reaccionaría a la sedación. Le habría sacado muestras de sangre si hubiera tenido algún sitio al que enviarlas sin que saltaran las alarmas.

Tras administrarle una pequeña dosis de sedante para comprobar si le provocaba algún efecto secundario, Monstrilio se balanceaba de poste a plataforma y de plataforma a cuerda, diciendo «carne, carne, carne». Joseph lo bajó y lo exploré. Gruñía encantado, como si le estuvieran dando un masaje. Pese a que tenía la piel gris y el pelaje me dificultaba distinguirle algún sarpullido, terminé lo bastante convencida de que Monstrilio no era alérgico. A continuación tenía que probar si el sedante de verdad lo sedaría, para lo que necesitaba una dosis completa.

Joseph se arrodilló y con mucho trabajo contuvo a Monstrilio en su cama. Le puse la inyección. Pasados unos segundos, Monstrilio dejó de batallar, gimoteó, gruñó desde muy dentro y se quedó endeble.

—¿Está bien? —preguntó Joseph—. ¿No debería respirar? Cuando duerme se le siguen notando la respiración y un montón de gorjeos por dentro y ahora no.

—No pasa nada, Joseph —dijo Magos.

—No, ¡algo va mal! —Joseph le frotó la cabeza a Monstrilio—. Lena, haz algo.

Agarré a Monstrilio por una de las extremidades y le presioné la zona situada bajo una de sus manitas. No sabía con seguridad si ese sería el punto para sentirle el pulso, ni si habría algún pulso que buscar en circunstancias normales. No distinguí nada.

—¿Qué ocurre? —insistió Joseph.

Lo intenté con otra extremidad. Nada. Probé con la zona en la que debería tener el cuello. Nada.

—Está muerto, ¿verdad? —Joseph se puso en pie de un salto, empezó a caminar y a limpiarse lágrimas de la cara—. ¡Lo mataste! —se le arrugó la barbilla—. Está muerto. ¡Otra vez!

Le dio un manazo a una de las plantas. Una hoja salió volando en un remolino.

—Por Dios bendito, Joseph. Mantén la compostura —le dije, y coloqué una mano extendida sobre el cuerpo de Monstrilio.

—Está muerto —gritó Joseph llorando.

—Cállate. Siento algo.

Joseph volvió a arrodillarse, puso una mano donde yo tenía la mía y cerró los ojos. Los abrió aterrorizado y agarró a Monstrilio. Lo abrazó con fuerza.

—Joseph, no —dijo Magos, también aterrorizada—. Deja a Lena… —Joseph se hundió en el suelo con Monstrilio entre los brazos y lloró sobre él. Magos intentó agarrar a Monstrilio—. ¡Joseph! Deja a Lena…

Yo también intenté quitarle a Monstrilio de los brazos.

—¡No!

Joseph me dio un golpe en la mano.

—Joseph. ¡Joseph! Mírame. Necesito revisar cómo está. Si alguien puede hacer algo, soy yo. Así que déjame, por favor. ¡Ahora! —Joseph me entregó a Monstrilio—. Fuera de aquí. Los dos.

Acosté a Monstrilio en su cama y le pegué un oído al cuerpo. Cualquier sonido que saliera de él, especialmente si era repetitivo, significaría que había vida. Oí un leve gorjeo. Le apreté más el cuerpo. Oí un pom. Esperé a oír otro.

Pom. Pom.

Tenía el pulso bajo. ¿Bajo según qué estándares? A lo mejor debía ser así. Lo importante era que se oían latidos, si es que esos golpeteos podían calificarse de latidos. No sabíamos si Monstrilio tenía corazón. Para estar segura, esperé unos minutos más y volví a escucharle el cuerpo. Los golpeteos eran ya más fuertes. El cuerpo le subía y le bajaba como si respirara. Estaba vivo y la sedación había funcionado. Llamé a Magos y a Joseph para que volvieran al patio. Joseph se sentó con las piernas cruzadas junto a Monstrilio y le acarició el pelaje, a la espera de que se despertara, aunque ya le había dicho que podían pasar horas.

Magos y yo volvimos al interior de la casa.

—Monstrilio no es Santiago. Quieres convertirlo en algo que no es —le dije.

—Sé lo que es Monstrilio. Lo creé yo.

El ala del hospital donde se encontraba el aparato de RMN estaba desierta salvo por un enfermero que la vigilaba, dado que además allí había un almacén de suministros. Lo distraje con preguntas inanes mientras Magos y Joseph se colaban con Monstrilio. El enfermero podría habernos pescado si hubiera decidido patrullar la planta, pero no era un vigilante como tal y la sala de RMN estaba bastante retirada, así que confiaba en que pasáramos desapercibidos. Sedé a Monstrilio. Una vez dormido, Joseph y yo lo colocamos en la camilla de RMN. Magos, Joseph y yo entramos en la sala de observación mientras el aparato estaba en funcionamiento. En la pantalla empezó a aparecer la anatomía de Monstrilio. ¡No mames!, pensé, aunque esperé a que el cuerpo entero estuviera en imagen antes de decir nada.

—Miren —dije, y señalé una zona vacía que cubría la mitad del cuerpo, por la espalda, concentrada en la parte de la que salía la cola-brazo—. Ahí no hay nada, ningún órgano discernible, ni huesos ni cartílago. Quizá sea líquido o sencillamente una membrana continua. No hay ninguna estructura.

—Monstrilio antes era súper blando —comentó Magos.

—Cierto. Pero miren aquí —señalé la otra mitad de Monstrilio—. Hay huesos, ¿los ven? —asintieron—. Y esto de aquí es un corazón. Y estos son sus órganos digestivos. Y aquí justo, en la base de la cabeza, hay un cráneo con un cerebro dentro. ¿Lo ven? —entornaron los ojos ante las imágenes—. ¡Miren!

—Estamos mirando, Flaqui. ¿Qué?

—Todo eso es la anatomía de un niño.

—¿Qué? —dijo Joseph.

—La mitad de Monstrilio tiene la anatomía de un niño. Como si en su interior estuviera gestándose una persona.

—Como si Monstrilio estuviera evolucionando —dijo Magos.

—Es un niño —afirmó Joseph.

—No es un niño. No del todo —maticé.

—Y, entonces, ¿qué es? —preguntó Joseph.

No tenía respuesta para eso. No me esperaba algo así. Magos tenía razón: había una persona dentro de Monstrilio, al menos anatómicamente. Joseph se echó hacia delante y casi tocó el monitor con la nariz.

—Eso es su corazón, ¿verdad? —dijo.

—No.

Señalé dónde estaba el corazón.

—¿Y qué es entonces?

—Un pulmón. Solo tiene uno.

Después de la RMN, Magos y Joseph decidieron quitarle a Monstrilio la cola-brazo. Esa cola-brazo, tal y como intuía Magos, no formaba parte de su nueva anatomía y quizá estuviera obstaculizando la mutación de Monstrilio hacia su forma final. En cualquier caso, yo seguía sintiéndome incómoda con aquella operación. Les comuniqué mis reservas a Joseph y a Magos, en especial lo mal que me parecía interferir en un cuerpo vivo, pero también les dije que yo quería a Monstrilio como monstruo.

Al final acepté. Por supuesto que acepté.

Llevé a cabo la operación en su casa, con instrumental que tomé prestado del hospital de forma subrepticia. El bisturí atravesó limpiamente la base de la cola-brazo, sin huesos, músculos ni tendones que lo interrumpieran, solo una sustancia viscosa tipo sangre. Al contrario de lo que había dicho Joseph, Monstrilio rezumaba una cosa similar a la sangre, pero que no era sangre como tal, sino algo más denso y café, como la melaza. El único rastro de la cola-brazo acabó siendo un muñón cosido que, entre todo el pelaje, apenas era perceptible.

Al poco, el muñón mostraba todos los signos de haber cicatrizado. No obstante, sin su cola-brazo, Monstrilio era torpe. Se caía, se tropezaba, no podía trepar, no podía balancearse. Permanecía en su nido, dentro de su casa amarilla, y apenas hablaba. Antes, cuando dormía, solo lo despertaban los ruidos más estruendosos, pero ahora se hacía un ovillo, respiraba muy superficialmente y con cualquier sonido, con cualquier susurro o suspiro, se sobresaltaba, alerta y despierto por completo. Cada pocos días pasaba a ver cómo estaba. Físicamente, Monstrilio se encontraba en una forma perfecta. Sin embargo, con el paso de los días, cada vez se movía menos.

A Magos la irritaba que Joseph le diera de comer con la mano, en vez de obligarlo a trasladarse a donde estaba la comida. Joseph me dijo que, si no lo hacía así, Monstrilio se moriría de hambre. Fue adelgazando y alargándose, con parches de piel gris que le asomaban allí donde se le caía el pelaje. Según Joseph, Monstrilio estaba muriéndose, y según Magos, estaba mudando su cuerpo viejo. Lo único que conservaba era la misma cara de aspecto bobo, aunque tenía los ojos más apagados y ya nunca enseñaba los colmillos. Conseguí evitarlos a los tres durante unas semanas, a la espera (¿con la esperanza?) de que Joseph o Magos me llamaran para decirme que Monstrilio había muerto.

Por fin, una noche ya tarde, me llamó Joseph.

—Voy a sacrificar a Monstrilio.

—Son las tres de la madrugada —dije, fingiendo que me había despertado él.

No era así. No había conseguido dormirme y estaba viendo la televisión.

—No puedo dejar que siga sufriendo, Lena —siguió Joseph—. ¡Han pasado casi dos meses! Voy a hacerlo esta noche. No puedes detenerme.

—Y, entonces, ¿para qué me llamas?

—Escúchalo —oí un leve gimoteo—. Se pasa toda la noche gimiendo así. No puedo dormir. Me parte el corazón.

—¿No puedes esperar a que vaya yo?

—¿Esta noche? ¿Por qué? No. Voy a hacerlo yo.

—Te ayudaré a hacerlo sin dolor. Lo dormiremos.

—¿Esta noche?

—Sí.

—Vas a contárselo a Magos.

—No.

—¿Prometes que vas a ayudarme?

—Lo prometo.

Treinta minutos después, Joseph me recibió en calzoncillos y camiseta. Tenía un aspecto horrible, con los ojos rojos, la piel cetrina y cuarteada, las mejillas hundidas. Me llevó a la cocina. Monstrilio estaba acurrucado en su cama junto a la puerta del patio; las sábanas y las toallas que cubrían su nido habían desaparecido. Levantó un poco la cabeza.

—¿Papi? —dijo con la voz más aguda.

—*Hey there. It's okay* —dijo Joseph en inglés. Se sentó junto a Monstrilio—. Lena vino de visita.

Monstrilio bajó la cabeza y la ocultó entre las patas delanteras. La cocina parecía menos iluminada de lo normal. Me di cuenta de que era la tristeza de Monstrilio, que irradiaba con densidad a nuestro alrededor y bloqueaba la luz. La habíamos cagado. Yo la había cagado. Pero iba a enmendar las cosas. Le enseñé a Joseph un vial con un sedante capaz de pararle el corazón a un rinoceronte.

—¿Estás seguro? —le pregunté.

—No. Pero ¿qué voy a hacer? Lo destruimos. Está sufriendo —Joseph le acarició la cabeza a Monstrilio—. No puedo pasar otra vez por esta angustia, Lena, esperando a que llegue la muerte, autoconvenciéndome de que va a mejorar.

—Monstrilio no es Santiago —le dije.

Y aun así. Llené una jeringa con el sedante y se la enseñé a Monstrilio. Quería que supiera lo que estaba pasando. Necesitaba al menos un indicio de voluntad por su parte.

—Esto te ayudará a morir —le expliqué.

Monstrilio alargó la cabeza hacia la jeringa. La olisqueó. Joseph se estremeció junto a mí. Estaba llorando.

Las luces de la cocina se encendieron y me cegaron.

—¿Flaqui? ¿Qué haces aquí? —dijo Magos.

Me guardé la jeringa en el puño.

—Joseph creía que Monstrilio estaba enfermo. Vine a verlo —dije haciéndome pantalla en los ojos.

—Joseph cree eso todos los días.

Joseph se puso en pie.

—Lena vino a ayudarme a ponerle punto final.

—¿A matarlo?

—No puede vivir así, Magos. Míralo. Está cagado de miedo —dijo Joseph.

—¡Se está adaptando!

—Perdió la alegría.

—Está creciendo, transformándose, cómo no va a estar desubicado.

—Esto no es falta de ubicación, Magos, es desesperación.

Magos se giró hacia mí. Ahí estaba yo otra vez, atrapada en esa familia.

—¿Y tú? ¿Ibas a ayudarlo con esto? —Magos dio un paso adelante. El camisón le ondeó—. ¿Ibas a envenenarlo? ¿O a pegarle con otro martillo?

—No debería haber venido. Esto no es asunto mío —dije.

—Desde luego que no es asunto tuyo —respondió Magos.

Se me tensó el estómago y me inundó un brote de pánico que no intenté combatir. Lo dejé apoderarse de mí.

—En realidad sí que es asunto mío, Magos. Tú lo convertiste en asunto mío, tú me pediste que hiciera esa cirugía de mierda, tú convertiste toda tu maldita vida en asunto mío. Y yo estaba encantada de complacerte, más que encantada. Pero ya no. Ya me harté.

—Perfecto. Sal de mi casa ahora mismo.

—Creía que querías a Monstrilio, pero solo querías regresar a Santiago. Monstrilio era maravilloso y mira lo que le hicimos.

—Fuera.

—Lena se queda. Esta casa es igual de mía —dijo Joseph.

—¡Tú, fuera de aquí también!

—No puedes echarme.

—Quién carajos dice que no puedo —señaló la puerta y chasqueó los dedos—. ¡Fuera! Los dos.

Monstrilio gruñó, un gruñido bajo, casi un gimoteo, con los ojos húmedos, esos ojos como canicas negras. Confiaba en que luchara, en que nos defendiera, pero se hizo un ovillo, ocultándose en su propio cuerpo. Joseph se arrodilló junto a él, le dio un beso en la cabeza, se secó unas lágrimas, pasó junto a Magos y salió de la cocina. Yo lo seguí hasta que subió en tropel las escaleras.

Yo continué hacia la calle.

Había pasado una semana desde la llamada de Joseph. Él se había regresado a Brooklyn, con Luke, y yo no había tenido noticias de Magos. Mi capacidad para invocar mi concentración, mi modo cirujana, se había vuelto errática. Decidí tomarme unos días libres, reprogramé a todos los pacientes que pude y a otros los remití a colegas. No estaba segura de qué hacer conmigo misma. Visitaba la cantina. Contrataba a mujeres para bañarme, no solo los lunes, sino cualquier día que las necesitara; casi a diario. Más a menudo que no, mantenía relaciones sexuales con ellas. Mi insomnio permanecía.

Le escribí a un antiguo mentor de mi época de residente en Nueva York. Me dijo que no había ninguna vacante de neurocirujana, pero que podía llevarme en calidad de especialista. Estaba seguro de que, una vez que estuviera en su hospital, la directora quedaría tan impresionada que me rogaría que no me fuera.

—Perfecto —le respondí.

Pese a que no esperaba demasiado de ese plan, sentí una emoción que creía haber perdido. Unas semanas después estaba contratada.

El día antes de marcharme fui a visitar a Jackie y a Lucía para despedirme.

—Nos abandonas —dijo Lucía, y me dio dos besos.

—¿Quieres una cerveza? —me preguntó Jackie.

—¿Qué beben ustedes?

—Tequila.

—Pues me apunto a ese tequila, si les parece.

Nos sentamos en la sala a tomarnos el tequila. El sol brillaba por las puertas con ventanas en la casa de las Lomas. Junto a esos ventanales estudiaba yo. Magos se sentaba a mi lado y fingía leer una novela o una revista antes de empezar a hablar, aunque se suponía que no debía interrumpirme. Me preguntaba por lo que estaba aprendiendo. Yo se lo contaba todo, con la esperanza de aburrirla lo suficiente para que me dejara en paz, pero ella se quedaba escuchando hasta la última palabra que le decía. Según decía, mi voz la calmaba.

—¡Por Nueva York!

Lucía levantó su vaso tequilero. Me bebí el tequila y me serví otro. Estaba cansada. Mi insomnio me seguiría hasta Nueva York, aunque tendría que hacer todo el trayecto desde México y a lo mejor se distorsionaba por el camino, como una mala señal de un televisor antiguo, llena de puntitos y borrosa, débil.

—Está bien que te vayas. Esto a ti te queda pequeño, querida Lena. Nosotras mismas te quedamos pequeñas.

Sonreí. Los cumplidos de Lucía, como los de Magos, siempre resonaban muy fuerte en mi interior. Fuera, Almendra corría ladrándoles a unos pájaros. Lucía la observaba y me di cuenta de que su rostro había perdido la lozanía. Los huesos le sobresalían de forma muy marcada y tenía bolsas bajo los ojos.

—¿Cómo has estado últimamente, Lucía? —le pregunté.

—De maravilla.

—Eso no es verdad. Ha estado cansada —dijo Jackie.

—Es solo una racha, se pasará.

—Puedo recomendarte un buen…

—¿Has visto a Monstrilio? —me preguntó Lucía—. Jackie y yo lo vimos la semana pasada. Habla más y está tratando de andar erguido. ¿Lo puedes creer? Todavía no camina, claro. Sigue estando muy torcido. Los huesos aún no se le han asentado donde deben.

—Tiene que aprender a utilizarlos —añadió Jackie—. El cuerpo, en general.

—Magos dice que es un niño, pero todavía no. No con ese pelaje. ¡Ni con esos colmillos! Pero creo que lo acabará siendo —Lucía le dio un sorbo al tequila—. Y pensar que esa cosa que intentó comerme está convirtiéndose en un niño, esa criatura de duelo que Magos creó…

—¿Monstrilio sigue triste? —les pregunté.

—Está desorientado, creo —dijo Jackie.

—Desorientado, sí —comentó Lucía—. Y un poco manso, para mi gusto.

—Me cuesta imaginar a Monstrilio manso —respondí.

Lucía se levantó; era la primera vez que la veía utilizar el bastón de verdad para apoyarse. Me dio una cajita envuelta para regalo. La abrí y me encontré un collar de plata con dos calaveritas diminutas como colgantes.

—Creo que son bastante horrorosas —me dijo—. Pero según Jackie las calaveritas ayudan a mantener el miedo a raya.

—¿Y por qué dos? ¿Tantos miedos tengo que mantener a raya? —le pregunté.

—Por mis dos niñas, claro. Esta es Magos y esta es Lena.

Algo pitó en la cocina y Jackie se levantó para ir a mirar. Lucía me hizo ponerme de pie y me puso el collar alrededor del cuello. Me pidieron que me quedara a cenar, pero mentí y dije que aún tenía cosas por empacar. Me abrazaron y me dieron besos de despedida. Me mojé los dedos en la fuente de la entrada, dije adiós una vez más con la mano y salí de allí.

Un taxi pitó y me sobresaltó. Los neoyorquinos que tenía junto a mí le gritaron al taxista, exasperados bajo sus paraguas. El ruido de la ciudad, la lluvia, los salpicones, los pitidos y los insultos, aunque similares a los de la Ciudad de México, me resultaban extraños, y me quedé petrificada. El taxi pitó más enfadado, aunque, antes de moverme, me deleité con ese sonido. Pese a que llovía, una multitud de gente se había reunido en la entrada a Central Park de Columbus Circle.

Pensaba comprar un montón de plantas para mi departamento nuevo. Necesitaría traerme cosas de México también, todos mis cachivaches, incluso los que no tenían fantasmas. O a lo mejor me deshacía de mis mierdas. En cualquier caso, eso sería otro día. Estaba parada en mitad de Manhattan, una simple mota entre aquellos edificios tan altos y esas grandes multitudes que me miraban fijamente, enojadas porque no me movía.

—No soy una puta mota. Soy Lena —dije.

MAGOS
LENA
JOSEPH
M.

Para conseguir mesa en ese restaurante había que conocer al chef, ser famoso o esperar meses. Nosotros llevábamos solo un mes de espera, más o menos, cuando Peter recibió una llamada para decirle que habían tenido una cancelación repentina: había quedado libre una mesa para dos, esa misma noche, a las nueve. Peter la aceptó de inmediato. No le importó que fueran ya las ocho ni que yo acabara de preparar un salteado de cerdo para cenar.

—Arréglate —me dijo, y salió corriendo hacia nuestro dormitorio.

Yo también corrí, con la esperanza de que si imitaba su entusiasmo, un entusiasmo que Peter sentía casi por cualquier cosa, algún día se me acabaría pegando. Me lo encontré en ropa interior, tratando de elegir entre unos jeans negros y unos pantalones grises ajustados. Me quedé en ropa interior como él y me deleité con ese momento, como si fuéramos dos niños de campamento. Le di un pellizco en el trasero. Peter me dijo que me vistiera. Me puse un suéter sin camiseta debajo, lo que me hacía sentir sexi. Nuestra habitación, el aire compartido, la luz cálida que llegaba de las lámparas de nuestras mesitas de noche y el vértigo de Peter invitaban a una especie de euforia.

Llegamos a un garaje abandonado en Red Hook.

—¿Estás seguro de que es aquí? —le pregunté.

Peter me agarró de la mano y me llevó hasta una puerta con una única lámpara encendida encima. Tras confirmar el nombre de Peter en un iPad, una mujer nos acompañó al interior y nos condujo por un pasillo largo y oscuro cuyo techo me quedaba a solo cinco centímetros de la cabeza. Peter iba rozando con los dedos el papel pintado, de color plata y negro, y susurró:

—¡Qué especial todo esto!

La luz se atenuaba según nos adentrábamos; era tan débil ya que apenas alcanzaba a ver a la mujer que nos guiaba. Seguimos caminando. El pasillo parecía no tener fin.

—¿Sabes si pasa algo? —susurré.

Peter me apretó el hombro. Caminamos un poco más y me dio la sensación de que algo nos engullía. Antes de poder irme corriendo de vuelta a la luz, afuera, a la noche de Brooklyn, a nuestra casa y a nuestra disfrutable vida aburrida, nos detuvimos en plena oscuridad. Peter se echó a reír.

—¡Qué emocionante!

Con un movimiento rápido, la mujer descorrió un juego de cortinas y se hizo a un lado. Entramos a un patio techado, iluminado por caóticos cúmulos de focos esparcidos por todas partes. Peter soltó un grito ahogado. Yo entorné los ojos ante la repentina iluminación, ante ese ambiente acogedor, un hechizo demasiado perfecto para calmarme del todo los nervios. La mujer señaló una mesa dispuesta para dos; era una de las únicamente seis que había, acoplada junto a un árbol y un par de maceteros de bambú.

—¿No es maravilloso? —dijo Peter, boquiabierto con todo.

Una de las cosas que más me gustaban de él era su uso tan sincero de palabras como «maravilloso», un uso tan comprometido con su significado que cualquier rastro de afectación quedaba disipado y las palabras persistían plenas y dulces.

Apareció un mesero que recitó nuestro menú para la velada. Siete platos, todos maridados. Empezaríamos con bolas de queso cubiertas en ceniza sobre un espejo de salsa cuyos ingredientes no capté pese a estar prestando atención.

Peter levantó la copa de vino blanco espumoso y dijo:

—Por nosotros.

—Por nosotros.

Choqué la copa.

Peter se pasó la comida entera haciendo ruiditos de aprobación mientras me miraba para ver si yo también la estaba disfrutando. Actué como un eco, feliz (estaba todo delicioso), y llegado el postre, que iba maridado con un coctel de limoncello, me notaba rozando la borrachera y por fin completamente relajado. Sin embargo, Peter no paraba de limpiarse la boca con la servilleta y de mover por el plato las migas que le quedaban del postre. Me lanzaba miradas furtivas, como tímido.

—¿Qué ocurre? —le pregunté.

—Llevo muchísimo tiempo intentando venir aquí.

—Ha valido la pena.

—Es el momento perfecto, ¿verdad?

—¿Para qué?

Me ardió la cara. ¿Iba a romper conmigo? ¿Era una huida con clase? ¿Iba a dejarme en ese patio de fantasía? ¿Tendría que regresarme solo por aquel pasillo horrible? Peter se secó la boca una vez más y soltó la servilleta en el plato. Yo le di el último sorbo a mi coctel de limoncello.

—Bueno. Tengo algo para ti —me dijo.

Era espantoso verlo así de nervioso. ¿Estaba a punto de decirme que los dos años juntos habían sido una broma? ¿Un experimento, quizá? Yo le había gustado demasiado desde el primer día. Peter no podía ser real y estaba a punto de enterarme.

Se sacó una cajita negra del bolsillo interior de la chamarra y la abrió ante mí. Un anillo de plata asomaba en un cojín de terciopelo negro.

—¿Es para mí?

Peter se echó a reír y noté que el cuerpo se le relajaba.

—¿Quieres casarte conmigo?

El anillo estaba pulido, era liso, no tenía ninguna piedra y sí mucha clase: a mi gusto. Imaginé que habría una inscripción por dentro, pero me daba demasiado miedo agarrarlo y mirar. Se hizo el silencio en el restaurante. Un silencio mudo, absoluto. No se oía el ruido de la cubertería contra la vajilla, ni voces bajas ni susurros, ni sorbos ni tragos ni rasguños, ni pájaros, ni coches, ni aviones ni grillos, ni siquiera el latido de mi propio corazón. No oía nada, como en una película interrumpida.

—¿Joe? —me preguntó Peter.

Su mirada fija, su expectación, su cuerpo enroscándose en tensión, me dejaron paralizado. Necesitaba dar una respuesta, pero tenía la boca seca, la lengua como una piedra, y se me había olvidado respirar.

—¿Joe?

La cabeza se me levantó de golpe, como un acto reflejo. Lo miré a la cara. Peter conservaba una sonrisa, aunque parecía tenerla sujeta con palillos de dientes. Mi cuerpo asumió el mando de mi indecisión.

—Sí —dije con un espasmo.

Pues claro que sí. ¡A una propuesta de matrimonio no se dice que no! Y mucho menos cuando te la hace alguien como Peter. Estaba enamorado de él. Me había enamorado de nuestros dos años juntos.

—¿Sí? ¿Sí? ¡Sí! —Peter dio una palmada y saltó de la silla—. ¡Sí!

La mesa más cercana se giró hacia nosotros y se nos quedó mirando sin reparos, porque momentos así, propuestas de matrimonio, están hechos para tener público.

Están hechos para disfrutarse y celebrarse. Peter agarró el anillo y se acercó a mí para que le tendiera la mano. Me lo colocó en el dedo. Su tacto era frío, como el mío. Como por arte de magia, sacó otra caja de la chamarra y me la dio.

—¿Otro? —pregunté mirando una réplica de mi anillo.

—Para mí —susurró Peter, y extendió la mano.

—¿No debería haberlo comprado yo?

—No pasa nada —movió los dedos. Le coloqué el anillo—. ¡Estamos prometidos!

Peter lanzó los dos puños al cielo. Un corcho estalló. La mesa de al lado estaba aplaudiendo. El mesero apuntaba unas copas de champán al torrente de una botella. Peter estaba junto a mí. Me besaba la boca. Las mesas gritaban de alegría. Yo bebía champán, un anillo me relucía en la mano y un cúmulo de focos, arriba, brillaban tan luminosas que pensé que podían explotar.

El pasillo largo y oscuro me pareció mucho más corto al salir que al entrar, el restaurante nos escupía, emocionado porque Peter y yo saliéramos a una vida nueva. La mujer de la entrada nos felicitó y tardé un segundo en entender por qué.

Pensé en Magos, por el modo en que esa mujer se sujetaba el final de la cola y la echaba hacia atrás, reafirmando su espacio. Ella y yo también habíamos estado comprometidos una vez, aunque esa noche no tenía nada que ver con Magos: no sentía la ingravidez ni la certeza del instante definitivo, la seguridad de que, de ahora en adelante, mi vida sería eso.

—¿Adónde vas? —gritó Peter.

Me detuve en una esquina. Las calles estaban vacías y en el viento se percibía un frío primaveral, pero en realidad yo no lo notaba. Junto a mí había un terreno en obras, protegido por una alambrada que agarré con los dedos, muy apretados en la malla.

La luz del teléfono le iluminó la cara a Peter.

—Viene un Uber de camino.

En el coche, Peter me preguntó si estaba feliz.

—Sí —le dije.

Peter hizo entonces el mismo ruidito que al comer, como si acabara de saborear algo delicioso.

Nuestro departamento (técnicamente era de Peter) estaba en Williamsburg y tenía dos pares de ventanas enormes, uno en nuestro dormitorio y otro en el comedor, que daba a un balcón estrecho en el que yo mantenía una hortensia moribunda, regalo de Lena: el único elemento deteriorado de nuestra casa y aun así el que yo más apreciaba.

Peter se fue a dormir, pero no antes de referirse a mí como su «prometido» diez o doce veces más. Salí al balcón y me senté en la silla plegable que teníamos ahí. Contemplar Manhattan desde Brooklyn siempre me había animado desde que vivía en Cobble Hill, de niño, y mi tío me llevaba a los muelles. La ciudad de Nueva York en general, pero Manhattan en especial, me hacía sentir pequeño, y disfrutaba con esa particular sensación de alegría que produce sentirse pequeño, porque cuando eres pequeño siempre hay alguien que te protege, o al menos así debería ser.

Estaba convencido de que lo mío con Peter tendría fecha de caducidad. A lo mejor por eso todo iba tan bien entre nosotros. Mi único motivo para estar con Peter era disfrutar de él. Todo lo que me molestaba de su persona, todos sus defectos, lo pasaba fácilmente por alto; sabía que en el fondo no iba a tener que lidiar con nada de eso. Lo mío era temporal, Peter me dejaría pronto. ¿Por qué discutir cuando utilizaba mi cortaúñas y lo perdía, o cuando los fines de semana me despertaba solo porque él estaba levantado, o insinuaba que me sentaría mejor el pelo recortado y bien peinado?

Mi anillo captó un destello. Durante un tiempo había fantaseado con que alguien me pidiera matrimonio con los ojos plenos de amor, alguien que quisiera anunciarle al mundo que éramos el uno para el otro. Acaricié la suavidad de mi anillo y un revoloteo de felicidad me meció el estómago. En algún sitio seguía existiendo un Joseph romántico.

Tras divorciarme de Magos, la soltería me pareció fácil. Había querido a Magos con un asombro ciego, estaba enganchado de un modo absorbente a su seguridad, a su capacidad para usar el mundo a su antojo. Me encantaba la curiosidad que sentía por mí y la fragilidad oculta que me permitía ver en ella cuando se acurrucaba contra mi cuerpo, confiando en que le sirviera de capullo. Yo nunca había sido un capullo para nadie. Con Magos me volví poderoso, más excitante, magnífico. Hermoso. Luego llegó Santiago, y cada vez que él levantaba la vista para mirarme como si fuera un superhéroe, cada vez que me llamaba «Papi» para contarme algo mitad inventado mitad real («Papi, ¿sabías que hay agua en la Luna y ahí viven dinosaurios diminutos?»), cada vez que se colgaba de mí sin aliento y mi tacto lo tranquilizaba lo suficiente para volver a respirar, cada una de esas veces me sumergía más y más en un amor que no sabía que pudiera existir. En un amor con el que no sabía qué hacer. Al desaparecer todo eso, me contenté con no volver a querer a nadie nunca más.

Entonces Peter me mandó un mensaje a través de una aplicación de citas que yo usaba únicamente para sexo. Peter estaba bueno y me agarró cachondo. Sin embargo, después de acostarnos, no desapareció como los demás. Quiso una cita. Acepté solo porque deseaba más de su cuerpo. Él quería conocerme y me escuchaba como si mi vida fuera alucinante, aunque le conté pocas cosas. Me pidió una segunda cita y una tercera. Esperaba que llegaría el momento en que se desencantaría. Yo tenía una vida anterior, caótica e inacabada, a la que al final debería regresar. Sencillamente estaba disfrutando de un respiro, de una ruptura con todo lo que había ocurrido, pero ese no podía ser mi futuro.

Estuve sentado en nuestro balcón hasta que el cielo empezó a clarear. Pensé en irme a la cama, junto a Peter y sus ronquidos, que tanto me confortaban, pero el sueño se apoderó de mí y me desperté con Peter sacudiéndome.

—¿Dormiste aquí fuera?

—Necesitaba un poco de aire.

—¿Demasiadas emociones? —se arrodilló para que nuestras caras quedaran al mismo nivel—. ¿No estás…?

—No, no.

Fuera lo que fuese lo que iba a decirme, no quería escucharlo. No quería que dudara de mí. Quería casarme con él. Me estaba acercando a una vida en la que mi pasado no tenía cabida. Estaba mudándolos: a Magos, a Santiago y a M.

El sábado por la mañana Peter iba corriendo de un lado a otro en piyama. Había pasado una semana y yo todavía no se lo había contado a nadie. Entretanto, nos inundaban ramos de felicitación de su familia y amistades. Peter colocó una orquídea sobre una mesa, en un rincón en que le daba la luz directa. Mi intención de hacer hot cakes se vio interrumpida por un aluvión de flores mezquinas y acusatorias.

—Maravilloso —dijo Peter.

Me senté a la mesa del comedor, hundido en una silla. No sabía por dónde empezar. Lena era la elección obvia, pero había estado muy ocupada en el hospital y quería contárselo en persona. Una excusa, en el fondo, porque Lena habría quedado conmigo para tomar una cerveza en cualquier momento si le hubiera dicho que era importante. Ella no nos enviaría flores. Pero me preguntaría por qué en cuanto me viera el anillo en la mano. Me preguntaría si estaba seguro. Y yo no sabría cómo responder.

Peter me había hecho prometer que iríamos a casa de mi tío ese mismo día, más tarde, para anunciarle nuestro compromiso. La familia de Peter vivía en Míchigan, así que mi tío era el único pariente de sangre que teníamos en Nueva York (ahora siempre hablábamos en plural, nosotros, nosotros, nosotros).

—Debería ir solo —le dije.

Peter se quedó paralizado con un atomizador en la mano.

—¿A casa del tío Luke?

Asentí. Retorció la cara, con todos los argumentos encerrados en una mueca. Gárgaras de tuberías, un crujido y el ladrido de un perro. Peter inspiró y con la misma respiración susurró:

—De acuerdo.

Era tan calmado, tan fácil, tan respetuoso... Me alegré de que no discutiera. Si lo hubiera hecho, tendría que haber huido o haberle contado todo mi pasado. Nuestro compromiso desde luego se anularía. ¡O algo peor! Peter querría implicarse y yo no sería capaz de soportarlo.

—Lo siento —le dije.

—¿Por qué?

No respondí, así que Peter roció más flores con agua y luego pasó a cuidar de las plantas. Poco después se prepararía un café y me preguntaría si quería uno. A veces me daba la sensación de que todos los cuidados que me proporcionaba eran solo para evitar descubrir lo que yo escondía.

Llegué a casa de mi tío en Cobble Hill. Era una casa vieja y bonita y Tío la mantenía amueblada como si fuera un museo. Aunque mi familia había sido rica en otros tiempos, nuestra riqueza había menguado. Teníamos alquilados el piso de arriba y el sótano y mi tío conservaba los pisos primero y segundo; era más de lo que necesitaba, pero disfrutaba teniendo espacio. Igual que M. cuando venía de visita. La sala estaba repleta de periódicos, libros, cuadernos viejos con garabatos suyos y las batas que tiraba mi tío por ahí cuando sentía demasiado calor. A pesar de que la chimenea ya no funcionaba, hacía que el espacio fuera hogareño, junto a un sillón largo, dos sillas de piel, un par de otomanas, alfombras, papel pintado de damasco, unos cuantos cuadros, algunas de mis ilustraciones enmarcadas y un ventanal en saliente enorme que mostraba la calle llena de árboles, delante.

—Hola, Tío.

Yo lo llamaba Tío, en vez de tío Luke o Luke. De niño, «Tío» me había parecido formal y divertido, como la fórmula que habría usado un huérfano de antaño para referirse a su tutor. Antes siempre se reía cuando lo llamaba así.

Me gruñó desde su sillón favorito, con la columna formando un semicírculo contra el respaldo acolchado. Me senté en el sillón frente a él, con la mano del anillo en el pecho y la esperanza de que se diera cuenta y me preguntara. Pero Tío estaba demasiado ocupado leyendo un libro francés encuadernado en piel, con sus retorcidos dedos bien aferrados a los bordes. Volvió a gruñir sin apartar la mirada de las páginas.

—¿M.? —pregunté.

Tío asintió.

—Está en Berlín. Ya lo sabes.

Tío gruñó tres veces, cada vez más exasperado.

—Ya sé que la semana que viene es su cumpleaños —me recosté en el sillón—. Bueno, el de Santiago, técnicamente.

Tío dejó el libro en la mesa que tenía al lado y agarró uno de sus cuadernos amarillos.

«Debería estar aquí», escribió.

—Berlín le sentará bien. Un nuevo comienzo. Allí nadie sabe... Pues eso.

«M. es lo que es».

—¿Y qué es?

Tío sonrió, pasó a una página nueva y escribió: «INCREÍBLE».

—Ahora tiene la oportunidad de ser un muchacho. Un hombre. Magos está de acuerdo. Va a intentar conseguirle un trabajo.

Tío se detuvo a pensarlo. Transigía con la opinión de Magos mucho más predispuesto que con la mía.

Magos había acertado: quitarle la cola-brazo a Monstrilio impulsó su transformación. No volví a vivir en la Ciudad de México, pero sí visitaba a menudo a Monstrilio. Cuando iba y lo veía cada vez más humano, no me atrevía a albergar esperanzas de nuevos avances. Sin embargo, se convirtió en adolescente y le desapareció casi todo rastro de su forma anterior. Un parche de pelaje en la frente y los colmillos, largos y afilados, nunca sustituidos por dientes humanos, eran las únicas pistas de lo que había sido. Magos lo llamaba Santiago, pero yo era incapaz. Aunque ya no era Monstrilio, tampoco era Santiago. Santiago estaba muerto. Me daba cierto consuelo mantener su recuerdo inalterado. Santiago era un lugar que visitar, como un libro que se relee.

M. pasaba los veranos con nosotros en Cobble Hill, lejos de Magos, Lucía, Jackie y sus profesores particulares. Magos creía que la escuela sería demasiado para él y yo estaba de acuerdo. M. tenía aspecto de niño, sí, pero era tímido y estaba tan inseguro con su nuevo cuerpo como seguro había estado con su cola-brazo. Tío disfrutaba de sus veranos con M. Entre ellos se entendían más allá de las palabras, vinculados, sospechaba yo, por los cuerpos tan únicos que ambos habían adquirido, tan diferentes de los originales. Tío celebraba la parte más monstruosa de M., por devoción a una libertad pura.

Un verano sorprendí a M. comiéndose un par de cuervos en el patio de atrás. Tío lo observaba, agachado, como a la espera de una señal para unirse. Corrí a detenerlos. Magos y yo habíamos acordado extirpar cualquier instinto monstriliano que quedara en M. Tío protestó con gruñidos, pero M. se quedó paralizado, con la mandíbula desencajada, plumas por el pelo, los colmillos ensangrentados. Le quité el pájaro muerto de las manos, recogí los restos del otro y le dije: «¡Esto no se hace, M.! Ya no se hace más». Aunque M. parecía asustado, me mantuve firme. Me nació en el pecho una batalla entre sentir que no era natural detenerlo y anhelar que M. fuera enteramente como nosotros. Luego me dirigí a Tío: «Y tú, tú sabes muy bien que no tienes que fomentar esto». Tío agarró a M. y salió disparado, enfadado conmigo por no saber entender o aceptar a M. con la misma facilidad que él.

Tío gruñó y señaló su cuaderno amarillo: «Encerrado en un departamento». Levantó tres dedos torcidos.

Lucía había muerto hacía casi un año. Estaba viendo la telenovela con Jackie, se quedó dormida y no se despertó más. Jackie siguió viviendo en la casa de las Lomas, pero el lugar fue deteriorándose, como si hubiera notado la pérdida de uno de sus dos pilares. Una ventana del segundo piso se cayó al patio, se hundió un trozo del techo de la antigua habitación de Magos y una familia de zorrillos se apoderó de parte del jardín y no paraba de rociar a Almendra. Jackie puso la casa en venta y, tras desprenderse de ella, se llevó a una vieja y lentísima Almendra a su ciudad natal, en la Sierra Gorda. Sin Lucía y sin Jackie, M. se refugió aún más en sí mismo y se negaba a salir de la casa de la Roma.

A Magos le ofrecieron entonces una oportunidad para hacer una performance en Berlín con una de las mejores galerías de arte de Europa. Me dijo que si M. y ella iban a estar solos, mejor en un sitio totalmente nuevo. Estuve de acuerdo. Confiábamos en que Berlín le sirviera a M. para quitarse su malestar, para empezar a vivir como el muchacho que era. Magos y M. llevaban tres meses en esa ciudad, pero M. seguía negándose a salir del departamento.

—Se adaptará —dije, y me enderecé en el sillón—. Pero no vine aquí para hablar de M.

Tío gruñó de manera inquisitiva. ¿De qué otro tema iba a tener yo algo que hablar? Moví los dedos para enseñar el anillo como había visto a la gente hacer en las películas. Tío no emitió ningún sonido, no hizo ningún movimiento, ni un solo indicio de darse por enterado.

—El anillo.

Lo señalé. Tío dejó caer la cabeza sobre un hombro, como si estuviera confundido. Iba a obligarme a decirlo explícitamente.

—Voy a casarme.

Tío dirigió la cara hacia el techo.

—¿Y bien? —le pregunté. Tío no se movió—. Es real, sí. No hemos fijado fecha, pero creo que él quiere que sea en otoño. ¿Y por qué no? Es una buena persona, ¿no? Bueno, cariñoso, inteligente. No veo por qué no debería casarme.

Tío se plegó hacia delante, agarró el cuaderno y escribió: «¿Peter?».

—¡Pues claro, Peter! ¿Quién iba a ser?

Tío se encogió de hombros.

—Se supone que debes darme tu bendición.

Tío abrió los ojos de par en par, azules como los míos, asombrado. Pasó a una nueva página amarilla. «Es a Peter a quien tengo que darle la bendición». Pasó otra página. «No hace ni falta pedirla». Alargó la mano hacia mí y se la agarré. Pese a estar increíblemente delgado, me jaló hacia él con una fuerza enorme. Me besó la frente, me hizo cosquillas con su barba de varios días y me soltó con un gruñido. Escribió: «¿Feliz?».

El nacimiento del pelo le había remitido por ambos lados, arriba, y el resto del cabello lo tenía más bien largo, gris, descuidado. Las arrugas próximas a sus ojos denotaban no alegría como tal, pero sí una dulzura oculta.

—No lo sé.

«¿Vas a decírselo a Peter?».

—¿Lo de M.? ¿Debería?

El año que me mudé de Cobble Hill para irme a vivir con él, Peter me sugirió que M. pasara el verano con nosotros. Le respondí que Tío se sentiría demasiado solo sin M., cosa que era cierta, aunque en realidad me daba miedo que Peter descubriera lo que era M. Peter solo lo había visto unas cuantas veces y sabía poco de su pasado más allá de que era mi hijo y que había estado un par de años en coma. No supe de qué otra manera explicar lo de sus profesores particulares, ni el modo en que M. se quedaba mirando todo como si fuera nuevo, ni su voz ronca, sus movimientos torpes, demasiado perfilados a veces, demasiado fluidos otras, ni las fundas que usaba para ocultar los colmillos, demasiado grandes y prominentes. No pude explicarle que había perdido a un hijo y había ganado otro. ¿Era eso lo que había ocurrido? Ni yo mismo estaba seguro todavía.

Tío gruñó «No», se levantó con trabajo del sillón, me dio unas palmaditas en el hombro y salió del salón.

Esperé a que Peter se fuera a trabajar. Como analista para mercados financieros, se levantaba todos los días a las cuatro y a las cinco ya estaba saliendo por la puerta. En Berlín sería casi mediodía. Me incorporé en la cama, negándome a encender la luz, y llamé al teléfono de Magos. M. no tenía teléfono. Respondió él.

—¡Ey, M.! ¡Feliz cumpleaños!

—¿Estás bien?

—Sí.

—¿Y tío Luke?

—Está bien. Todos estamos bien. ¡Feliz cumpleaños! ¿Estás pasando buen día?

—Mami me compró un pastel.

—¿Y?

—Me puse a tejer.

Durante su encierro autoimpuesto, M. había aprendido a tejer por su cuenta. Magos me contó que estaba haciendo una bufanda infinita que medía ya diez metros de largo. Yo me esforzaba por separar a M. de Santiago y estas nuevas habilidades, tan ajenas a Santiago, ayudaban. Sin embargo, a veces M. veía algo que le activaba un recuerdo de Santiago, como aquel día que estábamos en el supermercado y se quedó de pie frente a una caja de Froot Loops, señalando esos cereales y llamándolos «Fruti Lupis», exactamente igual que Santiago. «Me gustan esos». M. se comía los cuencos a pares.

—Terminé de leer el *Bestiario* esta mañana —dijo M.

—Tío va a querer que le hables de él. A mí también me puso a leer a Cortázar de adolescente. ¿Vas a hacer algo más?

—No.

—Tienes que salir, M. Podrías ir al Tiergarten. Me dijeron que es un parque muy bonito.

—Mami me consiguió un trabajo. Un regalo de cumpleaños, me dijo.

—¡Maravilloso! ¿Dónde?

—¿Te parece buena idea?

—Me parece una idea excelente. Lo harás de maravilla. ¿Dónde vas a trabajar?

—En la galería.

—¿Haciendo qué?

—Mami dice que de ayudante.

—¡Genial! ¡Mírate! Los trabajos en las galerías son lo mejor.

Mi voz rebotaba en la habitación, oscura y vacía.

—¿Has trabajado en alguna galería?

—No, pero toda la gente de mi escuela de arte quería esos trabajos.

—Tendré que practicar lo de salir a la calle.

—Eso es pan comido para ti.

—¿Me irá bien?

—Te irá perfecto.

—¿Lo prometes?

—Lo prometo.

Era el momento ideal para contarle que me había comprometido, pero se me trabó la lengua. Pese a que intenté escupirlo, para cuando reuní las agallas suficientes Magos se había puesto al teléfono.

—Bueno —dijo.

—Hola —respondí, cambiando a español—. Parece que M. está mejor.

—¿Tú crees? Al menos no rechazó el trabajo de plano.

—Quizá por fin esté saliendo adelante.

—Cualquiera pensaría que la que se murió fue su madre.

—No creo que eso sea lo único que tiene a M. mal. Quería mucho a Lucía, pero además está confundido. Ya lo sabes... Por haber dejado de ser Monstrilio.

Magos respondió con un «ajá» distraído para dar el tema por zanjado.

—¿Cómo va el trabajo? —le pregunté.

La carrera de Magos como artista performativa se había disparado en el último par de años. Era MAGOS DE LA MORA, en negrita y letras de marquesina. El año anterior había representado una pieza aquí en Brooklyn en la que le pedía al público que escribiera sus sueños en unos trozos de papel que luego ella se comía. Se los tragó todos. Tantos, de hecho, que una enojada Lena tuvo que llevarla al hospital para que le hicieran un lavado de estómago. «¿Desde cuándo enfermarse es arte?», le dijo Lena. «¿Desde cuándo no lo es?», respondió Magos. Peter se había quedado muy impresionado con ella, aunque un poco abrumado. Aquello sirvió para multiplicar mi halo de misterio. ¿Quién era yo en realidad, alguien que pudo estar casado con esa mujer?

—Fatal —dijo Magos al teléfono—. Estoy descartándolo todo.

—¿Por qué?

Magos se quedó en silencio. La imaginé en un sillón, pintándose las uñas de los pies, olvidándose de que yo estaba al otro lado del teléfono. Encendí mi lamparita. La luz me molestaba en los ojos y la apagué. En la oscuridad vi a M., sus cejas pobladas y arqueadas como las de Magos, preciosas. Santiago también tenía esas cejas.

—Oye, ¿crees que Santiago se habría parecido a él? A M., me refiero.

No estaba seguro de lo que esperaba o quería que me respondiera, porque Magos nunca reconocía abiertamente a M. como un ser independiente de Santiago. La pregunta quedó suspendida como una manta húmeda.

—¿Peter te toca? —me dijo al fin, y se echó a reír—. Bueno, claro que te tocará. Pero ¿te agarra o te acaricia? Supongo que hará ambas cosas, ¿no? Pero, si tuvieras que decir qué es lo que prefiere, ¿qué sería?

—Pero qué…

—Respóndeme, Joseph.

—Agarrarme.

—¿En serio?

Peter raras veces tocaba nada que al final no apretara. También le encantaba lamer; su lengua era más eficaz que sus dedos. Magos solía rasguñarme la clavícula con dos dedos, hacer una pausa en la intersección, justo por debajo de mi garganta, acariciar el contorno y luego continuar por el pecho hasta llegar a uno de mis hombros. Seguidamente me bajaba por el brazo hasta la curva del codo, repasaba las arrugas de ahí, me rozaba los vellos del antebrazo y me pellizcaba con mucho cuidado los dedos, aprendiéndose sus formas. Lo hacía mientras yo dormía, mientras pensaba que yo dormía. En cuanto mostraba algún indicio de estar despierto, Magos paraba y fingía haberse dormido. Las noches que me acostaba de lado o bocabajo, me exploraba la columna vertebral, caminando con los dedos por cada una de las vértebras, a veces a saltos, como quien salta de piedra en piedra para cruzar un río. Llegaba hasta mi trasero, me metía una mano bajo los calzoncillos y me plantaba las palmas de las manos en las nalgas, tratando de calibrar si eran idénticas, o eso parecía. A veces me retiraba la sábana y hacía un viaje por mis piernas. Para eso tenía que arrodillarse en la cama o desplazar el cuerpo, de forma que su cabeza quedara junto a mis pies. Seguro que se daba cuenta de que todos esos movimientos me despertarían, pero lo importante no era que yo estuviera dormido, sino que lo fingiera. Me besaba los muslos y me cosquilleaba con sus besos, sobre todo cuando eran cerca de las rodillas. A veces se me escapaba una risita y Magos saltaba de golpe a su posición de sueño, con los ojos cerrados, apretados, y una sonrisa enorme y traviesa en la cara. Yo le daba un beso en la frente o en el hombro, en la parte que tuviera más cerca, y ella murmuraba en tono íntimo, cariñoso, como si fuera yo el que hubiera decidido ponerme dulce de repente.

—¿Joseph? —me preguntó Magos al teléfono, y me sobresaltó.

—Estoy aquí.

—Tengo que irme. Santiago te dice adiós.

—Dile que feliz cumpleaños.

Magos colgó. Me quedé bocarriba en la cama, mirando la oscuridad. Intenté olvidar a M. y a Magos y me obligué a pensar únicamente en el día que tenía por delante, en las ilustraciones que debía acabar, las facturas que aún no había enviado, los pagos que tenía que reclamar. Me tranquilizaba centrarme en tareas que podía terminar en un mismo día, sin mucha complicación, y así me autoconvencía de que no había decisiones ni futuros inciertos que acecharan más allá del hoy.

Peter estaba flirteando con el dueño de la tienda de vinos a la que íbamos habitualmente en el barrio, un tipo de lentes gruesos, jerséis ajustados y acento australiano. Me encantaba cómo representaba el papel de alumno asombrado ante las lecciones de aquel hombre sobre las diferentes mezclas de uvas en los vinos californianos. En Peter no había ni rastro de fingimiento; prestaba atención y hacía preguntas básicas que el tipo respondía con paciencia, no sin un toque de arrogancia, arrogancia que a Peter parecía no molestarle. Me alejé de ellos y me puse a mirar la selección de vinos almacenados parcamente en baldas de madera, como si supiera reconocer algo en esas botellas más allá de lo atractivo de las etiquetas.

Peter apareció junto a mí.

—¿Qué opinas?

Me enseñó una botella de vino tinto con el dibujo de un gato dorado sobre un fondo cerúleo.

—Bonita etiqueta.

—Es un regalo.

—¿De quién?

Peter apuntó con la barbilla hacia el dueño de la tienda.

—¿Por qué?

—¡Por nuestro compromiso!

Además de la familia, amistades y compañeros de trabajo de Peter, la propietaria de nuestro ultramarinos favorito, su hijo, la familia que llevaba el restaurante puertorriqueño de Grand Street y dos cajeras del Trader Joe's, ahora el dueño de la tienda de vinos también sabía lo de nuestro compromiso. Había pasado un mes y yo todavía no se lo había contado a nadie más que a Tío, ni siquiera a Lena. Tampoco sabía muy bien ya por qué me daba pavor contarlo. M. y Magos estaban en Berlín, y M. empezaba a adaptarse al trabajo mucho mejor de lo que Magos o yo habríamos imaginado. No había necesidad de que las cosas cambiaran, de que se desvelaran monstruosidades, de que mis dos vidas confluyeran.

Agarré a Peter de la cara y le di un beso. Se echó a reír.

—Enhorabuena, muchachos —dijo el dueño mientras salíamos de la tienda.

Aunque era martes, las calles estaban abarrotadas de gente que disfrutaba de la primera noche primaveral y cálida del año. Los cúmulos más grandes de nieve habían quedado reducidos a montoncitos diminutos, sucios y picados que dejaban las calles brillantes por el agua.

—Creo que está celoso —dije mirando atrás, a la tienda de vinos.

—¡Está que echa fuego! —respondió Peter, y me agarró de la mano.

Jugamos a salpicarnos el uno al otro de camino a casa.

Le mandé un mensaje a Lena: «Tengo noticias. ¿Nos vemos para una cerveza? ¿Mañana noche?».

Lena se reunió conmigo en Williamsburg y fuimos caminando hasta Greenpoint. Ella conocía un bar antiguo que llevaba ahí toda la vida. Salvo por el cuarteto de jóvenes intelectuales que había sentados en un reservado, el lugar estaba vacío. Nos acoplamos en la barra y pedimos unas cervezas IPA. No sabía cómo Lena encontraba esos sitios. Vivía en el Upper West Side, en el mismo departamento que cuando se mudó a la ciudad.

Para mí la vida de Lena consistía principalmente en trabajo, interrumpido de manera ocasional por alguno de nosotros: Magos, Tío, M. o yo. Todo lo demás (los sitios que conocía, los barrios por los que paseaba como si hubiera nacido en ellos, los mensajes que la hacían sonreír y la ponían nerviosa de formas nada relacionadas con el trabajo) me sorprendía siempre. Su parte más profunda era un auténtico misterio, pero me sentía de lo más cómodo con ella.

—¡Casarte! —dijo.

—¿Por qué te sorprende tanto?

—¿Otra vez?

—Esto es distinto.

—¿En qué? Da igual.

Agarró su trago y bebió. La mesera, una mujer de cincuenta y tantos, con una enredadera tatuada que le trepaba por el cuello, nos puso dos vasos de bourbon delante y le guiñó a Lena.

—¿La conoces?

—Antes venía mucho por aquí.

Lena levantó su bourbon.

—Me dejas impresionado —el bourbon me sentó bien—. La veo buena tipa.

—¿Magos lo sabe?

—No.

—Estás asustado.

El grupo de jóvenes intelectuales estalló en un balido que hasta un minuto después no se descifró como risa.

—No deberías estarlo —continuó Lena—. Magos parece distinta últimamente. Más… ¿calmada?, ¿centrada? —en apariencia el rugido no perturbaba a Lena—. No sé qué palabra usar. Magos seguro que tiene su propio vocabulario.

—¿A qué te refieres?

—Desde hace un tiempo me llama alguna que otra noche, a veces muchas noches seguidas. No hablábamos tanto desde que estuve viviendo con ella en las Lomas. No sé muy bien lo que pasa.

—¿Y qué te dice?

—Me cuenta que sale y que intenta hablar en alemán macarrónico. Me cuenta lo enormes que son algunos edificios de Berlín. Que a veces parece una ciudad a punto de... qué palabra usó... *desangrarse*, de tantas cosas que pasan bajo su superficie. Sobre todo me habla de cómo le ha ido el día. Suena aburrido, pero...

—Llevas toda la vida enamorada de ella.

Lena se lamió el labio de arriba.

—Incluso yo soy capaz de superar las cosas, Joseph.

—¿Qué más te cuenta?

—Está emocionada con su próxima performance pero no quiere darme ningún detalle. ¿Sabes que la cambió entera? Típico de Magos. Y luego la gata. La pinche gata. Está loca con esa gata. No es suya, es del vecino de al lado. El animal se cuela por la ventana y se pasa casi todo el día con ellos. Magos cree que el vecino, Elias, está enamorado de M., así que tiene pensado invitarlo a cenar, hacer de casamentera. Dice que a M. le encanta la gata también. Lo repite mucho. Como una prueba de que no se la va a comer.

—M. no se la comería. Ahora ya no.

Lena se acabó el whisky.

—Vamos, Joseph.

—Hablo en serio. Está portándose bien.

—Magos le tuvo que encontrar un empleo a M. en el sitio donde ella trabaja.

—Ella no trabaja en la galería. Hace sus cosas en otro lado.

—Cierto. En el almacén. «Un lugar espléndido», lo llamó el otro día. ¿Cuándo aprendió a hablar como una maldita artista?

Durante todo el primer año después de mudarse a Nueva York, Lena se negó a hablar con Magos, y a hablar de ella. Esa renovada y cariñosa familiaridad me resultaba agradable.

—¿Está con alguien? —le pregunté.

—Hubo un polaco durante un tiempo. A veces habla de un argentino, una especie de jefe corporativo. La aburre, aunque no para de sacarlo en las conversaciones. En realidad no me cuenta muchas cosas. Sobre todo hablo yo y ella escucha, como antiguamente. Dice que mi voz la calma —Lena se perdió en su propia voz; luego se giró hacia mí e inspiró, como sorprendida de que yo siguiera allí—. Bueno, ¿y cómo está M.? Pero de verdad.

—Bien. Está… Sí. Bien de verdad.

En nuestras llamadas de las últimas semanas traté de encontrar señales, algún subtexto, que me indicaran que no debía albergar tantas esperanzas, pero no percibí ninguna. A M. le estaba yendo bien, de verdad. Le encantaba su trabajo de baja categoría; era perfecto porque pensar lo agotaba y como ayudante en la galería no tenía que pensar mucho. Cargar con obras de arte, enviar paquetes, barrer, colgar… Con él solo trabajaban tres personas: Samara, la dueña de la galería; Thomas, el jefe de M. y gerente de operaciones, y Silvia, la ayudante directa de Samara. M. descubrió que disfrutaba con el arte. En el arte no había respuestas, decía él, ni una manera correcta de ser.

—Está enamorado de Thomas, su jefe. No del vecino —dije—. Parece que pasan la mayor parte del tiempo juntos. M. quiere besarlo.

—¿Eso te dijo M.?

—Sí. ¿Qué hay más humano que querer besar a alguien?

Entró una mujer con un suéter gordo y una riñonera.

—¡Cas-san-dra! —gritó alguien.

La mujer de la riñonera saludó con la mano y se unió a los intelectuales. Imaginé a M. en un grupo como aquel. En aquel momento me parecía posible.

—Entonces ahora estás en el bando de Magos.

—No hay bandos, Lena. No creo que M. sea Santiago, pero eso no significa que piense que no tiene derecho a ser humano. Me gusta saber que es feliz.

—¿Se lo contaste a Peter?

—¿Contarle qué?

—Lo de M.

—¿Qué de M.?

Lena puso los ojos en blanco de forma tan brusca que pensé que se le iban a salir de las órbitas.

—No. ¿Cómo se lo voy a decir?

—¿No es lo que hacen las parejas? ¿Contarse cosas, secretos? Sobre todo las parejas que están a punto de casarse.

Seguro que Peter tenía sus secretos, solo que yo no lograba imaginar cuáles podrían ser.

—Peter llama Santiago a M. —dije. Hice amago de beber pero no me quedaba nada. Empezó a sonar una canción de Leonard Cohen—. Escuchó a Magos llamarlo así una vez y se puso nerviosísimo porque no le hubiera dicho su nombre «real». De hecho me regañó por llamarlo M. en vez de utilizar un nombre tan glorioso como Santiago. ¿Qué iba a decirle? ¿Que Santiago es un nombre glorioso pero que no puede usarse porque el Santiago real está muerto? Me callé y lo dejé pasar.

La mesera nos rellenó los whiskies. La voz de Leonard Cohen me llegó al estómago, donde explotó y me hizo cosquillas. Me estaba emborrachando. Mantener el secreto de M. me parecía más seguro que dejarlo salir allí donde sus hilos pudieran soltarse y enredarse, creando un caos que me resultaba imposible de desenredar.

Lena y yo brindamos y bebimos más.

Estaba coloreando la última parte de un dinosaurio rechoncho que iba a utilizarse para lanzar un nuevo sabor de yogur llamado Yellow-Dino-Bang (llevaba piña, quizá plátano) cuando el nombre de Magos parpadeó en la pantalla de mi teléfono. Era más de medianoche en Berlín.

—¿Magos?

—¿Papi?

—¿M.? ¿Qué pasa? ¿Estás bien?

—¿Cómo estás?

—Bien. ¿Y tú?

—Me acosté con Thomas.

El tono de voz de M. no resultaba fácil de descifrar. A veces era marcadamente plano y otras era curioso, cuando sus afirmaciones se elevaban con el énfasis creciente de una interrogación, aunque casi nunca desvelaba ninguna emoción intensa. El peso de sus sentimientos lo cargaban sus ojos.

—Un momento.

Toqué la pantalla del teléfono para solicitar una videollamada. Me respondió la oscuridad, con el celular intentando sacar el máximo provecho de la escasa luz que había para mostrar la silueta granulosa de M.

—No te veo —le dije.

La pantalla se iluminó, borrosa por los intentos del teléfono de encontrar el enfoque. Por fin apareció la cara de M. Las puntas afiladas de sus colmillos le asomaban entre los labios; no llevaba las fundas. Tenía ansiedad en la mirada.

—¿Te hizo algo?

—¿Thomas?

—Sí.

M. se tomó un momento, como para evaluar lo que había pasado entre Thomas y él.

—Nada malo. Thomas estaba nervioso. Yo también. Me dijo que le gustaba mi cuerpo. Incluso el muñón. Es feo, ¿no?

En la parte izquierda de la cadera, M. conservaba un cúmulo peludo de carne donde antes estaba la cola-brazo. Me dolió comprender que M. lo consideraba feo.

—¿Conoces ese olor, Papi? —continuó—. ¿El de antes del sexo? Nunca lo había olido antes. A lo mejor un poco, cuando Thomas y yo nos besábamos. Ese olor me mareó, pero fue un mareo feliz. Y me dio hambre, aunque creo que él también tenía hambre porque no paraba de pegarse a mí, de agarrarme, como si no supiera qué parte de mí quería. Le pedí que se desnudara. Thomas quería. Aunque al principio no. ¿Por qué a veces la gente no hace lo que quiere hacer? También quería que me desnudara yo. Me di cuenta. Por el olor. Íbamos a acostarnos.

Mientras hablaba, el miedo que le había visto en los ojos se diluyó en una alegría suave, tan pura que no supe con seguridad si la había visto antes. Entonces tragó saliva, se quedó mirando el teléfono y el miedo regresó.

—Lo mordí, Papi. Sé que no debería haberlo hecho, pero no pude evitarlo. Lo mordí en la barriga. Sangró un poco, aunque lo ayudé a curarse.

La cabeza de M. salió un momento del encuadre. Tras él había un póster de una película italiana antigua.

—¿Está bien?

La cara de M. apareció de nuevo.

—¿Thomas?

—¡Sí! Thomas. ¿Está bien?

—Sí.

—¿Estás seguro? Está vivo, ¿verdad?

—Sí. Al principio se enfadó, pero no le duró mucho. Le pregunté si tenía miedo. Me dijo que no, aunque no entendía por qué lo había mordido. Por hambre, le dije. Y también le dije que sabía muy bien. Se echó a reír, pero yo no estaba bromeando.

—¿Thomas está bien de verdad? Puedes contármelo. No voy a enojarme.

—Thomas está bien. Incluso me pidió quedarse a pasar la noche. Pero yo quería llamarte.

—No puedes ir por ahí mordiendo a la gente, M.

Le expliqué que sabía que otra gente lo hacía, en el plano sexual y quizá en otros contextos, pero que él no era cualquier persona, que era M. y debía extremar las precauciones.

—No te preocupes, Papi. A Thomas no le gustó el mordisco. Le prometí que no volvería a morderlo.

Se le notaba angustia en la voz.

A veces confiaba en que el hambre de M. desapareciera. Otras me daba miedo que, si su monstriliosidad se desvanecía por completo, M. se convirtiera en un cascarón vacío.

—La gente no entiende lo que eres, M.

Mientras mis palabras viajaban hasta Berlín me odié a mí mismo. Sonreí para evitar pedirle que olvidara lo que acababa de decirle y que siguiera adelante y mordiera si quería morder. Durante un instante me creí lo bastante fuerte para asumir cualquier consecuencia derivada de liberarlo. Por el contrario, le dije que debía irse a la cama y descansar. La pantalla se oscureció.

Bajé a los muelles de Cobble Hill. Pensé en ir a hablar con Tío para que me dijera qué opinaba de que M. hubiera mordido a su novio. Sin embargo, imaginé que se limitaría a escribir «M. es M.» y a mirarme con gesto engreído, como si en esas tres palabras estuviera toda la verdad. No tenía energías para irritarme.

Me senté en una banca mirando a Governors Island. El cielo estaba nublado, caía una llovizna fresca y no iba a tardar en oscurecer. Me subí el cierre de la chamarra.

Un barco de turistas regresaba a Manhattan, aunque era un poco tarde para los turistas. A lo mejor no era un barco de turistas, sino uno lleno de niños en una excursión escolar. Yo podía ser su atracción. «¡Miren! Un hombre triste de Brooklyn. ¡Vamos a animarlo!», les diría su profesora. Los niños entonces saludarían y aplaudirían. A lo mejor el barco se hundía, volcado por un torbellino inexplicable. Al recibir la noticia, los padres de esos niños muertos pensarían que era una broma pesada, porque los que mueren son los hijos de otros, nunca los tuyos. Demandarían a la empresa del barco. Demandarían a la escuela. Contratarían a buzos para asegurarse de que su hijo no era uno de los que estaban en el fondo del mar; de algún modo su hijo se había salvado, había llegado sano y salvo a una orilla. Crearían un grupo de apoyo, aunque al poco tiempo pasarían a odiarse entre ellos porque lo que necesitaban no era reconocimiento ni empatía, ni un cierre; necesitaban escapar.

El barco hizo sonar la bocina. Había llegado a Manhattan. Un perro saltó a la banca, junto a mí. Alargué la mano para acariciarlo, pero la dueña lo jaló para bajarlo, como si el animal hubiera cometido un crimen. Nuestras miradas se cruzaron; la mujer me dijo «perdón» con los labios y se alejó. Me vibró el teléfono. En la pantalla apareció una fotografía de Peter que le había tomado yo justo cuando se giraba para mirarme; tenía la cara preciosa.

—¡Eh! —dije.

El frío del atardecer, que se me había pegado como una película helada, se levantó al saber que Peter estaba al otro lado del teléfono.

—¿Dónde estás? —me preguntó.

—Salí a dar un paseo.

—¿Por Williamsburg? Pasó una cosa, Joe. ¿Puedes venir? ¿Ahora? ¿Rápido?

Me fui sudando todo el camino a casa. Peter debía de haberlo descubierto. No podía imaginarme qué otra cosa habría ocurrido. M. lo había llamado y le había contado que había mordido a Thomas. Desde luego M. no tenía ningún motivo para hacer tal cosa, a no ser que, quizá, yo lo hubiera defraudado. Lo había regañado cuando debería haber celebrado sus pasos hacia la humanidad; unos pasos vacilantes, aunque todos vacilamos al principio. Yo aún vacilaba.

No me imaginaba a M. maquinando cosas, y ni siquiera tenía el número de teléfono de Peter, a no ser que Magos lo hubiera conseguido de algún modo. A lo mejor Magos quería que Peter supiera con qué persona iba a casarse, no a modo de sabotaje, sino para defenderse a sí misma y a M., y a Santiago, a quienes yo estaba dejando atrás. Esos pensamientos, absurdos y paranoides al principio, se fueron haciendo más plausibles conforme el taxi se acercaba a Williamsburg. Me sequé las palmas sudorosas en los pantalones.

Me encontré a Peter de cuclillas encima de la mesa baja de la sala, envuelto en una de nuestras mantas, una de cachemira color verde bosque; solo se había dejado sin tapar los ojos.

—¡Cuidado! —me gritó.

Me di la vuelta esperando ver a alguien detrás de la puerta, listo para golpearme con un palo.

—No. ¡Ahí! —me dijo.

Peter no me dio ninguna indicación de dónde era «ahí». Me agaché, en un instinto por dejar lo mínimo de cuerpo desprotegido, y me acerqué como un cangrejo a Peter.

—¿Qué…?

—¡Ahí arriba!

Peter dirigió la mirada hacia lo alto. Doblé los brazos por encima de la cabeza por si había algo a punto de caerme encima.

—¿Dónde?

—¡Ahí!

Por fin la vi, colgada del filo de un estante alto, junto a un filodendro: una tarántula. El cuerpo se me relajó. Tenía ganas de echarme a reír.

—Haz algo, Joe.

Me acerqué a la tarántula. No podía creer que fuera real, ¡no en Nueva York! Gorda, café, patona, peluda, del tamaño de la palma de mi mano. Podría haber sido una broma, pero Peter no tenía ese tipo de sentido del humor. Además se movía: estaba ondulando dos de las patas, como probando a ver qué paso dar.

—Es una tarántula, creo.

—¡No me importa lo que sea, Joe! ¡Mátala!

Antes de Monstrilio, seguramente le hubiera arreado torpemente con una escoba, la hubiera arrastrado para echarla por el balcón y la hubiera dejado aplastarse contra el suelo de abajo. Era espantosa, pero sus movimientos cuidadosos e inciertos demostraban que estaba igual de desconcertada que nosotros. Me aproximé más y se contrajo.

—¡Va a saltar!

—Tráeme una caja.

—¡Mátala!

—Una caja de zapatos.

—No tenemos cajas de zapatos.

—Tienes miles.

—¡Con zapatos dentro!

—Un túper. ¡Algo!

Peter permaneció inmóvil dentro de su capullo de cachemira verde. Le hice gestos con la mano para que se moviera, pero se quedó donde estaba.

—No vas a atraparla —me dijo.

—Claro que sí.

—¿Y si salta y se esconde?

—No va a hacer eso.

—¿Cómo lo sabes?

—Peter, tráeme algo.

Peter dudó. Dentro de la manta tenía los movimientos restringidos, pero no pensaba soltarla. Bajó de la mesa como si fuera un gusano y, a pasitos cortos y rápidos, llegó a la cocina. Gritó.

—¿Qué?

—Nada. Estoy bien.

Tras buscar, y seguramente decidir que no había ningún túper que él concibiera poder usar para meter una tarántula, eligió un recipiente de yogur usado que sacó del reciclaje. Me lo lanzó. Le pedí una tapa. Peter regresó con sus pasitos a la cocina, volvió a buscar y vino con una tapa azul que también me arrojó. Se acopló de nuevo encima de la mesa, aún más agachado y envuelto en la manta. Arrastré una silla para subirme encima; aunque era lo bastante alto para llegar a la tarántula si me estiraba, quería mantenerme lo más estable posible. Una vez en la silla, la cabeza me rozaba con el techo y los ojos me quedaron justo delante de la tarántula, que se dio la vuelta y me puso la cola en la cara, lo que significaba que tendría que darle empujoncitos.

—¡No la toques!

El grito de Peter me sobresaltó y casi me caigo. Volví a centrarme, lo mandé callar y alargué el brazo para bajar los dedos delante de la tarántula. El plan era hacerla retroceder como con una pala. Sin embargo, cuando bajé los dedos, la tarántula me rozó uno de ellos con una de sus patas, como una caricia de exploración. No me replegué. Por el contrario, apoyé la mano extendida en el estante. La tarántula se subió en ella y, enorme pero más liviana de lo que esperaba, se acomodó en mitad de mi palma. Lo más lento que pude, me di la vuelta para enseñársela a Peter. Soltó un chillido y me dijo que la matara de inmediato.

La tarántula se movió, perdió el equilibrio y se me resbaló de la mano.

—¡Agárrala!

Si atrapaba la tarántula con la mano, la aplastaría y le haría daño, y además a lo mejor me mordía. Debía dejarla caer. Entonces, mientras la tarántula descendía, sujeté el recipiente de yogur con unos reflejos milagrosos y la agarré en el aire. Clonc.

—¿La tienes?

Asentí.

—¡Enciérrala!

Me bajé de la silla. No encontraba la tapa.

—¡No te me acerques!

Peter se hizo una bola dentro de su mortaja.

Encontré la tapa en un estante inferior.

—¿La tienes? —me preguntó Peter sin asomar la cara.

—La tengo.

Peter se asomó.

—¿De verdad está ahí dentro? No me mientas, Joe.

—Está aquí dentro.

—¿Dejamos que se ahogue?

—Voy a llevarla fuera.

—¿Adónde, Joe? Aquí no. Joe, cerca del edificio no. Deberíamos llamar a control de fauna. Seguro que pone huevos.

—La llevaré al río.

—¿A qué río?

—A ese río.

Señalé en dirección al East River. La tarántula correteaba dentro del tarro. Fui por mi chamarra pero me di cuenta de que aún la llevaba puesta.

Mientras caminaba por la calle, con el recipiente de yogur agarrado con ambas manos, apretando la tapa con los pulgares para que no se abriera, sentí la extraña excitación de un delincuente. Fui a un parque próximo al puente de Williamsburg. Más allá del césped, había un tramo de arena bañado por el agua del río, con unos trozos de cemento y rocas que reposaban sobre la arena como si se hubieran originado allí mismo. Seguía lloviznando; el tiempo no acababa de comprometerse con la lluvia. A las tarántulas les gustan los sitios húmedos y oscuros, lo había leído en alguna parte. O a lo mejor era a los murciélagos. Daba igual: en Nueva York no se me ocurría un lugar mejor para la tarántula que una grieta junto al río; desde luego ahí tendría bichos suficientes para comer.

Me arrodillé en una losa de cemento que sobresalía por debajo de otras. Esas losas y las rocas creaban una serie de cuevas diminutas y estaba seguro de que la tarántula montaría su hogar en alguna de ellas. Abrí la tapa del recipiente. La tarántula estaba hecha una bola, con las patas apiñadas en el cuerpo. La acaricié con la esperanza de calmarla, pero solo conseguí que se encogiera aún más. Incliné el recipiente de modo que pudiera salir y di unos golpes en la base del tarro para que se resbalara. Se quedó helada sobre la losa de cemento, hecha una bola. El pelo me goteaba por toda la llovizna que había acumulado, pero no podía marcharme, no sin saber que la tarántula viviría. Lentamente desplegó una de las patas. Una vez que aseguró bien esa pata, empezó a desdoblar el resto: fue estirándose lentamente sobre la losa hasta que se irguió relajada por completo. Entonces, con una velocidad que no habría imaginado, se escabulló hacia una cueva minúscula, tan rápido que me puso la piel de gallina.

Peter se pasó toda la cena mirándome. Pedimos a un restaurante tailandés porque ninguno tenía ganas de cocinar.

—¿Por qué no la mataste? —me preguntó.

Sorbí lo que me quedaba de noodles. Traté de buscar acusación en su cara, pero solo veía curiosidad.

—No me pareció que mereciera morir.

Peter asintió y se llevó su plato y el envase de cartón vacío a la cocina. Lo seguí.

—Yo lo hago —le dije cuando empezó a echar los restos de comida a la basura.

Después de pasarme su plato, Peter se apretujó contra mi espalda y me deslizó los brazos por la barriga, y yo me quedé quieto con un plato sucio en las manos. Me metió la mano por los pantalones.

—Déjame acabar antes con los platos.

—Qué sexi estabas ocupándote del bicho ese —me susurró con lo que se suponía que era su voz sensual.

Me besó el cuello, apartándome el pelo con la nariz. Mi pelo era mi minirrebeldía, algo que me aseguraba seguir siendo yo mismo. Además, a Santiago le encantaba y se ponía a enumerar los diferentes tonos de amarillo y café que me encontraba. Peter me jaló del pene, todo lo que se lo permitían mis pantalones ajustados. Me excité y quitó la mano. Disfrutaba con esos juegos. Metí el plato en el lavavajillas, me giré hacia él y lo besé. Trató de devolverme la intensidad de ese beso pero titubeó. Lo empujé contra la encimera, le desabroché el botón de arriba, le agarré la camisa por ambos lados y se la abrí de un tirón. Los botones salieron volando.

—Eh —me dijo, mirándose la camisa mutilada.

Lo jalé del pelo para levantarle la cabeza y volví a besarlo. Peter no tenía ni idea de qué carajos estaba pasando, ni yo tampoco. Le busqué los pezones y se los pellizqué.

—¡Au!

Se los retorcí. Me apartó de un empujón.

—¿Qué pasa? —me preguntó, tapándose el pecho con las manos.

Tenía enrojecida la piel de alrededor de la boca. Lo besé de nuevo, con suavidad, para que volviera a mí, y lo hizo. Me sabía dulce, casi podrido, una podredumbre sexi que debía de ser ese olor del que M. me había hablado: la dulzura carnal previa al sexo. Le lamí la nuca, le apreté las nalgas y fui bajando con la lengua por el pecho mientras él se desabrochaba y dejaba caer los pantalones. Me metí su pene endurecido en la boca. Soltó un gemido que pareció llegado de lo más profundo de su ser. Nunca antes había gemido así. Volví a subir, le metí la lengua en el ombligo y la retorcí, apretando la cara contra su barriga. Le chupé un pliegue de la piel más blanda del vientre y jugueteé con él en la boca; lo tanteé con los dientes, casi sin apretar al principio. Peter me alborotó el pelo, me lo jaló con suavidad.

Mordí.

—Au —dijo.

Hundí más los dientes.

—¡No!

Pero no lo solté. Hacerle daño me generaba un poder estimulante, el placer de algo indebido.

—¡Para! —me empujó más fuerte—. ¿Qué te pasa?

Mis dientes eran unas hileras púrpura en su vientre. Peter se inclinó para calibrar el daño. Tenía la forma de mi mordida tatuada en la piel.

—¿Por qué hiciste eso?

No había sangre. M. había sacado sangre. Intenté acariciarle el punto en el que lo había mordido, pero me apartó la mano de un manotazo.

—Así no, Joe.

—Se me ocurrió probar algo nuevo.

—¿Morder?

—La gente lo hace. No está tan mal, ¿no?

—Pues a mí no me gusta.

Dejó de frotarse el vientre y la cara se le relajó hasta casi una sonrisa.

—Supongo que unos mordisquitos no están mal —añadió. Volvió a inclinarse para inspeccionar el mordisco—. Fue demasiado arriba.

No quería ser el primero en reírme, aunque entre ambos se estaba gestando una buena carcajada. Me incorporé contra el horno. Tenía los pantalones medio bajados, pero subírmelos implicaría que habíamos terminado con el sexo. Sentía las baldosas del suelo frías en las nalgas.

Peter se sentó junto a mí. Reposé la cabeza en su hombro, mirando más allá de su camisa rota, a su ingle desnuda.

—Qué tonto eres —me dijo, y empezó a besarme.

Llegó una postal al buzón, una invitación de diseño minimalista, con unas letras blancas de molde sobre un fondo verde azulado: «Magos de la Mora». El nombre se derramaba por los bordes. Peter me la enseñó mientras volvíamos a casa en la línea G del metro después de ver una película en el BAM. Cartón grueso, de alta calidad. En el reverso decía: «Le invito cordialmente a la nueva y rompedora performance de Magos de la Mora: HIJO» y luego detallaba una dirección de Berlín y una fecha, dos semanas después.

—¿Sabías algo de esto? —Peter me quitó la tarjeta de las manos, dándole la vuelta una y otra vez como si fuera a desvelar de repente más información—. «Hijo» —volvió a leer—. ¿Se trata de Santiago? ¿Será un homenaje? ¿Del tipo «el polluelo abandona el nido», ahora que tiene dieciocho años?

El tren se detuvo; quedaron asientos libres, pero ni Peter ni yo nos movimos para ocupar ninguno.

—¿Cuál crees que será la temática de su obra, de su creación? —siguió Peter. El tren volvió a ganar velocidad—. Su performance de aquí fue estupenda, ¿te acuerdas? Divertida en cierto modo, pero violenta en el fondo. ¿Crees que esta pieza irá sobre la maternidad? Vamos a ir, ¿verdad, Joe? Sería alucinante que…

Peter siguió hablando, aunque sus palabras carecían de sentido para mí. El tren avanzaba entre traqueteos y giros bruscos. Me agarré más al pasamanos. Magos ya me había llamado para contarme que quería que los tres estuviéramos allí, pero yo no sabía cómo manejar a Peter estando todos juntos, y menos si Magos había planeado una performance así. Lena iba a acudir. Tenía la esperanza de poder obviarlo.

El tren se detuvo en la estación Metropolitan y seguí a Peter hacia la salida.

—Vamos a ir, ¿verdad? —repitió.

—Tengo trabajo.

—No será nada que no puedas adelantar o aplazar. Me pediré unos días libres. Vamos, Joe. Me muero por pasar tiempo con tu familia. Apenas los conozco.

Peter saltó delante de mí, me agarró por los hombros y me puso la cara a solo unos centímetros de la mía. La gente que tenía que cambiar de tren nos esquivaba.

—¿Te avergüenzas de mí? —me preguntó.

—No.

—No les has dicho nada, ¿verdad?

Negué con la cabeza.

Peter suspiró.

—Ni siquiera me voy a enfadar por eso. Se los contaremos en persona, juntos. Será perfecto. Ahora son nuestra familia.

Echó a andar hacia la línea L. Yo lo seguí unos pasos por detrás.

Peter, Lena y yo aterrizamos en Berlín tres días antes del estreno de Magos y quedamos con ella y con M. en un restaurante alemán tradicional. Magos se levantó para darnos un abrazo en cuanto entramos, pero M. permaneció sentado hasta que llegamos a la mesa. Lo noté más robusto bajo mi abrazo. Llevaba el pelo un poco más largo, con unos rizos oscuros que se le arremolinaban por toda la cabeza. Me tocó el pelo.

—Te lo cortaste.

—Solo un repaso —me acomodé unos mechones tras las orejas—. Te extrañaba.

—Y yo a ti.

—Pensé que había convencido al tío Luke de que también viniera —dijo Magos, estirando la cabeza como si de repente Tío fuera a materializarse detrás de nosotros.

—No hay forma. Ese hombre lleva quince años sin subirse a un avión —respondió Lena.

—Veinte —intervine yo.

—Hola, Santiago —dijo Peter, y le extendió la mano.

M. se la estrechó.

—Siéntense —nos pidió Magos, y agarró a Lena por el codo para llevarla a un asiento a su lado.

—¿Eso es cerveza, M.? —pregunté mientras M. le daba un sorbo a una bebida—. No sabía que te gustara.

—Aprendí.

—¿A Thomas le gusta?

Le guiñé un ojo.

—Sí —me respondió.

M. pidió en alemán: *Schnitzel*, *Sauerkraut* y *Kartoffelsalat*. Yo dije que comería lo mismo. Peter también. Magos y Lena pidieron manitas de cerdo para compartir.

—Joe, no puedo esperar más —dijo Peter, y extendió las manos—. Tenemos una noticia —Magos lo miró mientras Lena se recostaba en la silla y se acomodaba la servilleta en el regazo—. ¡Vamos a casarnos!

Peter me agarró la mano y me la levantó. Sonreí y el restaurante entero se oscureció, como si la mitad de las luces se hubiera apagado. M. empezó a toser y se puso rojo. Le coloqué una mano en el pecho y la otra en la espalda. Magos se levantó. Lena se enderezó en la silla. M. siguió tosiendo. Magos le ofreció el puño; era lo que hacía cuando el pulmón de Santiago se apagaba y le impedía respirar, y normalmente así el pulmón se le reiniciaba. Sin embargo, M. le apartó el puño amablemente, se aclaró la garganta y recuperó la respiración por sí solo.

—Estoy bien —dijo. Lena se relajó de nuevo en su asiento—. En serio, estoy bien.

Al contrario que el de Santiago, el pulmón de M. funcionaba bien, solo que a veces se nos olvidaba.

—Yo también me quedé en shock cuando este de aquí dijo que sí —comentó Peter, con el vaso levantado, esperando a que brindáramos; él no tenía ningún contexto que lo hiciera estar preocupado por M.—. ¡Creía que Joe había renunciado para siempre al matrimonio!

Magos se giró hacia Peter.

—¿Y por qué iba a renunciar al matrimonio? —preguntó.

Los ojos de Peter se abrieron como los de un zorro de dibujos animados.

—No digo que... Solo es que Joe, bueno, nunca...

—No pasa nada, Peter —dijo Magos, sonrió y brindó con él. Relajó los hombros al retomar el control de la mesa—. Me alegro por ambos —y añadió en español—: Flaqui, ¿tú lo sabías?

—Joseph me dijo algo.

—¿Y no me lo contaste?

—Le pedí yo que no lo hiciera —intervine, retomando el inglés—. Queríamos contártelo en persona.

—Enhorabuena —dijo M.

La sonrisa de Peter se quebró ante el tono plano de M. Lo conocía lo suficiente para saber que así era como hablaba siempre, pero quizá esperaba alguna nota de emoción que no le hubiera escuchado nunca antes.

—Gracias, M. —respondí.

Llegó la comida y M. pidió otra cerveza.

—¿Estás seguro? —le pregunté.

—Es Alemania, Joseph. Hasta los niños de pecho beben cerveza aquí —dijo Lena.

—No creo que eso sea verdad —comentó Peter.

—Pues me tomaré otra yo también —le dije al mesero.

Cuando llegaron las nuevas cervezas, volvieron a brindar todos con Peter y conmigo. Nos besamos. Hice que Peter retomara su asiento de un empujoncito.

Thomas y M. se ofrecieron a enseñarnos la ciudad y quedaron con nosotros al día siguiente en nuestro hotel. Thomas era un hombre fornido con una cara amable y el pelo alborotado en mechones de color castaño claro. Los dos se movían juntos en fluida sintonía; la cabeza de M. apenas le llegaba a Thomas al pecho. Magos y Lena también se nos unieron. Thomas trató de explicarnos Berlín y, aunque algunas de las cosas que mencionó sonaban a inventadas, Peter no paraba de asentir y de sacar fotos.

Después de comer, cerca del Tiergarten, Magos y Lena se separaron del grupo y se fueron por su cuenta. Lena me contó que Magos se le había medio declarado y le había pedido que se quedara en Berlín más tiempo. Lena había aceptado lo de ampliar su estancia pero no el resto. En cualquier caso, o quizá precisamente por el rechazo de Lena, Magos lucía su versión más coqueta.

Thomas nos llevó hasta el Checkpoint Charlie, donde Peter, solemne, no dejó de repetir lo duro que debió ser vivir atrapado en tu propia ciudad. Paseamos por calles estrechas llenas de boutiques y berlineses disfrutando de aquel día cálido. Ahí Thomas permaneció en silencio, cansado, o quizá fuera que esas calles se explicaban por sí solas. Peter intentó conectar con M. haciendo comentarios sobre la arquitectura, los grafitis, los perros, el arte, la historia, el clima («¿Llueve a menudo?»), sin conseguir encontrar un tema que obtuviera más que una sola palabra como respuesta. Fueron caminando juntos en silencio hasta que M. se giró hacia Peter y, con su franqueza característica, en voz muy alta, le dijo:

—Me gusta el *Ampelmann*.

—¿Qué es el *Ampelmann*?

—El hombre del semáforo. Lleva sombrero. ¿No lo has visto?

Peter negó con la cabeza.

—Te lo enseñaré cuando vea uno.

Llegamos a un cruce en el que M. se detuvo.

—Ahí.

Señaló un semáforo.

—¿El *Ampelmann*?

M. sonrió, sin las fundas puestas.

Se había dejado crecer los colmillos y se le veían las puntas romas; la impresión era que tenía los dientes demasiado estrechos y separados. Aunque se esforzaba por evitarlo, a Peter se le iban los ojos una y otra vez a la boca de M. Pese a la extrañeza de sus dientes, me di cuenta de cuánto se parecía M. a un joven normal. Aquellos colmillos eran encantadores, si sabías cómo mirarlos. A partir de ese momento, Peter señalaba todos los *Ampelmann* que veía.

Llegamos al monumento en memoria del Holocausto. M. dijo que nos esperaría por ahí mientras deambulábamos por los bloques de cemento. Yo me quedé atrás con él y Thomas llevó a Peter hacia el centro de la explanada; los observé hasta que desaparecieron.

—Una vez me perdí ahí dentro —dijo M.

—¿En serio?

Desde fuera parecía complicado extraviarse en ese sitio.

—No me perdí de no saber dónde estaba. Más bien no sabía cómo había llegado ahí. Duró un momento. Más adentro son más altos, Papi. Y el suelo se hunde. Es muy inquietante.

—Inquietante.

—Como de sentirte raro sin saber por qué.

—Conozco esa sensación.

M. sonrió.

—Te gusta Berlín, ¿verdad? —le pregunté.

—Sí. ¿Y a ti?

—De momento me encanta. Vendría a verte muchas veces si deciden quedarse aquí.

—¿Vamos a quedarnos?

—¿No te gustaría?

M. ladeó la cabeza.

—No lo sé. A lo mejor. Sí. Es complicado pensar en cosas del futuro. ¿Verdad?

—A veces sí. Pero hay que hacerlo: planear cosas, pensar en cómo queremos que sea nuestra vida…

—¿Igual que Peter y tú? ¿Casarse?

—Sí.

—¿Te hace feliz? ¿Pensar en casarte?

—Pues sí, la verdad.

M. me abrazó por la cintura. Yo le eché el brazo por los hombros y lo apreté. Peter y Thomas aparecieron por la otra punta de la explanada. Nos saludaron con la mano y les devolvimos el saludo.

Nos sentamos en una mesa para cuatro a la sombra, en una terraza. Peter levantó la mirada y dijo:

—Una tarde exquisita, simplemente maravillosa.

Pedimos cerveza, pero cuando el mesero se alejó, Peter cambió de opinión y quiso un gin tonic. Thomas siguió su ejemplo. Aunque el gin tonic sonaba perfecto para una tarde soleada y cálida, M. se quedó con la cerveza y yo hice igual.

Thomas nos habló de su lugar natal, en Baviera, un pueblo que Peter comparó con el suyo de Míchigan.

—Chicos de ciudad —dijo Peter, señalándonos a M. y a mí.

Se rio disimuladamente como si hubiera hecho la broma más graciosa del mundo.

Le pregunté a M. por el trabajo en la galería. Acababa de terminar de montar la exposición más reciente. Thomas explicó que la instalación de las piezas había sido un proceso muy largo.

—¿Las obras de arte no llegan ya ensambladas? —preguntó Peter.

—En este caso, no.

Según siguió explicando Thomas, Qi, el artista (que era una persona o un colectivo, nadie lo sabía), había enviado los materiales y las instrucciones.

—Eran unas instrucciones muy confusas, pero nuestro Santiago las entendió bien y lo montó todo.

—Todo no. Tú hiciste algunas partes —dijo M.

Thomas le frotó la espalda.

—Qué adorables son, por favor —comentó Peter.

Esa versión de M. encajaba muy cómodamente en la imaginación de Peter. A lo mejor ese M. suavizado se convertía en el M. de serie, aunque yo no estaba seguro de si me gustaba más o menos.

Un abejorro grande y peludo se posó en el borde de la cerveza de M. Sin dudarlo un segundo, M. agarró el vaso y se tragó el abejorro. Masticó rápido, luego paró, cerró los ojos y saboreó el momento antes de tragar y beberse el resto de la cerveza. Cuando abrió los ojos y me vio mirándolo fijamente, se puso colorado, avergonzado porque lo hubiera pescado o quizá temeroso de que lo regañara. Ni Peter ni Thomas parecían haberse dado cuenta. Sonreí para tranquilizarlo y me devolvió la sonrisa.

Peter y Thomas siguieron hablando. M. se puso en pie. Pensé que necesitaba ir a orinar, pero se alejó por la calle.

—¿Todo está bien? —preguntó Peter.

—Lo hace a veces —dijo Thomas.

Me levanté, celoso al ver que Thomas sabía algo de M. que yo no. M. empezó a pasear sin rumbo, parándose a inspeccionar bicicletas encadenadas y parches de tierra en los que crecían árboles.

—Estaba aburrido —me dijo cuando lo alcancé—. ¿Crees que algún día dejarás de gustarle a Peter?

—Espero que no.

M. agarró una colilla que había en el suelo.

—M., no, eso está sucio.

La tiró.

—¿Tienes un cigarrillo?

—¿Fumas?

—Thomas me enseñó.

M. caminó hasta una esquina y se detuvo, sin saber si quería cruzar o darse la vuelta.

—¿Volvemos? —le pregunté.

—¿Cómo te aseguras de no dejar de gustarle a la gente?

—No lo sé. Supongo que nunca puedes estar seguro del todo. Pero creo que si le gustas a alguien, si eres bueno con esa persona y no le haces daño, no hay motivos para dejar de gustarle.

—¿Si no te la comes, por ejemplo?

Aunque el tono de M. era plano, los ojos le brillaron. Era una broma. Me reí. Se rascó el mechón de pelaje fino, un punto con forma de calabaza que tenía en la frente. Volvió hacia el restaurante y atravesó una multitud de turistas como si la calle fuera suya.

Peter y yo quedamos con Lena, M. y Thomas frente al almacén en el que Magos iba a hacer su performance. Estábamos de pie junto a uno de los arbustos que salpicaban el suelo pedregoso.

—¿Hay tiempo para un cigarro? —preguntó Thomas, dándole golpecitos con el dedo a un paquete de tabaco.

Eran casi las nueve y el sol aún no se había puesto. Thomas le pasó un cigarrillo a M. y encendió ambos, el suyo y el de M., que soltó el humo con un deleite nada disimulado. Yo podría haber expresado la extravagante preocupación del padre que ve a su hijo fumar, pero M. parecía tan en paz, tan en sintonía con el movimiento de su pulgar, la contracción de sus mejillas, la manera en que cruzaba una pierna por delante de otra, tan en casa en su propio cuerpo, que no pude más que disfrutarlo.

—Magos es tremenda —dijo Thomas, expulsando el humo a una nube de mosquitas a las que no pareció importarles.

Había otros fumadores formando grupos bajo las banderolas de color verde azulado que anunciaban MAGOS DE LA MORA en letras blancas enormes.

—¿Les gusta su trabajo?

La pregunta de Thomas se quedó colgada en el aire sin que ninguno de nosotros la recogiera.

—No sé lo que hará esta noche —respondí—. No creo que ninguno lo sepamos. Es algo nuevo, ¿no?

—Sí, es nuevo —dijo Lena.

—Estoy emocionado —Thomas tiró el cigarrillo. M. hizo lo propio con el suyo—. *Lass uns reingehen* —añadió Thomas con una floritura de la mano.

Lena y Peter lo siguieron hasta la entrada. M. se quedó mirando el punto donde había aterrizado su cigarrillo.

—¿Listo? —le pregunté.

Levantó los ojos y me miró.

—¿Sigues extrañándolo?

—¿A quién?

—A Santiago.

De vez en cuando, M. hablaba de Santiago como de una persona por completo independiente de sí mismo, y todas esas veces resultaba doloroso.

—Sí —respondí.

—Mami también lo extraña.

El espacio estaba vacío salvo por un foco que iluminaba un trozo de tela doblado y situado en el centro. Al público nos hicieron colocarnos de pie, pegados a las paredes. Thomas y M. se pusieron en el extremo más alejado. Lena, Peter y yo nos apoyamos en una pared a su izquierda. La gente hablaba entre susurros. Los techos eran altos y, al contrario que en un almacén normal, el suelo era de madera pulida.

Un tambor ruidoso nos hizo caer de golpe en el silencio. Magos entró caminando hasta el centro del espacio, descalza, ataviada con un vestido verde azulado y suelto, que tras un momento me di cuenta de que era un camisón. Llevaba el pelo en una larga cola de caballo. Se arrodilló con el trasero apoyado en los talones. El camisón le cayó como un paracaídas hasta cubrirle las piernas. Se oyeron unos crujidos considerables mientras la gente cambiaba de posición; algunos se aclararon la garganta. Peter me apretó el hombro.

Magos recogió la tela del suelo al mismo tiempo que unas luces fluorescentes blancas y brillantes inundaban el espacio. Las paredes del almacén estaban pintadas de blanco, lo que generó un resplandor tan intenso que nos vimos obligados a entornar los ojos. Miramos al techo, desde donde emanaba el fulgor de luz, preguntándonos si tanta iluminación se debía a un error. El almacén se llenó de susurros pero Magos permanecía impávida, así que entendimos que la luz formaba parte de la performance. Cuando se hizo de nuevo el silencio, Magos desplegó la tela.

Dejó a la vista una piyama decorada con unos dibujos enormes de dinosaurios en brillantes colores morados, naranjas, verdes y rosas: la piyama de Santiago, la misma con la que había muerto. Magos se la puso sobre el regazo y la agarró como si estuviera abrazando un cuerpo. Retorció la cara y empezó a llorar. Lloró fuerte y sin complejos. Yo la había visto llorar antes, lágrimas rebeldes que luchaban contra su voluntad de contenerlas, que la obligaban a retirar la cara, pero nunca tan abiertamente. Su rostro me resultaba irreconocible.

Esa era la Magos que había deseado ver durante aquellos meses en Firgesan, cuando yo me ahogaba y lo único que ella hacía era seguirme por todas partes como una niña jugando, incapaz de mostrar ninguna emoción más allá de la estupidez. Por entonces quería a alguien con quien ahogarme, y ahora, al verla, me daba cuenta de que esa Magos me habría hundido aún más rápido.

Inspiró aire, temblando como si tratara de espantar una repentina frialdad, y el llanto aflojó. Las lágrimas le caían. Lágrimas apagadas sin ninguna teatralidad, lágrimas que goteaban descontroladas, que se vaciaban, las lágrimas escalofriantes que podían convertir a Magos en un cascarón vacío. Miró la piyama, ladeó la cabeza con ternura y se quedó abatida. Se le quebró la cara en un ceño fruncido, ese gesto con el que solía repeler las lágrimas. Sin embargo, luchó contra él, lo suavizó y lo hizo desaparecer. Las lágrimas le rodaban gruesas y la mucosidad se le acumulaba sobre el labio superior.

El público lloraba con Magos y se secaba las lágrimas con discretos movimientos de los dedos. Ella continuaba sola en el centro de aquel espacio enorme y blanco, acariciando la piyama vacía con las puntas de los dedos, recorriendo los bordes de un cuerpo invisible. Qué sola parecía. La boca se le abrió de par en par como en un grito, aunque no salió ningún sonido, solo un gorjeo. Le daba igual lo desaliñada, fea, colorada o mocosa que empezara a verse, le daban igual los mechones de pelo que se le soltaban por la cara con la cola ya deshecha, o que el vestido se le hubiera arrugado de forma desfavorecedora, o tener la cara floja, blanda, goteando lágrimas. Goteando. Goteando. Su cuerpo parecía incapaz ya de contenerlas. Magos se había dejado caer en la desesperación.

La gente del público se tapaba la cara y temblaba. Se arrodillaba igual que ella; algunos se pusieron en cuclillas, otros volvieron la cara como si los estuvieran torturando. Incluso los más reacios se secaban lágrimas de las mejillas, mirando al techo para reprimir el flujo. Lena tenía un brazo cruzado sobre el pecho y el otro apoyado encima de ese, con una mano abierta tapándole la boca. Esperé ver a Peter llorar con el mayor de los dramatismos, pero su pose era todo un alivio, más aturdida que triste. Thomas lloraba abiertamente mientras le agarraba la mano a M.

M. mantenía la mirada fija al frente. En su cara no había tristeza ni ira ni miedo, pero tampoco era un rostro neutral. Tenía el gesto torcido, como incapaz de decidir qué mueca era la más apropiada, cuál expresaría el caos de emociones que le borboteaban mientras contemplaba a su madre llorar al hijo que él debía sustituir por mandato de ella misma. M. no paraba de frotarse el muñón de la cadera izquierda, los restos de su cola-brazo, mientras Magos no paraba de acariciar un cuerpo que no estaba ahí.

Yo permanecía muy quieto, con las lágrimas amontonándose al final de mi barbilla. No iba a limpiármelas. Me las había ganado. Mantenía los brazos pegados a los costados, las manos cerradas en puños. Quería que Magos parara.

M. desapareció del lado de Thomas. Busqué entre el público y lo encontré abriéndose paso como podía hacia la salida. Llevaba la cabeza gacha, el cuello retorcido y mostraba unos movimientos rápidos y erráticos, como si se le hubiera olvidado caminar. Me dirigí yo también hacia la salida, mezclándome con los dolientes que lloraban por un hijo que no era suyo, al tiempo que confiaba en alcanzar al hijo que aún me quedaba. M. desapareció detrás del público, aunque distinguía dónde estaba por las ondas de personas en movimiento a su alrededor. Tenía la salida mucho más cerca que yo. Aceleré.

«Perdón». «Entschuldigung». «Sorry». «Perdón».

Me tropecé y caí de bruces contra el suelo. Un hombre me agarró del brazo para levantarme, pero no conseguí enderezarme lo suficiente para ponerme recto. Solo estaba a unos metros de la puerta.

Fuooomp.

Las luces fluorescentes se apagaron y volvió a encenderse el foco. Magos inspiró, se sacudió los últimos sollozos, se secó la cara con las manos abiertas y se las limpió en el camisón. En la tela surgieron las manchas de las lágrimas, oscuras. Dobló la piyama, la colocó en el suelo ante ella y salió del espacio.

El foco se desvaneció.

Corrí afuera para buscar a M. La zona que rodeaba el almacén estaba vacía, aunque no tardó en llenarse poco a poco con grupos de gente del público que hablaba emocionada, feliz tras haber vivido algo tan espantoso y haber salido indemne.

M. se había ido.

Thomas salió con paso tranquilo, inflamado y rojo, con un cigarrillo ya entre los dedos.

—¿Dónde está M.? —le pregunté.

—¿No está contigo? Creía que…

Lena y Peter se reunieron con nosotros fuera.

—M. se ha ido —dije.

—A lo mejor necesitaba ir al baño —comentó Peter.

—Estaba… No sé. Es que este espectáculo… ¿En qué estaba pensando Magos?

—M. andará por aquí.

—¡No! M. se…

Lena me agarró el brazo. Me arrastró aparte, a una zona a la que no llegaban los focos del almacén.

—¿Qué está pasando? —me preguntó.

—M. estaba alterado. Estaba… «merodeante». ¿Esa palabra existe? Como si no pudiera moverse del todo bien, aunque iba rápido, como dispuesto a hacer algo.

—¿Algo como qué?

—No lo sé. ¡Estaba alterado, Lena!

—Alterado estás tú —Lena levantó los brazos para ponerme las manos en los hombros. Nuestras frentes se tocaron—. Mira, M. lleva meses en Berlín con una vida bastante normal. Ha encontrado su camino muchísimas veces. Estará bien. Esta mierda ha sido una locura. M. solo necesita un momento. Todos lo necesitamos.

—¿Estás segura?

Lena le hizo gestos a Thomas para que se acercara y Peter lo siguió.

—Thomas, ¿tienes idea de adónde podría haber ido M.?

—Quizá al Görli. Vamos allí al salir del trabajo.

—¿Podrías ir a ver si lo encuentras?

—¿Pasa algo?

—No —dijo Lena—. Pero queremos que esté con nosotros.

—De acuerdo. Llámenme si lo encuentran ustedes primero, ¿OK?

Thomas echó a andar, agarró una bici de un portabicis improvisado cerca de un montón de neumáticos usados y se alejó.

—¿Qué está pasando, Joe? —me preguntó Peter.

Me enderecé.

—Nada. Me puse algo nervioso. Esto... Ufff... Esto ha sido un poco intenso.

Lena agarró a Peter por el codo y lo llevó hacia el coctel de después del estreno.

—¿Vienes, Joe? —me dijo Peter.

El coctel se celebraba en un anexo del almacén, surtido con vino y canapés. La gente se llevó la mano al corazón cuando Magos entró. Unos cuantos empezaron a aplaudir, aunque lo dejaron al ver que pocos los imitaban. Un aplauso parecía demasiada celebración como respuesta a esa performance. Lena y yo estábamos en una esquina mientras Peter esperaba en la cola para conseguirnos algo de beber. Magos vino directa hacia nosotros, sin hacer caso de los cumplidos ni de las manos que se extendían hacia ella. Pensé que seguía descalza hasta que se acercó más y distinguí que llevaba unas sandalias.

—¿Qué les pareció?

Lena esperó a que yo dijera algo, a que me lanzara quizá con algún discurso, pero al ver que no hablaba respondió ella:

—Bien.

—¿Bien?

—No sé, Magos. ¿La verdad? Ha sido un puto horror.

—¿Joseph? —preguntó Magos.

—¿Por qué no nos habías advertido?

—¿De qué?

—¡De esto! —alguna gente se giró para mirarnos—. Nuestro hijo, Magos. Qué…

Me detuve antes de echarme a llorar.

—La obra se llama *Hijo*, Joseph. ¿Qué esperabas?

—¿Y por qué ahora? Han pasado…

—Siete años —dijo Magos—. Tú lloraste entonces. Yo no.

Peter se unió a nosotros con tres copas de vino que nos fue dando.

—Una obra magnífica —se llevó la mano abierta al pecho como había hecho antes todo el mundo—. Qué sinceridad. Madre mía, es que… ¿Puedo darte un abrazo?

Y abrazó a Magos, que me miró alegremente, como si yo tuviera que estar disfrutando con ella, como si Peter fuera una broma entre nosotros. Entonces se soltó.

—Cautivador, de verdad —siguió Peter—. Considérame tu fan. Otra vez.

—Al menos tengo un fan. A estos dos no les gustó nada.

—¿En serio? —a Peter se le borró el entusiasmo de la cara—. ¿Qué pasa? ¿Están preocupados por Santiago?

—¿Qué le ocurre a Santiago?

Magos echó un vistazo a la sala.

—Se fue. Antes del final —le dije.

El semblante relajado de Magos, el brillo engreído que lucía como si de pronto fuera una iluminada, se le evaporó del todo.

—¿Adónde se fue?

—No lo sabemos. Thomas lo anda buscando —respondió Lena.

—¿Le molestó algo? Espero que no. Esto no tenía nada que ver con él.

—¿Nada que ver con él? —grité—. ¿En qué mundo vives, Magos?

—No entiendo nada —dijo Peter.

—Joseph, de todos nosotros tú eres el único que siempre dijo que no son el mismo —respondió Magos—. ¡Llevas años diciéndomelo! Yo lloré aquí por el que se murió.

—Tú eres la que siempre lo llamó Santiago. ¿Cómo crees que se siente? De repente ahora no es...

Una mujer bajita con unos pendientes largos y sueltos le puso una mano en el hombro a Magos y me miró fijamente.

—Perdón por interrumpir.

Magos se dio la vuelta, lista para alejar a quien fuera que la hubiera tocado, pero al registrar la identidad de la mujer se alisó la cintura del vestido y sonrió.

—Disculpa, estábamos… Samara, esta es mi familia. Familia, esta es Samara.

Samara nos dio la mano a todos.

—De verdad que siento mucho irrumpir así, pero tengo a gente que se muere por conocer a nuestra artista.

—Un momento, por favor, Samara —Samara se quedó a unos pasos. Magos se dirigió a mí—: ¿Vas a quedarte? Por favor, Joseph. Espérame, ¿está bien? Media hora. Cuarenta y cinco minutos máximo. Joseph, ¿de acuerdo?

—OK —respondí.

Magos se alejó con Samara, a la que agarró por el codo. Yo le di mi copa de vino a Peter y les dije a Lena y a él que volvería en un momento. Salí a la noche cálida. Había unos pocos fumadores esparcidos por el lugar. Busqué entre los grupos, pero M. no estaba allí, nadie que pudiera confundir con él y que me aportara un instante de alivio. Deseé fumar yo también para tener algo que hacer más allá de caminar de un lado a otro. Le di una patada a una piedra. La tierra de debajo estaba oscura, como si la roca hubiera sangrado o se hubiera orinado.

—Joe —Peter apareció delante de mí—. Tienes que contarme qué está pasando.

—Nada.

—Para ya —utilizó un tono de seriedad forzada que nunca le había oído—. Cuéntame. ¡Por el amor de Dios! He sido respetuoso, ¿no, Joe? ¿O es Joseph? Aquí todo el mundo te llama Joseph. ¿Es lo que prefieres? Ni siquiera sé eso. Vamos a casarnos y no sé ni cómo llamarte. ¿Qué es lo que te da tanto miedo contarme? Te quiero, pero no puedo lidiar con este… —agitó los brazos alrededor como intentando crear un tornado—. Está siempre rodeándote. ¿Crees que no me doy cuenta? Cuéntame.

—No puedo.

—¿Por qué?

—Porque es mío, Peter. Este… —y agité los brazos como había hecho él— es mío. No puedo explicarte nada más. Peter, por favor, vamos dentro —caminé hacia la fiesta pero no escuché los pasos de Peter en la gravilla siguiendo los míos—. ¿No vienes?

—Me regreso al hotel, Joe. No estoy seguro de qué hago aquí.

—Te quiero —le dije, pero ya estaba demasiado lejos para escucharme.

Pese a que lo estuvimos esperando, M. no volvió a aparecer. Magos llamó a Thomas para ver si lo había encontrado. Thomas había probado en el Görlitzer Park, en la galería, en su casa, donde M. pasaba alguna que otra noche, e incluso en el departamento de Magos, pero nadie respondió al portero automático. Dijo que había vuelto a su casa para esperar por si M. iba por allí.

—Gracias, Thomas. Aparecerá. Avísame si va a tu casa, ¿de acuerdo?

Magos, igual que Lena, parecía creer que M. solo necesitaba un respiro y que pronto se presentaría de nuevo en casa o en el departamento de Thomas. Sugirió que nos tomáramos un trago. Aunque podría haberle dicho que no, disgustado, y haber vuelto con Peter, pensé que también él necesitaría un respiro y que yo necesitaba con desesperación ese trago.

Magos nos llevó a un antro con compartimientos de piel roja medio deshecha, música pop de los ochenta y gente unos quince años menor que nosotros. Un grupo de mujeres jóvenes que había visto la performance se acercó a Magos y la invitó a tomar algo con ellas. Magos les dio las gracias y les dijo que estaba con unos amigos, y nos llevó a Lena y a mí a un compartimiento en una esquina, donde el bar estaba más vacío.

—No vamos a hablar de la performance —dijo Magos.

—¿Nunca? ¿Es una promesa? —preguntó Lena.

—Al menos no durante lo que queda de noche.

Tomamos whisky y cerveza. Lena nos trajo unos vasos tequileros y nos olvidamos de que teníamos más de cuarenta años, fingiendo ser los veinteañeros que éramos cuando nos conocimos. Fuimos andando desde Neukölln hasta el departamento de Magos, en Prenzlauer Berg. Tardamos más de una hora. Charlamos y nos reímos y avanzamos a trompicones junto a muros llenos de grafitis y puentes repletos de bicicletas encadenadas. Magos nos enganchó un brazo a cada uno y el último tramo del camino lo hicimos así, Lena a un lado de Magos y yo al otro, con pasos tambaleantes pero sincronizados. Magos le gritó *guten Abend* a un joven que se cruzó con nosotros. El muchacho saltó ante el volumen cortante de su voz y murmuró *guten Abend* como respuesta. Magos nos soltó una diatriba sobre lo amables que eran los berlineses, mucho más de lo que se había imaginado, y lo fantástico que era Berlín, y cuánto le gustaba el arte a todo el mundo allí. Lena y yo estuvimos de acuerdo porque el viento llegaba pleno de oxígeno, hacía frío, la ciudad estaba oscura, el suelo era firme y estábamos juntos.

Magos nos llevó hasta un patio que anunció como *unser Hof*, tardó varios minutos en abrir una puerta que cruzamos y luego subimos cuatro tramos de escaleras descascarilladas que olían a los años que acumulaban: capas de pies arriba y abajo, manos sudorosas agarradas al barandal. Giramos a la derecha y pasamos junto a una puerta medio abierta.

—¿Elias? —dijo Magos, y se asomó—. ¿Elias?

—¿Quién es Elias? —le susurré a Lena.

—El vecino.

Magos entró.

Encontramos a M. en el departamento del vecino de Magos, quieto, hecho una bola en el rincón más alejado del pasillo. Estaba desnudo y ensangrentado. El vecino también estaba desnudo y ensangrentado, pero, al contrario que M., yacía tirado en mitad de aquel lugar.

—Mierda, mierda, mierda.

Aquella palabra me salió descontrolada.

—Me cago en todo —dijo Lena, y se abrió camino entre Magos y yo. Se arrodilló junto al hombre herido y le apretó dos dedos en el cuello—. Está vivo.

En el lugar donde se encontraba M. casi no había luz. Junto a él había una puerta que daba a una zona aún más oscura del departamento. Yo quería salvar a M., pero no podía moverme. La habitación que M. tenía al lado emitía una oscuridad extraña; me habría parecido bonita si no hubiera tenido la sensación de que podía engullirnos a todos.

—Eh —Lena se puso en pie—. ¡Eh!

Nos chasqueó los dedos delante de la cara.

—¿Qué? —dijo Magos en voz baja, o a lo mejor solo la escuché así.

Había tal solidez en el aire del departamento que los sonidos se amortiguaban. Lena pronunció más palabras, pero yo no lograba entender su significado. Mantuve los ojos pegados a la cara de Magos porque era la única cosa de aquel lugar que no parecía estar dando vueltas.

Lena me agarró del brazo; tenía sangre en la mano y me la estaba pasando a la camisa. Aunque trató de arrastrarme más al interior del departamento, mi cuerpo no se desplazaba. Las rodillas de Lena también tenían sangre. Dejó de jalarme, pasó por encima del hombre desnudo y llegó hasta M., que tenía la cara oculta entre las rodillas plegadas. Lena le habló, pero él no reaccionó. Lena lo sacudió. La cabeza de M. permaneció enterrada.

¿Está vivo?, pregunté, y sin embargo no emití ningún sonido. Avancé con un movimiento reflejo. Mi cuerpo se movió hasta que llegué a M. y me arrodillé a su lado.

—¿M.? —dije.

Gimoteos. Podían proceder desde el interior de las paredes, o de la habitación a oscuras de al lado.

—¿M.? —lo zarandeé.

Le noté la piel cálida, aunque no estaba seguro de si esa calidez era de M. o de la sangre que lo cubría. Le exploré las partes del cuerpo que podía verle: los brazos que abrazaban las rodillas, las pantorrillas, los pies, el cuello, la cabeza. Era complicado determinar si estaba herido, si parte de esa sangre era suya o si era toda del vecino. Intenté separarle los brazos haciendo palanca y no me dejó.

—¿Qué ocurrió? —una pregunta estupidísima, pero la repetí. M. permaneció plegado—. Lena —dije, aunque ella ya no seguía a nuestro lado.

Lena había vuelto con el hombre tirado en el suelo y estaba presionándole con una toalla en un costado del estómago.

—¡Lena! —grité.

—¿Qué?

Me olvidé de por qué la llamaba.

—¿Qué?

Negué con la cabeza. Lena mantenía la toalla presionada con ambos brazos.

—Necesita ir a un hospital —dijo.

—¿Llamo a una ambulancia? —preguntó Magos. Su voz parecía haber circunvalado a Lena, porque no se giró—. Una ambulancia, ¿no?

Magos sacó el teléfono del bolso grande que llevaba.

—¿Y qué pasa con M.? —dijo Lena.

—M. está aquí —respondí.

—M. atacó a este hombre.

—Eso no lo sabemos.

—Van a detenerlo.

—No pueden asegurar que fue él —añadió Magos—. Los atacaron a los dos.

—M. está bastante intacto —replicó Lena.

—Está cubierto de sangre —le froté la espalda desnuda a M. Algo gorjeó en su interior—. ¿Por qué están desnudos?

Lena me miró como si estuviera hablando en un idioma desconocido. Sus brazos permanecían rígidos contra el cuerpo del hombre moribundo, con las manos más ensangrentadas y la toalla de color claro mutada ya a un tono oscuro, húmedo.

—Este hombre va a desangrarse —dijo Lena—. Hay que llamar a una ambulancia. ¡Magos!

—Van a llevárselo —replicó Magos.

—M. —dije, dándole unos toques—. Vamos. Levántate.

M. no se movía. Me puse en pie y traté de jalarlo. Me resbalé. Caí de rodillas.

—Hay sangre por todas partes. ¿La limpiamos?

—¡Magos! —gritó Lena—. ¡Toma una decisión!

El hombre moribundo tosió. Magos dio un salto atrás.

—Está vivo —dijo M.

—¡M.!

M. no se giró hacia mí. Tenía los ojos fijos en el hombre. Le brillaban los colmillos. Magos se acercó a nosotros pero se detuvo justo antes de tener que pasar por encima del cuerpo del hombre.

—Joseph, llévate a Santiago a mi casa —intenté recordar si yo había pasado por encima del hombre. No quería haberlo pisado—. ¡Sácalo de aquí!

—Me detuve —dijo M.

—¡Joseph, muévete!

M. se puso a cuatro patas y gateó hacia el hombre.

—Sabe muy bien.

—¡Vamos!

Me puse en pie sosteniendo el umbral de la puerta. Le ofrecí a M. la mano.

—Vámonos, M.

M. se acercó más al vecino.

—Santiago, sal de aquí —dijo Magos.

—Santiago está muerto —respondió M.

—Vamos, M. Tenemos que irnos.

—¡Necesitamos esa ambulancia ya!

—¡Joseph, llévatelo!

Agarré a M. por el brazo, pero me apartó la mano de un manotazo.

—¿Elias? —preguntó M. El hombre emitió algo próximo a un gemido, bajo y breve—. ¿Va a sobrevivir?

—No si no te puto largas ahora mismo de aquí. ¡Ahora! —respondió Lena.

M. volvió a quedarse de cuclillas. Me agaché, le pasé los brazos bajo el cuerpo y lo levanté. M. me rodeó el cuello con los brazos y el cuerpo se le quedó flojo, con la cabeza enterrada en mi pecho.

—¿M.? ¿M.?

—¿Qué ocurre? —preguntó Magos.

—Creo que se desmayó.

—¿Santiago?

M. me jaló del cuello y gruñó. Aceleré, pasé por encima del vecino y fui hacia la puerta.

—Un momento.

Magos atravesó el pasillo de puntitas, recogió lo que parecía ser la ropa de M. y se la puso encima.

Dejé a M. en el suelo del baño de Magos. Se acurrucó en posición fetal. Su cuerpo era un mosaico de piel, sangre y pelo. Preparé un baño y metí a M. en el agua, que se volvió roja. Mientras lo lavaba, M. seguía con la mirada los movimientos de mi mano, que corría veloz con una manopla; miraba curioso, como si no supiera de dónde salía esa mano. Confirmé lo que Lena había dicho: estaba más bien ileso, salvo por algunos arañazos feos y un mordisco en el hombro. Cerró los ojos y le limpié la cara. Los mantuvo cerrados mientras le lavaba el pelo con champú.

—Lo siento —dijo M. cuando abrí el tapón para vaciar la bañera de agua.

Usó una voz tan baja que no tuve la certeza de que lo hubiera dicho de verdad. Le di una toalla. Se secó.

—Vístete.

M. estaba parado en su habitación junto a un montón de sábanas y ropa. Su nido. Abrió un cajón y sacó dos calcetines, disparejos; se los puso primero. Entonces miró a su alrededor como si no supiera qué iba a continuación. Parecía frágil en su desnudez, aunque también sólido. Era peludo como yo. Como Monstrilio. Busqué unos calzoncillos, unos pantalones y una camiseta y se lo di todo. Mientras se vestía, metí más ropa en una bolsa.

Ya vestido, me miró y dijo:

—Estás sucio —la camisa y los pantalones se me habían llenado de sangre; hice un intento absurdo de limpiarla—. La cara también.

No sabía si tenía tiempo de limpiarme antes de que la ambulancia y la policía llegaran y nos cayera encima toda la vorágine, pero no podía seguir cubierto de sangre. Me bañé con uno de esos artilugios tan europeos que se sujetan con la mano y que no logré averiguar cómo manejar hasta que descubrí que podía levantar un mango en el que apoyar esa cosa y convertirla en una ducha normal. Me enjaboné y me froté con una concentración que había eludido gran parte de mi vida. En todo momento estuve pendiente por si oía sirenas. Limpio y envuelto en una toalla, llamé a M. No estaba en su habitación.

—¿M.?

Corrí por todo el departamento y entré en una sala tan atestada que confundí una silla baja con un M. agachado.

—¿M.?

Fui al dormitorio de Magos.

—¿M.?

En la mesita de noche había una fotografía de Santiago con Magos y conmigo en el Zoológico de Chapultepec. Santiago tendría ocho o nueve años ahí. Yo no había visto una imagen suya desde hacía años. Las piernas me flaquearon y me senté en la cama. M. se parecía mucho más a él de lo que recordaba.

Me espabiló un fuerte golpe metálico.

—¿M.?

Salí corriendo por el pasillo y lo encontré en la cocina. Estaba metiendo nuestra ropa en la lavadora.

—No tenemos tiempo para eso —le dije.

Sin embargo, no era mala idea: mejor que la policía encontrara ropa sospechosamente lavada que ropa llena de sangre. Pusimos la lavadora, aunque no podíamos esperar a que acabara. M. y yo buscamos ropa que me quedara bien. Elegimos unos pantalones cortos de M. que a él le quedaban grandes y una sudadera de Magos, con un número en color melocotón brillante, que me quedaba ancha pero casi no me llegaba a la cintura.

Se oyeron sirenas. Pese a que M. no estaba haciendo ningún ruido, lo mandé callar. M. se acercó a la ventana, donde la ambulancia iluminaba la calle de azul. Lo jalé para alejarlo unos pasos de ahí.

—¿Vamos? —preguntó.

Lo sujeté fuerte. No podíamos escapar en ese momento.

Llegaron voces del descansillo. Lena estaba hablando. También un hombre. Se callaron. La lavadora hacía demasiado ruido. Esperaba que en cualquier momento irrumpieran e intentaran arrancarme a M. de los brazos mientras yo luchaba como nunca lo había hecho ni seguramente lo haría en mi vida. Asestaría patadas y puñetazos y arañazos hasta que se distrajeran tanto con mi salvajismo que M. pudiera escapar. Volvimos a oír voces. Más altas. Más imperiosas. Había llegado el momento. M. y yo permanecimos de pie en el salón. Tenía a M. sujeto detrás de mí. No sabía pelear, pero tampoco me hacía falta: la adrenalina tomaría el mando; para eso servía.

Las voces se callaron de nuevo.

Un barrido de luz azul recorría el techo en círculos.

M. se soltó de mi agarre y se acercó a la ventana.

—Quieto —susurré.

M. señaló fuera. Los paramédicos llevaban al vecino en una camilla y lo metieron en la ambulancia. Magos y Lena iban detrás.

—Vámonos —le dije a M.

No sabía si la policía iba a llegar justo después. Disponíamos de unos minutos, quizá solo segundos. Agarré la bolsa con las cosas de M. y abrí la puerta solo una rendija, para asegurarme de que el descansillo estuviera vacío. Salimos. No podíamos correr. No podíamos mostrarnos sospechosos. Las escaleras eran infinitas, tramos y tramos de escalones. No recordaba haber subido tanto al llegar. Bajamos escalón por escalón, tratando de hacer el menor ruido posible.

Voces. Gente que venía.

M. y yo nos quedamos petrificados. Lo agarré de la mano. Esperamos. Las voces subían como un eco. Entonces se cerró una puerta y se desvanecieron. Bajamos el resto de escaleras corriendo. No solté la mano de M. hasta que estuvimos fuera. Esperaba encontrar a Magos y a Lena en el patio, pero no estaban allí. No podíamos intentar buscarlas. Echamos a correr por la calle en el sentido contrario al que había seguido la ambulancia, con la esperanza de estar avanzando en dirección a mi hotel.

Yo caminaba detrás de M., que daba unas zancadas cortas y decididas, mientras que las mías, aunque más largas, no acababan de seguirles el ritmo. Al contrario que Nueva York, Berlín daba la impresión de ser una ciudad espaciosa en la que el viento podía soplar sin quedarse atrapado. No obstante, esa noche no hacía viento. Quizá Berlín no fuera un lugar ventoso, eso no lo sabía, así que me puse a silbar. No silbé ninguna canción, sino una simulación del viento. M. levantó la vista para mirarme y dejé de silbar. Me pidió por favor que continuase, cosa que hice, y seguimos caminando. No tenía ni idea de dónde estábamos, aunque confiaba en que avanzáramos en dirección a mi hotel, pese a que Peter estuviera allí. En mi cerebro se arremolinaban miles de escenarios solapados: Peter ayudándonos a escapar; Peter gritando: «¡Asesino!» y llamando a la policía; Peter tratando de matar a M.; M. comiéndose a Peter… Ante esa última imagen, dirigí la mirada a mis pies y decidí centrarme en mis pasos. Tenía sangre en los tenis. Levanté la vista.

Llegamos a una intersección en la que se abría un bulevar enorme y por fin nos topamos con un viento real que recorría la avenida. La ventaja de tener el pelo por los hombros es que te ondea al viento, aunque esa corriente en concreto no era lo bastante fuerte; solo me provocaba un ligero temblor en la melena. En cualquier caso, no dejé de retirarme mechones para tener algo de lo que ocuparme que no fuera el horror de aquella noche. Paré de silbar. Me estaba mareando.

Fuimos dejando atrás tiendas, restaurantes y cafés, todos cerrados de noche. Me vi dividido entre las ganas de que la ciudad bullera y el agradecimiento por estar prácticamente solos. Era complicado centrarse en un solo sentimiento. Nos detuvimos en una esquina y esperamos a que el semáforo nos permitiera continuar con el *Ampelmann* verde. Le toqué la cabeza a M., le acaricié el pelo frondoso, casi crespo. No reaccionó ante mi tacto. Pasó un coche. Con suavidad, le apreté la nuca, le dejé la mano un instante en la espalda, y entonces avanzamos.

Cuando Santiago estaba vivo, con frecuencia me venían visiones de su futuro; no hablo de premoniciones místicas, sino más bien de deseos. En ellas lo veía de treinta años, mi edad de entonces, y yo aparecía mayor de lo que explicarían las matemáticas y la lógica, sentado, presidiendo una mesa grande de pícnic, con Magos y

Santiago a mi lado. Lena también estaba presente, y Tío, aunque en su caso tampoco las matemáticas ni la lógica explicarían que siguiera vivo. Había otras amistades y gente que nos quería, todos borrosos. Nos encontrábamos a la sombra de un árbol descomunal, en Firgesan muy seguramente, aunque no al cien por cien. Santiago hablaba con motivo de la ocasión, que se alternaba entre un cumpleaños y un aniversario o una celebración improvisada. «El mejor padre», decía, y les contaba a nuestros seres queridos que ellos solo conocían una parte de mí, pero que él tenía la suerte de conocerme por completo. Yo lloraba imaginando esas cosas porque, más allá de los detalles autoindulgentes del momento, Santiago estaba vivo y feliz. Se trataba de una felicidad amorfa, dado que no alcanzaba a imaginar las particularidades que lo hacían feliz, pero lo era.

Nunca había imaginado que iría a la carrera por Berlín acompañado por M., divorciado de Magos, con otro prometido esperándome. Nunca había imaginado que tendría que huir de un asesinato. ¿Era *asesinato* el término correcto? *¿Homicidio involuntario?* Nunca habría podido imaginar a M.

Pero ahí estábamos, en Berlín, yo con unos pantalones cortos prestados y un suéter brillante: un par de fugitivos. Pese a las imágenes del vecino destrozado que resplandecían en mi cabeza y a una oleada constante de náuseas, sentía una intensidad que no había notado nunca antes, como si por fin hubiera pasado de ser un miembro del público a estar sobre el escenario en calidad de actor principal.

M. se detuvo.

—Ya llegamos —dijo.

Peter había elegido el hotel tras leer decenas de críticas. Su acechante fachada de ladrillo me recordaba a una institución mental de los sesenta, ancha y achaparrada, con las ventanas enmarcadas por cuadrados blancos simétricos por los que imaginaba a pacientes que anhelaban la libertad. Dentro, el hotel era moderno, luminoso, con un mobiliario en tonos tierra pálidos y toques amarillo huevo. Nos metimos en nuestra habitación lo más discretamente que pudimos. No quería que nadie nos recordara.

La habitación estaba a oscuras. Frené a M. en el escaso recibidor para que mis ojos se ajustaran a la oscuridad y no tener que encender ninguna luz. Lentamente, esa oscuridad dio paso a bordes que bocetaban el espacio: el aparador, una silla debajo, las luces nocturnas de fuera enmarcando las cortinas, la cama en la que se alzaba el bulto de Peter, todas las fronteras que debíamos sortear.

Peter se movió.

—Estás aquí —dijo.

Me acerqué a la cama y me senté.

—M. va a quedarse con nosotros.

—¿Santiago? —Peter trató de incorporarse, pero lo mantuve acostado—. Lo encontraste.

—Duerme —le dije, aunque volvió a empujar para sentarse.

Encendió la lámpara de la mesita de noche y entornó los ojos.

—Hola, Santiago —M. permaneció junto a la entrada. Peter miró la única cama que había y añadió—: ¿Dónde vas a dormir?

—El suelo está bien —dijo M.

—OK —Peter lo miró con un ojo abierto—. ¿Estás seguro? En el clóset habrá mantas de sobra. Y almohadas.

Peter se balanceó en la cama hasta que dio con los pies en el suelo.

—No te preocupes. Yo las busco —respondió M.

Peter asintió con un murmullo, con la cabeza colgándole. Entonces bostezó, levantó la vista y me exploró, todavía con un solo ojo.

—¿Qué llevas puesto?

—Ropa.

Le di un beso en la cabeza y le dije que volviera a la cama. Obedeció. Ayudé a M. a construir un nido a los pies de nuestra cama con toallas, sábanas, mantas y un par de almohadas que encontramos en el clóset. Ese nido, una estructura circular en cuyo centro se acurrucó M., le parecería extraño a Peter cuando lo viera, pero no pude hacer acopio de fuerzas suficientes para obligar a M. a montar una cama más normal. Esa noche no. Aquella era la menor de mis preocupaciones.

Dormí a ratos; me despertaba sobresaltado con sirenas imaginadas y pesadillas cuyos detalles no recordaba pero cuyo terror permanecía. M. gimoteaba igual que cuando le extirpamos la cola-brazo. Quería acostarme con él y consolarlo, pero estaba atrapado en la cama, anclado por el recuerdo de cuando recé para que volviera a crecerle la cola-brazo, bajo la promesa de que, si eso ocurría, aceptaría a M. tal y como era; no juzgaría su hambre, yo mismo le llevaría mascotas si eso era lo que él quería. Sin embargo, la cola-brazo no volvió a crecer, mientras que su hambre, claramente, se había quedado. ¿De qué parte del trato era yo responsable?

Llegó el amanecer. M. roncaba ligeramente y los ronquidos de Peter rebotaban intensos y ásperos en la pequeña habitación. Agradecía ambos sonidos, porque me daban algo en lo que concentrarme más allá de las horripilantes imágenes del hombre comido. Me acechaban escenas en las que vadeaba una sangre que nos llegaba a los tobillos, aunque no había podido ser tanta. Peter y yo teníamos un vuelo para salir de Berlín esa misma tarde. M. no podía quedarse esperando a que el vecino se curara y lo acusara, y yo no iba a abandonarlo otra vez. Le compraría un boleto y me lo llevaría de regreso a Nueva York con nosotros.

Le escribí a Magos para contarle mi plan. Vi el mensaje de «escribiendo…» de su lado, pero pasó un rato y no me llegó nada.

«Sería lo mejor —respondió al fin—. ¿Hoy?».

«Sí».

«¿Cómo está?».

«Durmiendo. ¿Y el hombre?».

«Elias. Vivo. Más o menos. Lo tienen en la UCI».

«¿Estás en el hospital?».

«Llevamos aquí toda la noche».

«¿Han», escribí, pero decidí que era mejor no preguntar. Solté el teléfono.

Peter se despertó. Trató de alisarse el pelo mientras miraba fijamente a M., acurrucado en mitad de su nido.

—¿Está bien?

Señaló cuatro arañazos largos en el brazo de M.

—No es nada —dije.

—¿Cómo no va a ser nada? —respondió Peter en voz demasiado alta.

—Vamos fuera.

Salimos al pasillo y cerré la puerta detrás de mí. Peter se cruzó de brazos, esperando una explicación por mi parte.

—M. se regresa a Nueva York con nosotros.

—¿Por qué?

Podría habérselo contado todo, lo de Magos quitándole el trozo de pulmón a Santiago, lo de Monstrilio y la zona de juegos que le construí, cómo se balanceaba y jugábamos a pelearnos, cómo Monstrilio era más fácil de querer porque era totalmente distinto, cómo yo todavía no entendía a M. pero iba a luchar por él, lo protegería.

—M. necesita pasar un tiempo lejos de Berlín —contesté.

—¿Es algo serio? —preguntó Peter.

—No —sonreí—. Todo va bien.

—No, todo no va bien, Joe. ¿De verdad no vas a contarme lo que está pasando?

—No está pasando nada, Peter. Entiéndelo, por favor.

Peter salió de la habitación del hotel con la excusa de volver a visitar algunas tiendas que vendían piezas de artistas locales y objetos de diseño. Me daba miedo que se llevara su equipaje y rompiera conmigo allí mismo, aunque tuviéramos que hacer juntos el vuelo de vuelta; sin embargo, dejó el equipaje y, aunque igualmente pudiera romper conmigo más adelante, interpreté aquello como una señal de esperanza.

M. se despertó poco después. Le dije que iba a buscar algo para almorzar y encontré una cafetería cerca en la que compré un bocadillo para mí y unas salchichas para él. Nos sentamos en el suelo alfombrado, con la comida a nuestros pies. M. miró las salchichas gruesas con poca energía.

—¿No tienes hambre? —le pregunté.

Asintió, aunque no estaba seguro de si eso significaba que tenía hambre o que no. Me di cuenta de que a lo mejor le daba aprehensión comer, en vista de lo que había cenado la noche anterior.

—No pasa nada. Puedes comer.

Les dio unos tímidos bocados a las salchichas. Los colmillos atravesaron perfectamente el alimento. Le dije que se iba a regresar con nosotros a Nueva York. M. masticó y tragó lo que le quedaba de salchichas.

—No puedo irme —respondió.

—Tienes que hacerlo.

Se me quedó mirando con esos ojos grandes y negros suyos, tan parecidos a los de Magos, a los de Santiago, y luego se llevó las rodillas a la barbilla.

—Quiero disculparme con Elias.

—No puedes disculparte.

—¿Por qué no? Es lo que me dijiste que hiciera después de haberme equivocado.

—Cometiste un crimen, M.

Se rascó la pintura púrpura que le quedaba en la uña del dedo gordo del pie. A Santiago le encantaba que Magos le pintara las uñas. Magos y M., evidentemente, habían retomado esa tradición. M. agarró una servilleta y se limpió los trocitos de barniz de uñas del dedo. Según se transformaba y crecía, yo seguía intentando encontrar a Santiago en sus ojos, en su voz, en sus maneras, en cómo le crecía el pelo enmarañado, pero donde lo hallaba con mayor claridad era en la ternura con la que cuidaba de sí mismo, como esa manera suya de ocuparse del barniz de uñas.

—Podrías ir a la cárcel por lo que hiciste.

—Fue sin querer. Mentira. Sí quería, Papi. Tenía hambre, muchísima hambre. Intenté no matarlo, pero es que estaba delicioso. Paré, y no se murió. Lena dijo que estaba vivo. La ambulancia se lo llevó —M. levantó los ojos para mirarme—. Había conseguido trabajo aquí. ¿Tengo que dejarlo? La inauguración de Qi es pronto. Thomas está aquí.

—A lo mejor puedes volver más adelante, cuando todo esto haya pasado, pero de momento vas a venirte a Nueva York conmigo.

—¿Peter está enfadado?

—Está un poco molesto.

—¿Por mi culpa?

—No, contigo no. Está molesto conmigo.

—¿Se lo contaste? ¿La parte de Monstrilio?

Negué con la cabeza.

—No lo entendería.

—¿Y tú lo entiendes?

Los ojos le brillaron y vi a Monstrilio devolviéndome la mirada, salvaje y confundido. Su pregunta no era una acusación, sino más bien un ruego. Deseé tener una respuesta, pero lo mejor que pude hacer fue abrazarlo y dejar que se apoyara en mí. El peso de su cabeza en mi pecho me intensificó el latido; no era más rápido, sino más pronunciado. Le dije que se preparara.

MAGOS
LENA
JOSEPH
M.

Un pasaporte es un cuadernillo con tu nombre y tu foto. En el mío dice Santiago Jansen de la Mora. En letras mayúsculas. No dice humano porque solo los humanos tienen pasaporte. El mío me consuela, como una coartada.

Parece un truco: mi manera de desencajar la mandíbula y estirar los labios hasta los lóbulos de las orejas. La cabeza se me abre por la mitad, entera. Pero no es un truco. No pretendo engañar a nadie. Me sienta bien airearme los colmillos. Lo hago cuando estoy solo, preferiblemente al aire libre. De noche. La gente se moriría de miedo si lo viera. Salvo el tío Luke. Él me levantó el pulgar cuando lo vio.

¿Motivo de su visita?, me pregunta el hombre del control de pasaportes.

Ahora vivo aquí.

El hombre revisa mi pasaporte. Mira en su computadora.

¿Qué estaba haciendo en Alemania?

Antes vivía allí.

El hombre escribe rápido. Podría estar escribiendo: acceso denegado, no humano. Me enderezo para ponerme más alto. Una sonrisa. Labios cerrados. Es fácil. Puedo ser muy humano, aunque durante un tiempo me negué. Ni siquiera salía a la calle. El mundo era aterrador. O peor. Yo era aterrador en el mundo. En un cuerpo que no tenía ni idea de cómo manejar, con más partes de las que sabía usar. Pero contaba con los recuerdos de Santiago. Con su fragilidad y su inmanejable bondad.

Todo listo, dice el hombre. Me devuelve el pasaporte. Le indica con la mano a la siguiente persona que avance.

Tengo hambre.

El tío Luke nos está esperando en Llegadas. Me jala para abrazarme. Me da unas palmaditas en la mejilla. Gruñe para preguntarme qué tal.

Estoy bien, tío Luke, le digo.

El tío Luke y Papi tienen la misma nariz grande y las mismas pecas. Hay una foto en la que el tío Luke es igual de alto que Papi. Ahora está encorvado. La espalda se le dobla. Los dedos se le enroscan como garras. Gruñe de nuevo. Insiste. Pero no puedo decirle por qué estoy en Nueva York. Todavía no. No delante de Peter.

Hola, Luke, dice Peter.

El tío Luke gruñe.

Peter no entiende sus gruñidos. Cuando la gente no te entiende puedes decir lo que quieras. Vete al carajo, por ejemplo.

Durante el vuelo fui sentado entre Papi y Peter. Se pasaron ocho horas sin hablar. Tenían los dos el vientre tan constreñido que olían a rancio. Necesitan discutir. En las películas la gente discute en el taxi. Sobre todo en Nueva York. Pero Peter no sube al taxi con nosotros. Dice que se va a casa solo. Papi se baja. Nos deja al tío Luke y a mí esperando dentro. No oigo lo que dicen Papi ni Peter. No parece que estén discutiendo. El tío Luke se echa el pelo hacia atrás. Lo que le queda lo tiene largo. Como Papi. Aunque perdió el color. Papi y Peter se abrazan. Un abrazo con palmaditas y mucha distancia. Papi sube al taxi.

El tío Luke gruñe.

No pasa nada, dice Papi.

El taxi arranca. Me gusta decir: No pasa nada. Es una mentira que parece más pequeña.

La casa de Cobble Hill es rojo sangre con ribetes blancos. Estrecha, en una hilera de casas estrechas. Unos escalones llevan a la puerta. Hay maceteros en los que crecen plantas frondosas. No me sé los nombres. Salvo «helecho». Encima de la ventana del tío Luke asoma una sirena de madera. Está pintada de rojo. Camuflada. El tío Luke la puso ahí para mantener la casa a salvo. Las sirenas son agresivas si no les caes bien, me contó una vez el tío. Pero a esa sirena le caigo bien. Y el tío Luke también.

Entramos en la sala, donde suelo leer los libros que me da el tío Luke. Dejamos las maletas en el vestíbulo. La mía es una bolsa pequeña. La que Papi preparó para mí en Berlín. Es suficiente. De todos modos, la ropa implica mucho esfuerzo. Y me gusta lo que llevo puesto. Me visto igual casi a diario. Nos sentamos. No tengo ningún libro. En cualquier caso, no parece ser momento de leer.

El tío Luke gruñe.

Danos un segundo, dice Papi. Se deja caer en el sillón. Acabamos de llegar.

Me comí al vecino, digo.

Lo mordí.

Me tragué trozos.

Sigue vivo.

A lo mejor se muere.

Queremos que sobreviva, por supuesto, dice Papi. Lo que hiciste fue un error, M., un mal momento.

El tío Luke agarra uno de sus cuadernos amarillos. Leo en voz alta: Un error no, es M.

Papi dice: Sé que es M.

Decirme que soy M. no queda todo lo claro que ellos creen.

Papi está durmiendo la siesta.

Un error es algo que deseas no haber hecho. Le pregunto al tío Luke si eso es verdad.

Se encoge de hombros.

Le digo que no me gusta que Elias esté herido pero que no deseo no haberlo hecho. Todavía lo estoy saboreando. Delicioso.

El tío Luke gruñe, pero no es una respuesta. Me pasa una nota: Tartar de ternera, todo para ti.

Vamos a la cocina. Al tío Luke no le importa con cuánto entusiasmo coma. Él bebe vino tinto. Me da unas palmaditas en la mano. Lamo el plato.

¿Más?, escribe el tío Luke.

Sigo con hambre pero digo que estoy bien.

Llevo los platos sucios al fregadero. Un rayo de luz rosa del atardecer brilla en la pared, delante de mí. Es tan bonito que me nace un temor en el pecho. A Monstrilio le encantaba esa luz más que ninguna. De noche es cuando tenemos más hambre, y el hambre puede ser portentosa. Me quedo mirando los platos a medio lavar. Lucho por espantar mi temor. Finjo que mi época de Monstrilio está difusa. Sonidos amortiguados y colores borrosos. Digo que recuerdo calidez. Pero no digo que echo de menos el pelaje. No digo que estoy hambriento porque mi hambre es lo que le da miedo a todo el mundo. Están felices creyendo que he olvidado cómo me mutilaron.

Mi pulmón lo pasa mal y lucho por respirar. Es una batalla remanente de Santiago. Solo recuerdo a Santiago lo mínimo, pero es a quien invoco con mayor frecuencia. Quizá estoy imaginando que el pulmón me falla porque quiero ser Santiago. Siendo Monstrilio respiraba bien. Cierro los ojos. Un agua cálida se desliza desde mis muñecas hasta la punta de mis dedos. Me hace cosquillas por todo el recorrido. Trato de inspirar pero mi pulmón bloquea el aire. ¿Es posible quedarse con todo lo de Santiago y dejar esa parte atrás? ¿O ahogarse a cada tanto es esencial para ser Santiago? Vuelvo a intentarlo. Entra un hilo de aire. Respiro de nuevo. Otra vez. Y otra. Más aire cada vez. Mi pulmón está bien. La luz rosa desaparece. Continúo lavando los platos.

Papi no regresa con Peter a Williamsburg. Se queda en Cobble Hill con nosotros. Cuando el tío Luke y yo leemos, no sabe qué hacer él solo. Se olvida de cómo estar sentado sin hablar. Le trenzo el pelo. Trenzas gruesas que lo calman. Le enseño a tejer, pero sus dedos no saben sujetar bien las agujas.

Peter no ha llamado.

El tío Luke gruñe. Peter le cae mal, pero no tanto como para ver tan infeliz a Papi. Escribe: llámalo.

En vez de eso, Papi llama a Lena. Lena dice que Elias está vivo. Sigue inconsciente. Pero vivo.

Bien, dice Papi.

Más allá de eso, Papi no menciona a Elias. No hablamos de lo que ocurrirá cuando se despierte. Yo sigo tejiendo. El tío Luke lee. Papi pasa la aspiradora por segunda vez.

Mi proyecto de punto es una bufanda. Mami me dijo que debería colgarla entre árboles, convertirla en arte al aire libre. Pero me gusta más que no tenga uso.

La madeja de hilo con la que estoy trabajando se acaba. Voy por una nueva. Esta es verde lima. La incorporo a mi bufanda. Me encanta esta parte: tejer con una nueva madeja sin necesidad de nudos. Se sujeta sencillamente siguiendo el mismo patrón de vueltas. Parece magia. El tío Luke suelta su libro. Me observa como si yo fuera la televisión.

Los muros del muelle son de cemento, sin acabar. Papi dice que es a propósito. Por estética. En Berlín los habrían cubierto de grafitis. Papi extiende una manta sobre el césped. Es el tercer día seguido que almorzamos en los muelles. El tío Luke se queja. Demasiado sol. Papi dice que los pícnics nos dan algo que hacer, que no podemos quedarnos todo el día en la casa. Pero el tío Luke y yo sí podríamos.

Hoy tenemos noodles con pollo y verdura. Solo soy capaz de comer verdura porque la salsa es picante. Llegué a dominar las verduras, e incluso algunas me resultaban sabrosas, pero ya se me olvidó cómo hacer que me gusten.

Hay palomas caminando a unos palmos de nosotros. Si estuviera solo, sin gente paseando perros, tomando el sol, corriendo, sin Papi, quizá el tío Luke sí, saltaría sobre ellas. Me daría un banquete.

Limpio el cuenco de plástico para acabar con el resto de mis noodles.

Una vez, en Berlín, una paloma le quitó una papa frita a Thomas del plato. Estábamos almorzando cerca de la galería, como casi siempre. La paloma salió volando, con la papa en el pico. Thomas se echó a reír.

He comido palomas. He comido cuervos y gorriones, y un pájaro verde y gordo cuyo nombre desconozco. El pájaro verde fue el más sabroso. Todo tipo de insectos también. Monstrilio comió gatos y perros, y un trocito de la pierna de la abuela Lucía. No existe un vocabulario adecuado para describir el sabor. Perflusita. Un poco eplesido. Inventarse palabras y luego recordar lo que significan es mucho esfuerzo para poca recompensa.

Esta noche Peter se presenta en la puerta. Sonríe como si no supiera qué otra cosa hacer con la boca. Le pido que pase. Nuestro recibidor es muy acogedor, con una iluminación cálida. Me dice que tengo buen aspecto.

Gracias. ¿Estás buscando a Papi?

Papi aparece.

Hola, dice. Se ruboriza.

Se encierran en el antiguo estudio del tío Luke. El tío Luke y yo nos quedamos fuera. Estamos pendientes de oír palabras clave: «M.», «Santiago», «cárcel», «monstruo». Sus voces no son lo bastante altas para que los entendamos.

No va a contarle nada, escribe el tío Luke.

Papi sale. Todavía colorado pero feliz. Va a regresar a casa de Peter. La boda sigue adelante.

Nunca estuvo suspendida, dice Peter.

El muñón me palpita. No todo el tiempo, pero con más frecuencia últimamente. Cuando me lo cortaron no sentía nada ahí.

Me desnudo. El espejo de mi habitación muestra mi cuerpo entero. Soy bajo. Peludo. Mi muñón sobresale como una segunda cadera.

Santiago vio una vez un hombre lobo por televisión que lo asustó. Peludo. Ojos rojos. Brazos y piernas largos y torcidos. Muchos rugidos. Santiago aullaba a la luna para engañar a los hombres lobo y hacerles creer que era uno de ellos. Los hombres lobo no dañan a los de su propia especie, pensaba él.

Me masajeo el muñón.

Una vez tuve una cola-brazo, le cuento a Santiago. Aquí es donde estaba. Creo que te habría gustado.

Existe un cuento de un hombre que vomita conejos. Muchos conejos. El hombre está en Buenos Aires ocupándose del departamento de una mujer. Se lo está cuidando hasta que ella regrese de París. Se siente mal porque los conejos están destrozando el departamento. Al tío Luke le encanta ese cuento. A mí me gusta la parte de los conejos. Pero no entiendo por qué, al final, el hombre se tira por el balcón.

Mami y Lena llegan de Berlín. Se reúnen con nosotros en Cobble Hill. Papi prepara filetes. Mami me abraza. Lena lleva una maleta.

Traigo parte de tus cosas, M.

Le agarro la maleta y la suelto en el recibidor.

Peter, dice Mami, no era consciente de que estarías aquí con nosotros.

Mami lo deja a un lado. Peter frota una esquina del reloj de pie como si necesitara una limpieza. Nos sentamos en el comedor formal. El tío Luke decoró la mesa larga con hortensias y velas. Muy ceremonial. Muchas sombras. Peter pregunta qué han estado haciendo Mami y Lena desde que nos fuimos. Mami y Lena se atropellan al hablar: museos, un coctel, paseos, restaurantes, el Spree. Solo ha transcurrido una semana. No mencionan a Elias. Ni el hospital. No pueden estando Peter aquí. Papi, Mami y Lena sonríen mucho. Yo corto mi filete en pedacitos diminutos. Me lo comería de un bocado si no estuviéramos actuando.

Thomas preguntó por ti, dice Mami. Le conté que estabas pasando un tiempo con tu padre en Nueva York. Deberías escribirle. Despedirte.

Me acabo el filete. Lo racioné para no terminar el primero. Peter y el tío Luke acabaron antes que yo. Aunque sigo con hambre, no voy a pedir más.

Pienso en lo que voy a escribir y así me distraigo del hambre. Adiós, Thomas, en un folio bonito. Me gustaba besarte. Me gustaba acostarme contigo. Tu cuerpo es excelente, precioso y sabroso. Gracias por compartirlo conmigo. Gracias por ser amable. No me lo esperaba. Además, disfrutaba hablando y trabajando contigo. Mucho.

¿Más vino?, pregunta Papi, y va a la cocina.

Mami lo sigue. Van a hablar. Recuerdo esta maniobra. ¿Te acuerdas, Santiago? Se iban a la cocina cuando no querían que oyeras su conversación.

Necesito ir al baño, digo.

El tío Luke gruñe.

Salgo al patio de atrás por el antiguo estudio del tío Luke. La puerta que da a la cocina está abierta. A Papi le gusta airearla, pero el olor a filetes permanece. Se me hace la boca agua. Está bien quedarse con hambre, me digo. Me siento junto a la puerta, donde Mami y Papi no pueden verme.

Muerto, dice Papi. ¿Por qué no me lo contaste?

Mami no responde. La luna está casi llena. Hay hojas sobre la mesa del jardín. Una de ellas baja caminando por una de las patas de hierro de la mesa.

Conocimos a sus padres en el hospital.

Las palabras de Mami son más lentas de lo normal.

La madre de Elias tenía una pulsera con dijes, de esas de plata. Frotaba cada uno de los dijes con los dedos como si intentara aprendérselos de memoria. Los pellizcaba. Uno era una de esas cafeteras metálicas que se ponen al fuego, ya sabes cuáles te digo. En ese se detenía más que en ningún otro. Lo apretaba tan fuerte que los bordes del pulgar se le ponían blancos. Ese dije representaba a su hijo. Una cafetera. Su madre nos dio las gracias por tratar de salvarlo, Joseph.

Las palabras de Mami recuperan su velocidad.

Nos dio las gracias. Su padre no paraba de repetir que era imposible que su hijo hubiera muerto, que tenía que haber alguna confusión, algún error administrativo. Tiene que haber un error, les dijo a los enfermeros, a los médicos. Estaba desesperado. No recuerdo pensar que la muerte de Santiago fuera un error. ¿Y tú? Sabíamos que Santiago iba a morir. Siempre lo supimos. Tenía ganas de darle un manotazo a ese hombre, de enseñarle a su hijo mutilado, de asegurarme de que supiera que estaba muerto. Necesitaba que entendiera que no había vuelta atrás. Que no era ningún error.

Lo controlará, dice Papi. Lo ha controlado antes y puede volver a hacerlo.

También se comió a la gata.

¿Qué gata?

La gata de Elias. Nos encantaba esa gata, Joseph, y se la comió. Ni siquiera nos dimos cuenta al principio porque el animal estaba... Solo quedaban los huesos. Solo la cabeza...

Me escabullo hasta donde las hojas van bajando por las patas de la mesa. Las transportan hormigas. Coloco un dedo en mitad de su camino. Una hormiga trata de rodearlo. Encuentra mi mano. Prueba por el otro lado. Da vueltas sobre sí misma. No entiendo por qué no pasa por encima de mi dedo sin más. O lo muerde y me obliga a retirar la mano. Quizá la hormiga tenga miedo de que la aplaste. Encuentra la manera de rodear la punta de mi dedo y retoma su camino. Libre.

Ojalá tuviera un cigarrillo. No he comprado tabaco. Siempre tenía a Thomas para compartir el suyo.

Papi pregunta por la policía. Si soy sospechoso. Mami dice que no. La policía alemana cree que soy un tiburón. Mi mordida es demasiado amplia. Mis dientes no se han visto en ningún mamífero. Emitieron un aviso: animal salvaje suelto en Prenzlauer Berg. No dijeron «tiburón», claro. No en tierra. Tampoco podían decir «monstruo». *Ein wildes Tier.*

El hombre del cuento de los conejos repara todo el daño que causan los animales en el departamento de su amiga. Aun así, salta por el balcón. Se lleva los once conejos con él.

El tío Luke me encuentra un trabajo. Ayudante en una librería de viejo a unas calles de la casa. Las estanterías están a rebosar de libros, estanterías descascarilladas de madera clara que llegan al techo. Más libros amontonados en el suelo. Me gusta el caos. El dueño es un hombre de pelo blanco. Le encanta hablar con el tío Luke.

Fui objetor de conciencia, me cuenta.

Se llama Keith. Yo ordeno los libros que llegan. Les hago espacio. Limpio el polvo. Coloco libros en entrepaños. Entran más libros de los que salen. Hago más espacio. Limpio el polvo. Reordeno. Pasa una semana, me doy cuenta de que no habrá un día en que pueda dar el trabajo por acabado. La perpetuidad me va bien.

Romy viene los martes y jueves por la tarde. Alguno que otro sábado también. Está estudiando en la Universidad de Nueva York. Literatura. Tiene el pelo corto y alborotado. Se pasa todo el tiempo en la sección de Ficción. La mantiene inmaculada. Historia es un lío y uno de mis territorios. No logro decidir si las biografías deben ir aparte, qué países merecen sección propia, por qué hay tantos libros sobre los británicos.

¿Has leído este?, me pregunta Romy, atrayéndome a Ficción. ¿Este? ¿Este?

La mayoría de las veces respondo que no.

Romy me dice que debo leer más.

Yo pensaba que leía suficiente. Pongo post-its de color rosa en todas las novelas que ella me dice que lea. Al final del mes las compraré. Si todavía no se han vendido.

A tres calles de la librería hay un sitio de kebabs.

Extra de carne, por favor, le pido al hombre. Sin verdura.

El hombre parece disfrutar con lo mucho que como. Pido otro. Se ríe. Corta más carne. Más de la que les echa a otros clientes. Thomas los llamaba döner en Berlín. En la Ciudad de México son taquitos al pastor. Esté donde esté, reconforta encontrar carne en vertical que comer.

La boda de Papi es dentro de tres meses. Mami no ha vuelto a Berlín. Vive donde Lena. A veces aparece por la librería. Hojea libros. Nunca compra nada. Me va siguiendo mientras me cuenta que está ayudando a Papi y a Peter con los preparativos de la boda.

Tu padre tiene un gusto impecable, dice.

Reordeno alfabéticamente a los filósofos.

Peter no tanto, pero se le puede dar un pequeño empujón, continúa.

Me bajo del banquito.

¿Alguien compra alguno de estos libros?, me pregunta.

Hay gente que sí, respondo.

Este sitio es como mágico, ¿no? Mami saca un libro. Vuelve a ponerlo donde no es.

Me traslado a Ciencia, llevo conmigo el banquito y espero a que Mami me alcance. Mami y yo tenemos las mismas mejillas prominentes, los mismos ojos grandes y un poco separados. Mi nariz es larga como la de Papi, aunque con una forma más ancha, como la de Mami. Me he repasado la cara mil veces para asegurarme de que esos rasgos son reales, no detalles que me haya inventado para ser su hijo.

Bajo ejemplares repetidos al sótano. Ahí vive una rata.

¡Fu, fu!

Retuerce la nariz.

¿Quieres que te coma?

Se escabulle.

Dejé las fundas en Berlín. Me duele cuando me limo los colmillos para que encajen en ellas. Romy cree que mis colmillos «lo rompen». Las partes que ella puede ver. Cree que todo yo «lo rompo». «Très cool».

Voy a dar una fiesta, me cuenta.

Que te diviertas.

Te estoy invitando, tonto.

Gracias.

Todo el mundo se muere por conocerte. Estamos hartísimos de la gente de la uni.

OK.

Tienes que venir.

Iré.

Dame tu número y te mando info por mensaje.

No tengo celular.

Romy dice algo en coreano. Le encanta exasperarse en coreano.

No puedes estar sin teléfono. No me malinterpretes, es *très cool* que no tengas, pero necesitas uno, para emergencias. Será tu celular secreto. Solo yo tendré el número.

De acuerdo.

¿De acuerdo que te comprarás un teléfono?

A lo mejor.

Thomas me llevó una vez a una fiesta en una casa de Friedrichshain. No lejos de Kreuzberg, donde vivía él. La gente me preguntaba de dónde había salido. De mi madre, les decía. Se reían y esperaban otra respuesta, así que les decía que de la Ciudad de México. Muchos me contaban que habían estado allí. Una gran ciudad. Las conversaciones decaían. La gente se esforzaba por encontrar más cosas de las que charlar. Thomas hablaba con su propio grupo. Las palabras alemanas que llenaban el departamento me resultaban en cierto modo familiares pero con poco significado. Bebí cerveza. Después de la cuarta me puse a hablar con una mujer sobre una novela de terror que nos encantaba a los dos. Ya no teníamos que esforzarnos tanto.

Lena, Mami, Papi, el tío Luke y yo cenamos en un restaurante peruano. Peter no está. Tiene mucho trabajo. Comí dos ceviches. No voy a pedir un tercero aunque quiera. Les digo a Papi y a Mami que estoy pensando en comprarme un teléfono. Papi dice que no es buena idea.

¿Por qué no?, pregunta Mami.

Es demasiado pronto.

¿Demasiado pronto para tener amigos?, dice Lena.

Demasiado pronto para estar en entornos sociales, dice Papi. ¿No resultaría tentador?

Trabajo en una librería, digo.

Pero en realidad eso no… No sé.

No voy a comerme a nadie.

Bien.

Silencio. Le sonrío a Papi. Ojalá Papi no tuviera miedo. Me estoy esforzando. Lena se sirve más vino. Mami pide otro pisco sour. El tío Luke gruñe.

Eme no va a tener problemas, dice Mami.

Papi y Lena se giran hacia Mami con las cejas levantadas, aunque no dicen nada. Es la primera vez que Mami me llama M. Pero en vez de decir «em», en inglés, como Papi, dice «eme», en español. Me gusta «eme».

El tío Luke me lleva a comprarme un teléfono. Puedo permitirme uno barato con el dinero de la librería. En mis contactos añado al tío Luke, a Mami, a Papi, a Lena y a Romy.

La gente de la fiesta de Romy es más joven que las amistades de Thomas. Están ahí de pie, hablando. Hay luces de Navidad colgadas por toda la habitación. Las lámparas están cubiertas por pañuelos finos.

M., repito cuando me preguntan, trabajo con Romy.

Me tomo mi cerveza. Intento que parezca que estar parado, solo, es una elección. Me cuelo en la cocina para buscar otra cerveza. Un sitio estrecho. Abarrotado.

Un hombre con la raya al lado me da un golpecito en el hombro. Me pide ver mis dientes.

Sonrío.

¡Guau! Se da la vuelta. Tienen que ver esto.

Va a por dos personas más. Luego se nos unen otras tres. Todos me miran fijamente.

Sonríe, dice el hombre de la raya al lado.

Sonrío.

Abren los ojos mucho, de par en par. ¡Increíble! Carcajadas. Se ríen. El hombre de la raya al lado me señala. Sigo sonriendo. Inmóvil. Como una exposición. Huelo la petulancia de ese hombre. Si me lo comiera tendría un sabor ácido, como alcohol infusionado con cáscara de limón. Sigo sonriendo. Ellos siguen riéndose. Ni siquiera saben cómo me llamo. Y no han visto mis colmillos enteros. Ensancho mi sonrisa más de lo que debería ser posible. Sus amigos dan un paso atrás. La risa del hombre de la raya al lado se detiene con un espurreo. La percatación de la muerte inminente es el sabor más delicioso. Ahora. Ya está.

¡Qué desgraciado eres! Romy se abre paso entre la gente.

Cierro la boca.

Ven. Romy me aleja de allí. Ese es un... Lo siento... No sé por qué vino. Rompimos como hace una semana.

Hay un intento de iniciar un baile, pero solo Romy y dos amigas se contonean. Yo intento hacer lo mismo. Nadie más se une. El hombre de la raya al lado y sus amigos se han olvidado de mí. Se están riendo en un rincón. Me siento en un sillón. Hay un hombre en el otro extremo mirando su teléfono. Es alto y rollizo. Como Thomas.

Hola, le digo. Soy M.

El hombre se desliza hacia mí. Él tampoco es de la universidad. Ya se graduó. Me acerco más a él para escuchar lo que me dice.

¿Quieres largarte de aquí?, me pregunta.

Tenemos que hacer transbordo para llegar a su departamento. Sus compañeros no están.

¿Vino? ¿Cerveza? Rebusca en la despensa. A lo mejor tengo algo de tequila.

Con cerveza está bien.

Pone música. Electrónica o algo así. Parecen alienígenas aullando. Apaga las luces. Solo se queda encendida una lámpara. Nos sentamos en su sillón. Hay tres cajas de comida china vacías en la mesa del centro.

Huelo lo cachondo que está. Nos besamos. Me agarra las nalgas.

¿Puedo verte desnudo?, le pregunto.

¿Ahora?

Asiento.

¿Aquí?

Puedo desnudarme yo primero, si quieres.

Bueno, dice.

Le da un trago a la cerveza. Se desabrocha los primeros botones de la camisa. Se la quita. Al contrario que Thomas, no tiene ni un pelo en el pecho ni en la barriga. Se desabotona los pantalones. Se quita los tenis. Se baja los pantalones. Se queda parado mirándome, en calzoncillos.

Eres muy guapo, le digo.

Se baja los calzoncillos. El pene le cuelga. Bien relleno. Me levanto. Le piso los dedos de los pies. Está respirando fuerte.

¿Puedo tocarte?, le pregunto.

Mi cara le llega al pecho. Le toco primero las mejillas. Bajo la mano hacia la nuez. Jugueteo con sus pezones. Se los pellizco.

Au.

Perdón.

Vuelvo a pellizcarlo. Está totalmente erecto. Le pongo ambas manos en el abdomen. Se estremece. Le recorro el ombligo con el dedo, prestando especial atención a los bordes. Le doy media vuelta. Tiene el trasero plano. Se lo aprieto. Le encuentro la carne. Vuelvo a girarlo para ponernos frente a frente.

¿Quieres verme desnudo a mí?, le pregunto.

Cuando Thomas me vio el muñón lo tocó. ¿Muy feo?, le pregunté. No, me dijo. Le dio un beso y lo hicimos. Después de morderlo, Thomas no me echó de una patada, pero sí me preguntó por qué lo había hecho. Le dije que él podía morderme donde quisiera. No quería. Me dijo que no había necesidad de que nadie mordiera a nadie.

Este hombre evita mi muñón. No me responde cuando le pregunto si cree que es feo. No va a tocarlo. Mucho menos a besarlo. Se retira. Le pregunto si puedo morderlo.

No me gustan esas cosas. Se sube los pantalones. Dice que es tarde. Dice que sus compañeros llegarán pronto. Dice que es mejor que me vaya.

Me visto y me marcho.

La gata de Elias caminaba por un saliente estrecho a cinco pisos de altura. Desde su ventana hasta la nuestra. Minna, la gata, se pasaba muchas tardes con nosotros. Mientras yo tejía y Mami leía novelas negras o veía pelis en la computadora, Minna se acurrucaba en una silla vacía, a dormir o a lamerse. Elias llamaba a la puerta por la noche. Mami me dejaba salir a abrir. Durante un tiempo, Elias fue mi única interacción humana más allá de Mami. Yo le devolvía a Minna. Él me daba las gracias, se subía los lentes por la nariz. No parpadeaba mucho. Gracias, decía. Como si fuera a gustarme más por hablarme en español. Yo le respondía *Bitte* y él sonreía. Como si quisiera decirme algo más.

Cuando me lo comí, y me comí a Minna, no me vino a la cabeza nada de eso.

El tío Luke está durmiendo cuando vuelvo a casa. Vadeo las sombras de nuestro salón con la esperanza de encontrar monstruos. De charlar con ellos. De reírme. Pero en esas sombras no hay monstruos. Solo estoy yo.

Romy está sentada sobre una pila inestable de libros. Yo, en el suelo. Me sugiere aplicaciones de citas. Me instala dos. Keith pasa a nuestro lado. Le da igual lo que hagamos. Romy dice que nos contrató para tener compañía. En mi perfil, Romy escribe que me gusta morder. Dice que morder es un fetiche. Que es bueno tener fetiches.

Seguramente haya un millón de tipos esperando a que alguien los muerda, dice. Me saca una fotografía con un fondo de estanterías repletas. La gente pensará que eres un intelectual. Libros y mordiscos. ¡Qué más quieren!

Le pregunto qué tan fuerte tengo permitido morder.

No sé. Pregúntales.

Algunos clientes se pasan horas buscando. En silencio. Con lentitud. Los más habituales se sientan en el suelo a repasar las pilas de libros que aún no he organizado. Apenas tocan las cubiertas con las puntas de los dedos, como si no lo tuvieran permitido. Solo mirar. Como si fueran a hacerles daño a los libros.

La rata del sótano está en un banquito pequeño. Le doy de comer un trozo de mi kebab. La rata lo agarra con las patitas y se lo come. Está engordando.

El tío Luke repasa las aplicaciones conmigo. Dos dedos retorcidos que suben y bajan. Me estoy comiendo un hot dog.

¿Todos estos hombres quieren mordiscos?, escribe en su cuaderno amarillo.

No. Los que sí quieran se pondrán en contacto conmigo. De momento, ninguno lo ha hecho.

El tío Luke gruñe. Le da un sorbo al té. Escribe: que no te agarren.

No voy a comérmelos.

El tío Luke señala lo que escribió y deja unos puntos suspensivos negros con el marcador.

No van a agarrarme.

Me da unas palmaditas en la mano. Vuelve a la lectura de una novela recomendada por Romy. Ahora soy yo el que le dice qué leer. Me trago lo que me queda del hot dog.

«¿Te gusta morder?».

«Sí».

«Morder de jugueteo, ¿no?».
«Supongo».
«Suena divertido. Tengo casa. Park Slope, ¿OK?».

El hombre tiene muchas cosas colgadas de las paredes. Cuadros, máscaras, láminas, fotografías, espejos. También hay muchos muebles. Y plantas. Me hace pensar en la soledad. Va descalzo. Con el pecho al aire. Lleva unos pantalones cortos y una bata lila suelta. Fuera hace frío y está lloviendo. Mi paraguas gotea. Señala un tapete junto a sus zapatos. Apoyo el paraguas en la pared. Dejo la mochila al lado. Me pregunta si quiero agua. Le digo que estoy bien. Se me queda mirando la boca y luego retira la mirada. Me limé los colmillos para que no estén tan afilados. Siguen resultando raros, pero menos amenazantes.

Ese hombre huele a frutas y flores químicas. Seguramente se acaba de bañar. Me lleva a su dormitorio. Tenemos que caminar de lado entre una cómoda y un sillón para llegar a su cama. Nos sentamos entre montañas de almohadas, cojines y mantas dobladas. Juguetea con su bata. Le pongo una mano en el hombro. Me besa. Me quita el suéter y la camiseta. Me besa más.

¿Puedo morderte ahora?, le pregunto.

Se desnuda. Se pone bocabajo en la cama. Estoy tan excitado que no me decido por dónde empezar. Tiene el cuerpo delgado. Muchos lunares y pecas. Como una gráfica. Me arrodillo en la cama. Como si estuviera a punto de impartir un sacramento. Le lamo el muslo.

Sabe a jabón. Me limpio la lengua con una de sus mantas. Sigo lamiendo hasta que le encuentro el sabor de la carne. Le coloco los dientes en el muslo. Me dice que no quiere que le duela demasiado.

Lo muerdo. Poco a poco. El estómago se me expande, listo para acoger carne. Le digo a mi estómago que comérmelo no forma parte del trato. Mi estómago, mi boca, mis colmillos y mis intestinos me dicen que me olvide de ese trato. Lo muerdo con más fuerza. Cuanto más se resiste su carne, más me atrae su sabor. Lo muerdo aún más fuerte. El hombre se tensa. Estoy a punto de romperle la piel. Me detengo. Si saboreo sangre, no sé si seré capaz de parar. Tengo su carne en la boca. Mi lengua juega con ella. El hombre gime.

Ve con todo, dice mi cuerpo. ¡Cómetelo! Se me hace la boca agua.

No puedo.

Vamos. Un mordisquito. Masticar y tragar. No es para tanto. ¡Muerde!

Me aparto de él de golpe. Me caigo de la cama. El hombre se retuerce. Se inspecciona la parte trasera del muslo. Salgo espantado a vestirme.

¿Ya está?, me pregunta.

Agarro los tenis, el paraguas y la mochila y salgo corriendo de su departamento. Lo dejo allí, sin comer.

Un hombre canta una canción triste en el metro. Tiene la voz ronca. El resto del vagón no presta atención. Sigue cantando. Aumenta la tristeza. Al máximo. Ahora la gente levanta la mirada. Nos miramos. No solemos hacer eso. En vez de dejar que le salga la voz, parece que el hombre se la está tragando. Como una voz robada. Vuelve a encerrarla entre sus huesos. La última palabra le sale como un susurro. El hombre se pone en pie con los ojos cerrados. El vagón traquetea. Alguna gente aplaude. Me pregunto a qué sabrá el tuétano de ese hombre con la voz atrapada dentro.

Papi está en casa cuando regreso. Llevo dos semanas sin verlo.

Tío me contó que tenías una cita, me dice. ¿Cómo te fue? Me dejo caer en el sillón a su lado. ¿No estuvo bien?

No estuvo mal.

¿Sin más?

Asiento.

¿Vas a volver a verlo?

No lo creo. Me llevo las manos a la barriga. ¿Ya se acostó el tío Luke?

Sí.

Tengo hambre.

Te traje chuletas de cerdo. No tenías nada de comer en casa.

Nos las arreglamos, digo. Voy por las chuletas y muerdo una.

¿No vas a cocinarlas?

Estoy incomodando a Papi. Pero tengo demasiada hambre para que me importe. Me las como crudas. Papi señala una caja.

Fruti Lupis, digo. ¿Los compraste tú?

Y algo de leche también.

Gracias, Papi.

Me sirvo un cuenco. Es el único antojo de comida que tenemos en común Santiago y yo. La leche me gotea de la barbilla. Papi me da una servilleta. Me tomo otro cuenco. Papi me observa y me doy cuenta de que está contento con lo mucho que lo disfruto. Con cómo sorbo el resto de leche del cuenco. Los Fruti Lupis me hacen sentirme humano al cien por cien. Eructo.

Monstrilio tenía hambre constantemente. La diferencia es que él no sabía que no debía ser así.

Papi tiene previsto quedarse a pasar la noche. Peter está fuera por temas de trabajo. Los dos necesitan un descanso de las cosas de la boda. Papi se prepara el sofá cama que hay en el antiguo estudio del tío Luke. Yo me voy arriba. Me lavo los colmillos. Deslizo la lengua por las puntas romas. Me siento en la cama. Me duele el muñón. Me late. Me pica. Me doy con el dedo. No siento mi propio tacto. Aprieto más fuerte. Nada.

¿Te molesta?, me pregunta Papi desde la puerta.

No siento nada cuando me lo toco, digo. Pero me duele. Le hago señas con la mano para que se acerque. ¿Lo intentas tú?

Le agarro la mano y se la pongo en el muñón. Papi aprieta.

Más fuerte, le digo.

Papi aprieta más. Siento algo muy leve. Como el recuerdo de un tacto. Papi se sienta en la cama junto a mí.

Cuando te quitamos la cola-brazo te sobrevino una tristeza horrible. Antes de eso eras muy feliz, saltando, jugando y balanceándote por todo aquel patio. ¿Te acuerdas?

Jugábamos mucho juntos, le digo. Papi no suele hablar conmigo de Monstrilio.

Sí. Papi sonríe. Nunca me dejabas ganar. Se escurre más hacia el interior de la cama. ¿Sabes por qué nunca te llamé Santiago, ni siquiera después de la transformación?

¿Porque no soy Santiago?

Exacto. Santiago está muerto. Murió.

La voz de Papi se hace más fina. Siempre le pasa cuando habla de Santiago.

No quiero que cargues con su muerte. Tú eres otra persona. Ni Santiago ni Monstrilio. Alguien nuevo.

¿M.?

M.

Tengo hambre todo el tiempo.

Esa hambre irá remitiendo. Ya verás.

Quiero comerme a la gente, Papi. Me comí a Elias.

La cara de Papi se tensa. Lucha por suavizarla.

No vas a comerte a nadie más.

¿Y si lo hago?

Papi no responde. Me lleva hacia él. Me da un beso en la coronilla. Anido la cabeza en su regazo.

¿Te acuerdas del zoológico, Santiago? Tenías ocho o nueve años. Mami y Papi te llevaron. Era tu primera vez. El Zoológico de Chapultepec. Fueron también la prima de Mami y sus hijos. Dos eran adolescentes y un tercero era un niño más o menos de tu edad. Viste un hipopótamo y una jirafa. Papi te compró un helado. Los primos mayores se burlaban del más pequeño. Le decían que iban a dárselo de comer al lobo. Luego dejaron de hacerle caso. Y a ti. El más pequeño se esperó para caminar a tu lado. Tú te ajustaste a su paso. Pensaste que eso los convertía en amigos. Pero con todo el mundo muy por delante, ese niño te aplastó el helado en el pecho y salió corriendo. Te dejó ahí goteando helado. Se fue directo junto a sus hermanos. Se rieron. Te llamaron gallina. Papi corrió hacia ti. Te dio un beso en la cabeza. Se aseguró de que estabas bien. No podías hablar de lo enojado que estabas. Tan enojado que te preocupaba que el pulmón se te quedara muerto, pero eso no pasó. Papi fue por servilletas para limpiarte. Mami miró el cucurucho roto en el suelo, se enderezó y fue hacia donde estaban tus primos. Papi susurró: Magos. Sabía lo que iba a pasar. Mami le tiró el cucurucho al suelo al niño más pequeño. De un manotazo. El niño se quedó paralizado y luego empezó a llorar. La prima de Mami le gritó a Mami, que fingió no tener ni idea de lo que su prima estaba diciendo. La prima de Mami le gritó también a Papi. Le dijo que su mujer estaba loca. Los niños son torpes, dijo Papi y sonrió como Mami. La prima te miró. Miró tu camiseta empapada en helado de fresa. ¡Vamos! Chasqueó los dedos y sacó a sus tres hijos del zoológico a rastras. Papi te agarró de la mano. Mami lo agarró a él de la suya.

Con frecuencia te robo este recuerdo, Santiago. Justo antes de irme a dormir.

Recibimos una donación enorme en la librería. Keith, Romy y yo nos quedamos mirando las cajas. Libros raros de biología. Muy valiosos, nos dicen. Pero ninguno tenemos ni la menor idea de cuánto pueden valer.

Contrata a un experto, dice Romy.

No podemos permitirnos a un experto, dice Keith.

Sale polvo volando de los libros. Keith decide no ponerles precio. Si algún cliente muestra interés en alguno, le preguntará cuánto cree que vale. Se fiará de su palabra. Keith nos pide que apilemos los libros. Romy desaparece en Ficción. No tenemos sección de Biología. Solo tenemos Ciencia. Miro fijamente los tres estantes repletos de lustrosos libros ilustrados, libros científicos en rústica y tomos encuadernados en piel. Agarro uno de los libros nuevos. Está lleno de grabados. Todo tipo de criaturas. Plantas, principalmente. Me detengo en una página titulada «Una maravilla carnívora: la drosera». Se trata de una planta con esbeltos tentáculos salpicados por gotas de rocío. Como un cepillo larguirucho con las púas muy abiertas. La planta se enrosca sobre sí misma en su punta más alta y atrapa a las moscas dentro. Los jugos digestivos harán el resto. Cierro el libro. Le hago espacio en el estante del centro. El de acceso más fácil.

Esa semana voy a tres citas. Me dejan morder, pero cuando les pregunto si me los puedo comer se ríen. Aprendo a reírme yo también. Como si estuviera bromeando. Muerdo todo lo fuerte que puedo sin rasgar la carne. Me permito quebrar la piel. Extraigo gotas de sangre. Sabrosas, pero no bastan. Es incitador. Me controlo. Respeto nuestro acuerdo. Aun así, mis citas parecen emocionadas, como si hubiéramos entrado en el reino de la perversión. Nos acostamos. Dicen que el sexo se me da bien. Que soy salvaje. Divertido. Se quedan satisfechos. Yo me quedo con hambre.

«¿Qué tan fuerte muerdes?».

«Podría comerte», respondo.

Se llama Sam. En la foto aparece con el pelo alborotado, de color paja. Tiene bolsas bajo los ojos. Una sonrisa que intenta compensarlo. Me gusta. No responde. A lo mejor piensa que es broma. A lo mejor lo asusté.

«¿Te interesa?».

«Puede ser», me contesta Sam.

En la aplicación aparece como desconectado.

Thomas me llevó una vez a una discoteca y me dio unos cristales diminutos para que me los tragara. Él también se tomó algunos. La gente bailaba, saltaba y se retorcía a ritmo de gypsy punk. Calor. Sudor. Thomas me subió a hombros para que pudiera ver el mar de cabezas. Su almizcle flotando. Como ofrendas. Quería comérmelos a todos. Pero no lo hice. Le lamí el sudor a Thomas directamente del pecho. Me besó justo después. Quería probarse a sí mismo. Me hizo tener muchísima hambre. Pero le había prometido que no volvería a morderlo. Cumplí mi promesa.

«¿Estás libre?».

El corazón me late pensando que es Sam, pero es un tipo cualquiera bien peinado.

«Muerdo», respondo.

«Eso leí».

«Fuerte».

«Bien. En Hell's Kitchen. ¿Estás libre hoy?».

«Sí. Alrededor de las ocho».

El hombre lleva un traje gris. Corbata y todo.

Siéntate.

Me señala un taburete que hay junto a la isla de la cocina. Me sirve un whisky sin preguntar. Su departamento no tiene habitaciones. Solo espacios. El espacio dormitorio, el espacio sala, el espacio cocina. Incluso la ducha está separada solo por un cristal transparente. No encuentro ningún inodoro. Tiene los muebles dispuestos como en una revista. Estiloso. Inmaculado.

Yo llevo lo de siempre: la sudadera, los pantalones caqui y los tenis blancos sucios. Barniz de uñas púrpura, descascarillado. Desequilibro todo su escenario. Me tomo el whisky. Él ya se acabó el suyo. Ahora le da golpecitos con el dedo a una bolsita de plástico. Echa polvos en la encimera de mármol. Aparece una tarjeta en su mano. Es fascinante lo rectas que pinta las rayas. Casi encantador. Enrolla un billete de un dólar como en las películas.

¿Quieres un poco?

Siento curiosidad. Con la mano me indica que me coloque junto a él. Me señala la raya más fina. Me explica que debo mantener una de las fosas nasales cerrada mientras inhalo con la otra. Un movimiento de barrido. Me pica la nariz. Tengo un sabor amargo en la boca.

No doy besos, dice el hombre.

No los necesito, respondo.

Se sienta en una silla amplia. Conserva el pelo bien peinado. Parece que fuera su forma natural, pero no. Huelo que lleva aceite capilar. Sustancias químicas para las que no tengo nombre. Y menta. Un olor ácido a aftershave. Tiene la frente suave. Muy artificial. Las cejas demasiado definidas. La mandíbula precisa. Bajo la barbilla se le ven marcas esparcidas, ocultas del resto de la piel bruñida. Lleva la manicura hecha. Algo de pelo en los nudillos. Dedos regordetes. Aún no se quita el saco. Sigue teniendo los zapatos puestos. Calcetines. Corbata. Solo le asoma una mínima porción de piel. Olisqueo y recibo el olor combinado del tejido recién pasado por la tintorería, el sudor macerándose en los pantalones ajustados y un día entero de pies dentro de los zapatos. La limpieza de su departamento hace que destaquen sus olores humanos. Olores que trata de ocultar bajo colonia, jabones y desodorante. Cada uno de esos olores se define por sí mismo. Delicioso. Es la cocaína. Pero también es Monstrilio.

¿Y ahora?, le pregunto.

Tú eres el mordedor. Tú dirás.

Desnúdate, respondo.

Oblígame.

No estoy seguro de cómo hacerlo. Quítate el saco, digo.

Me mira fijamente.

Por favor, digo.

Le da un sorbo a mi whisky. Estoy de pie ante él. Siento el suelo duro. Lo agarro de la corbata. Me lo permite. El nudo está apretado. Me cuesta deshacerlo. No me ofrece ayuda. Por fin suelto un extremo y jalo la corbata. El hombre mira adonde aterrizó. Lo agarro por las solapas del saco. Trato de quitárselo, pero el hombre no se mueve un centímetro. Le saco la camisa de los pantalones de un tirón. Se la desabrocho. Pecho sin vello. Depilado con cera, creo. Me arrodillo. Le quito los zapatos con facilidad. Tiro uno a la izquierda. El otro a la derecha, donde está su cama. Trata de ocultar su desagrado. Desafiar su orden prístino me excita. A continuación, fuera calcetines. El hombre se echa hacia atrás. Se sienta más erguido. Me mira. Le desabrocho los pantalones.

Jalo y se los quito. Los calzoncillos también. Se está bebiendo el whisky. Sonríe. Me paso la lengua por los colmillos. Afilados. Llevo una semana sin limármelos.

¡Mierda!

Perdón.

No te disculpes.

Me baja la cabeza.

Muerdo. Y muerdo.

Hay sangre en su muslo izquierdo. Una herida abierta cerca de la parte superior. Y en el muslo derecho hay más, casi en la rodilla. Saboreo piel. Sangre. Carne. No he logrado morder nada lo bastante grande para masticarlo. Pero, aun así, mmm. Me lamo los colmillos. Vuelvo a morder. Más hondo. Tiene los puños apretados. Los ojos cerrados. Espero a que diga que ya basta. A que me eche de una patada. No lo hace. Le lamo la sangre. Se la chupo.

¡Muerde!, me dice.

Obedezco. El mundo se oscurece. El placer de morder ahoga el resto de mis sentidos. Saborear carne de nuevo. Carne de persona. Carne preocupada, insegura, gozosa, encantadora.

Entonces, saboreo mi propia sangre.

Me pegó. Me retiró de un manazo. El mundo se ilumina y vuelve a enfocarse. Está de pie encima de mí. La camisa y el saco abiertos le cuelgan en el cuerpo desnudo. La sangre se le escurre por las piernas.

Levántate, me dice.

Me coloco a cuatro patas. Intento ponerme de pie. Me retumba la cabeza. Estoy mareado. Me arrodillo. Levanto la cabeza. Vuelve a pegarme. Me caigo.

No, digo.

Pensaba que era a esto a lo que estábamos jugando, responde.

Viene hacia mí. Me escabullo. Me arrastro con el trasero hacia atrás. No logro recordar si tengo la puerta delante o detrás de mí. Me levanto. La cabeza me da vueltas. Está delante de mí. Me da un puñetazo en el estómago. Suelta una risita. No puedo respirar. Levanto la mano.

Espera, digo.

¿Me escogí yo acaso cuando me mordiste? ¿Te pedí que esperaras?

Esquivo su siguiente puñetazo. Puro reflejo. Se ríe.

Bien, dice.

Doy un paso atrás. El departamento vuelve a organizarse. La puerta está detrás de él. Las ventanas, detrás de mí. Da un paso adelante. Huelo su emoción. Punzante como la pimienta. Yo doy un paso atrás. Otro. Otro. Choco con un muro. Me vuelvo para mirar. Es una columna. Me arrea un puñetazo en la cara. La parte de atrás de la cabeza me rebota contra la columna. Otro puñetazo. Me doblo sobre mí mismo. Apoyo las manos en las rodillas. Solo oigo una respiración fuerte. La mía. Está esperando a que me enderece. No lo hago. Me gotea sangre de la nariz y de la boca. Sobre todo mía, aunque saboreo los restos de la suya. Va a golpearme otra vez. Hasta que se sacie. Como si estuviera comiendo.

Abro los ojos. Se me dilatan las pupilas. La luz me entra como un torrente. El suelo de madera es brillante. Veo los poros en las tablas. Abro la boca. Siento el clic de mi mandíbula desencajándose. Mi boca que se estira entera, hasta las orejas. Mis colmillos respiran. Me desenrosco.

¡Qué demonios!

Gruño.

El hombre da un paso atrás. Solo uno. Sigue sin estar seguro de si perdió la ventaja. Vuelvo a gruñir. Sonrío con mi enorme sonrisa de monstruo. Confío en que mis colmillos luzcan relucientes. Deben estar ensangrentados. Extiendo los brazos, retuerzo los dedos como si fueran garras. Actúo para él. Sale corriendo. En realidad no tiene dónde esconderse. No hay habitaciones. Solo espacios. Se retrae en un recoveco creado por una pared y un clóset. Camino hacia él. Acecho de puntitas. Felino. Amenazante. Disfruto con el olor de su miedo. Lo lamo en el aire.

Entorna los ojos. Se encoge y salta hacia mí, blandiendo un bate metálico a mi espalda. Me desplomo. Vuelve a golpearme. ¡Levanta!, me ordena mi cuerpo. Me revuelvo para correr pero tropiezo y caigo de nuevo. Me alejo gateando, hundiendo las uñas en las vetas de la madera. Pero las tengo demasiado cortas. Demasiado humanas. Me giro para mirarlo de frente. Vuelve a blandir el bate y falla.

Esa vez suelto un rugido. Tan fuerte que lo dejo petrificado. Me pongo de pie. Encuentro la puerta. Y corro.

Monstrilio se cayó un día del techo que Papi le había construido en el jardín. Plaf, desde lo más alto hasta el suelo de baldosas. Tres pisos. Se dio contra el borde de una plataforma que también se vino abajo. Fue un dolor intenso. Pero breve. Monstrilio era blando. Estaba lleno de una sustancia viscosa y oscura. Nada en él podía romperse.

Me escondo en Central Park, en un monte entre los árboles. Lejos de los caminos. Estoy solo. Ese hombre no va a venir persiguiéndome. Creo. Sigo con los colmillos fuera. Vuelvo a encajar la mandíbula a su forma humana. Me palpita la cara, pero siento la tierra fresca en el trasero. Un silencio relajante. Respiro. Oigo un crujido detrás de mí. Me giro, con demasiada brusquedad. El dolor me atraviesa la espalda. Se me van a dormir las piernas si sigo sentado así. Me pongo en pie e intento sacudirme toda esa noche de encima. No puedo. La cabeza me late como en un mareo. Imposible regresar a casa en el metro. La gente hará preguntas. Llamará a la policía. Camino. Me duele todo.

¿Qué carajos te pasó?

Lena entorna los ojos con los pantalones de una piyama naranja y un top. Me invita a pasar. Acerca una silla de la mesa del comedor. De madera, con un cojín atado al asiento. En el pelo se le ven mechones blancos sueltos. Nos sentamos.

¿Qué fue?

Le cuento que un tipo me dio una paliza. Lena se coloca detrás de mí.

Voy a levantarte la camiseta, me dice.

Me presiona en diversas partes de la espalda. Le digo el punto que más me duele. Hacia el final de las costillas. Me toca el muñón.

Espera, digo.

¿Qué?

Lo sentí.

¿Qué cosa?

El muñón.

Vuelve a sentarse. Me retira el pelo con ambas manos.

Creo que sobrevivirás, pero la verdad es que preferiría llevarte al hospital.

¿Eme?, dice Mami. ¿Qué ocurre?

Viene acelerada hacia mí. No me cree cuando le digo que estoy bien. Nos prepara un té. Lena bebe café. Repito la historia. Mami está de acuerdo con Lena en llevarme al hospital. Pero dice que tendremos que inventarnos otra historia.

¡Un atraco! Te noquearon y no pudiste ver nada. Fue horrible pero rápido, y no hay necesidad de implicar a la policía.

¿Y si ese hombre me delata?

No va a hacerlo. Te atacó.

Yo lo ataqué.

Técnicamente no, dice Lena. Morder era algo que él quería que hicieras.

Iba a comérmelo.

¡Porque te atacó!, dice Mami.

Mami y Lena esperan conmigo en urgencias. Lena habla con enfermeros y médicos muy atareados. Le dicen que cuidarán de mí. Luego desaparecen. Lena camina de un sitio a otro. Mami dice que Lena no está acostumbrada a no llevar el control de las cosas. Un enfermero me acompaña a una zona con biombos, me dice que me quite toda la ropa menos los calzoncillos, que me ponga una bata y me siente en la camilla. El enfermero me limpia la cara con gasa de algodón. Es amable. Me dice que solo será un momento.

Espero.

Voces. Voces. El altavoz llama a un médico y a otro. El enfermero aparece de nuevo. Me lleva a radiología. Muerdo una protección de plástico para hacerme una radiografía de la cara. Trato de no arrancarla del mordisco. Me pongo bocabajo para una radiografía de la espalda. El enfermero me devuelve a mi pequeño recinto y me da una pastilla. Me siento en la camilla.

Espero.

Me duele la espalda. Me duele la cabeza. Aunque ya menos. A lo mejor la pastilla hace que me importe menos. Lena aparece y me pregunta qué han dicho, qué han hecho. Radiografías, le digo. Se marcha. Pasados unos minutos, reaparece con Mami. Lena sostiene mis radiografías contra la luz. Mami también las mira detenidamente, como si supiera lo que está viendo. Veo mi muñón en la radiografía. Solo oscuridad. Oscuridad viscosa.

No hay nada roto, dice Lena. Aunque me encantaría hacer una RMN.

Le digo que quiero irme a casa.

Lena nos lleva en coche a Cobble Hill. El tío Luke no pregunta qué pasó.

Escribe: Yo me ocupo.

Mami duda. Nos dice que la llamemos si surge algo. Aunque no sea nada. Lena me dice que descanse. Asiento. No estoy cansado. Se marchan. El tío Luke me acompaña a la cama. Le pido que me afloje la venda del torso. Me la quita. Va enrollándose la gasa en las manos. Gruñe. Me pasa los dedos por toda la espalda.

¿Tiene mal aspecto?

Gruñe un sí.

Vuelve a ponerme la gasa, más floja esta vez.

¿Puedo comerme un hot dog?, pregunto.

El tío Luke gruñe y me sube cuatro. Me los como casi sin masticar. El tío Luke me arropa en la cama y me observa desde un sillón que hay en mi habitación.

Vuelve a tu cuarto, le digo.

Se lleva un dedo a la boca. Apaga la lámpara que tiene al lado y finge dormir.

Papi me despierta a la mañana siguiente. Corre las cortinas. Luz del sol. Se sienta en mi cama y me inspecciona la cara. Peter también está en la habitación.

¡Qué horror!, dice. No me puedo creer que te hicieran todo eso solo para llevarse ¿qué? ¿El teléfono?

Tengo el celular, digo.

Peter se queda aún más desconcertado. Y, entonces, ¿qué demonios querían?

Papi me mira fijamente. Abre los ojos de par en par.

La cartera, digo. Y el reloj.

El único reloj que tengo es uno con calculadora. De Santiago. Está en Berlín. O en México. No me acuerdo. Peter camina de un lado a otro de la habitación.

¿Puedes ir por agua para M.?, le pide Papi. ¿Por favor, Peter?

Peter sale. Me preparo para volver a contar la historia una tercera vez, pero Mami ya se lo dijo todo a Papi. Me agarra de la mano. Me frota las uñas con el pulgar.

¿Quieres que te las pinte?

Alargo el brazo a la mesita de noche. Le paso un frasco de barniz de uñas azul.

No te lo comiste, dice Papi. Estoy orgulloso de ti.

Lo habría hecho.

Pero no lo hiciste.

Papi me pinta el meñique izquierdo.

Podría rebatirle. Lo cierto es que me lo habría comido. Si no hubiera sido por el bate. Pero Papi parece muy feliz. Cree que estoy mejorando. Que tengo menos hambre. Que soy más capaz de ser humano. Dice que nuestra familia está de nuevo unida. Todos juntos. Además de Peter. Me agarra la otra mano. Muy preciso con la brocha.

Listo, dice.

Me quedan bien las uñas de azul. Le agarro la mano y se las pinto yo a él.

Guau, brutal, dice Romy en la librería.

Sigo teniendo un ojo morado. Algunos cortes. Aunque no estoy tan hinchado como hace unos días. Me debato entre qué historia contarle. El atraco o los mordiscos. Opto por los mordiscos. Sin las partes del monstruo. Romy sostiene una pila de novelas bajo el codo. No parece querer alejarse de ellas.

¿Por qué te gusta tanto morder?, me pregunta.

Es como si no tuviera más remedio.

Ajá.

Coloca la siguiente novela en su sitio. Me alejo y salgo de la librería. Saco un cigarrillo. Los primeros cigarrillos que me compro. Me trago el humo, pero no sabe igual solo. Romy sale también.

¿Fumas?

¿Quieres uno?

Na.

Suelto el humo.

Tienes mucho pelo, dice Romy.

Se me queda mirando el parche de pelaje de la frente. No debería destacar demasiado. Me lo afeité por la mañana. Pero ya le crecieron los pelos del día. Romy lo toca.

Qué suave, dice.

Papi me hizo prometer que no tendría más citas. Durante un tiempo. Sin embargo, abro la aplicación cuando me acabo el cigarrillo para ver si Sam me ha escrito. Siguen apareciendo los mismos cuatro globos de texto en la pantalla.

«¿Hola?», escribo.

Sam no está en línea. Quizá mañana.

Mami está sentada en la única silla que hay en la librería. De piel, antigua. Cómoda. La silla de Keith. Yo estoy arreglando la sección de Fantasía y Ciencia Ficción. No necesitaba arreglo, pero Mami está hablando y parece reacia a levantarse y seguirme. Me cuenta que sugirió que la boda de Papi y Peter fuese en Firgesan. Papi se negó. Peter se emocionó. Y juntos convencieron a Papi. La casa necesita un nuevo comienzo. Alegría, explica Mami. Cruza las piernas y se inclina hacia mí.

Eme, me dice. Una organización artística española me pidió que actúe en un festival de Valencia. No puedo decir que no. Y necesito volver al trabajo.

¿Te marchas?

Me lo estoy pensando. No imagino qué otra cosa hacer en Nueva York aparte de estar pegada a tu padre. O venir a visitarte. Lena anda demasiado ocupada en el hospital. Tiene su vida sin mí. ¿Te vendrías conmigo, si regreso?

En la cubierta del libro que tengo en las manos sale una mujer con una pistola hecha con dos bolas de Navidad pegadas. Mira de frente. Tras ella se cierne un robot gigantesco. De cabeza cuadrada. Mandíbulas metálicas. Un panel de luces en el pecho. En su planeta solo crece un único arbusto púrpura. No distingo si el robot está a punto de atacarla o si es su guardián.

Le digo a Mami que no me iría y le pido que se quede.

Descruza las piernas. Me dice que lo pensará.

Vuelvo andando a casa del trabajo. Está atardeciendo. Hay muchos colores en el cielo. Un niño y su madre van por la acera. Ella lo lleva agarrado de la mano. El niño se detiene y llora. No quiere caminar. La madre lo jala. Le dice al niño que va a dejarlo ahí. El niño sigue llorando. La madre le suelta la mano. Se aleja unos pasos. Lo suficiente para poder volver de un salto si el niño la necesita. El niño se sorbe los mocos y me ve parado detrás de él.

Hola, digo.

Sale corriendo de vuelta con su madre y la agarra de la mano. Continúan caminando.

La casa está a oscuras cuando entro. Empieza a anochecer más temprano. Me rasco el muñón.

¿Tío Luke?

Sin respuesta.

¿Tío Luke?, digo más fuerte.

Se me eriza el pelo de todo el cuerpo. Asustado. Electrizado.

¿Tío Luke?

Desencajo la mandíbula y voy a la cocina. Abro la puerta de una patada para contar con el factor sorpresa.

El tío Luke está de pie al otro lado. Delante de él, en la mesa, hay un animal muerto, ensangrentado. El tío Luke gruñe. Extiende los brazos. Sorpresa, quiere decir. La mesa está cubierta de plástico.

¿Qué es esto?, pregunto.

El tío Luke levanta una tarjeta. Media vaca, escribe, toda para ti.

Olisqueo. Carne. Muerta desde hace un tiempo. Aún sabrosa. Me quito toda la ropa menos los calzoncillos.

Como si no quisiera ensuciármela. Aunque en realidad es que un banquete hay que dárselo carne con carne.

Ya tengo la mandíbula desencajada. Solo me hace falta abrir la boca del todo. Dejar los colmillos al aire. Ojalá tuviera garras. Algo con lo que sujetar la media vaca mientras muerdo. En su lugar utilizo la rodilla. Voy royendo y arrancando carne con la boca. Sabe bien. No de maravilla. El sabor del miedo ha desaparecido. Y además sabe a vaca. Ningún problema con las vacas. Pero las vacas no sueñan. No de verdad. Y si lo hacen, sueñan con la hierba. Quizá con cielos despejados. Un humano sueña cosas locas. U horribles. O geniales. Como soñar con volar. O con dientes que se caen. O con gente olvidada hace mucho que aparece como si nunca se hubiera ido. El humano sueña con lo que era y con lo que podría ser. Y los sueños le calan en la carne. Como un marinado delicioso.

¿Está buena?, escribe el tío Luke.

Ya medio acabé. Tengo el pecho húmedo de sangre y babas. Levanto el pulgar. Una vaca no será humana, pero sigue siendo muchísima carne.

Cuando solo quedan los huesos, el tío Luke me pregunta si estoy satisfecho.

Sí.

Me pica el muñón. Me rasco. El tío Luke humedece un trapo. Me limpia el muñón de la sangre seca de la vaca. Me frota. Humedece el trapo y frota un poco más. Sigo teniendo el muñón rojo.

¿Es normal?, escribe el tío Luke.

No.

¿Duele?

Pica.

El tío Luke me lleva a su habitación. Me da un tubo verde de ungüento.

Para piel irritada, escribe.

Los días siguientes vuelvo a las chuletas de cerdo, los hot dogs y los kebabs para almorzar. El tío Luke no puede comprarme media vaca a diario.

Mami se presenta en la librería. Se va a Valencia.

Volveré para la boda de tu padre.

¿Y te quedarás?, le pregunto.

No sé.

Nos damos un abrazo de despedida. Tiene el cuerpo de mi mismo tamaño. Encajamos.

Bajo al sótano. La rata se me acerca para oler mi kebab. Le doy un trozo. Se come el kebab. Yo me la como a ella.

Esa noche, más tarde, Sam me responde: «¿Vas a comerme?».

Papi está molesto.

¡Se fue, otra vez se fue!, dice.

Va a volver, dice Peter.

Peter le frota el hombro a Papi. Lena llena las copas de vino de todo el mundo.

¿Alguien quiere más pasta?, pregunta Peter.

El tío Luke gruñe y levanta el plato. Peter le echa fetuccini con camarones. Papi preparó también pan de ajo y ensalada con nueces. Una cena familiar en su casa. Menos Mami.

¿Va a volver entonces?, le pregunta Papi a Lena.

Lena se encoge de hombros.

¿Se pelearon?

No.

Creí que estaban juntas.

Lo intentamos. No creo que pueda funcionar.

¿Por qué no?

¿Por qué voy a ser yo la responsable de hacer que se quede, Joseph?

No lo eres. Solo que... Estábamos todos aquí. El resto seguimos aquí. ¿Para qué se fue? Nosotros somos su familia.

El tío Luke gruñe.

Mami observó mi transformación. Yo era torpe. No lograba averiguar cómo utilizar las piernas. Los brazos. Las manos. No sabía enfocar los ojos. Todo estaba demasiado oscuro. Silenciado. Me tropezaba constantemente. Dormía muchísimo. Mami me trasladó a la antigua habitación de Santiago. Me dio una cama nueva. Ropa. Me hablaba incluso cuando no se me daba muy bien conversar. Me buscó profesores particulares. Algunos días me dejaba con la abuela Lucía y con Jackie, que me enseñaron a afeitarme y me dieron fundas para los dientes. Hicieron de mí un niño. Me llamaban Santiago. Lo intentaron. Y yo lo intenté.

Fui haciéndome menos torpe. Seguía a Mami igual que acostumbraba a hacer Santiago. Mami me pintaba las uñas. Otra cosa más para hacerme suyo. Estábamos solos. Solo Mami y yo. Papi se había mudado a Nueva York. Lena también.

Entonces Mami encontró sus performances.

Escribía mucho en su diario. Ideas, me contaba. Cosas que quería recordar. Yo también practicaba la escritura. Una habilidad medio recordada, medio aprendida. A veces Mami dejaba de escribir y se quedaba mirando fijamente.

Miraba durante treinta, cuarenta minutos. Yo intentaba descifrar qué, pero no había nada que mirar. La Ciudad de México murmuraba fuera. Coches y pájaros. Dentro nada hacía el menor ruido. Si le preguntaba qué estaba mirando, mis palabras no le llegaban. Como si Mami estuviera demasiado lejos. Nunca descubrí qué miraba.

Peter me pregunta si voy a dar un discurso.

¿Debería hacerlo?

Estaría bien.

No tienes por qué, dice Papi.

Romy me dice que los discursos de las bodas son para que la pareja sepa cuánto los quieres. Para desearles felicidad.

Alguna gente cuenta historias, dice Romy, y pone los ojos en blanco.

¿Y las historias no están bien?, le pregunto.

Tendrías que contar una que fuera buena.

Me sé una buena historia. Pero no puedo contarla.

«Estoy listo. Ven, por favor», escribe Sam.

«¿Te parece bien esta noche?».

«Ahora. Por favor».

«No puedo».

Es sábado por la tarde y voy a comprar un traje con Papi. Para la boda.

«No sé si volveré a estar aquí».

La casa de Sam es verde. Paredes verdes. Sillón verde. Alfombra verde. Mesa verde. Plantas verdes. Todo viejo. Cuidado. Él va vestido con unos pantalones blancos y holgados. Una camisa blanca también holgada. El pelo le sobresale en diferentes direcciones. Seco. Como si se lo hubiera lavado demasiado. Hace una reverencia cuando me recibe. Yo lo imito. No estoy muy seguro de qué otra cosa hacer.

Maestro, me dice.

Me doy la vuelta para ver con quién está hablando. No hay nadie detrás.

Por aquí, maestro.

Está hablando conmigo. Le pido agua. Sam saca un vaso verde. Lo llena del grifo. El agua está fresca.

Gracias, digo.

Maestro, susurra. No es mucho más alto que yo. ¿Puedo?

Extiende el brazo. Me toca la mejilla. Los hombres hacen esas cosas. A veces. Antes de besarse. Él no me besa, pero me levanta el labio superior. Me acaricia los colmillos.

Preciosos, dice.

Desencajo la mandíbula y sonrío con toda la boca. Presumo. Sam emite un ruido similar a una risita. Se le enrojecen los ojos. Se le forman lágrimas. Como de felicidad. Sonrío aún más. Abro la boca por completo. Dejo que la cara se me abra por la mitad. Sam suelta un grito ahogado. Y hace una reverencia. Como si quisiera tocarse los dedos de los pies. Me lleva a su habitación. Las paredes ahí también son verdes. Y la alfombra. No hay muebles más allá de un colchón cubierto con una sábana blanca. Está rodeado por velas apagadas.

¿Está bien así?, me pregunta.

Sí.

No me importa dónde sea, siempre que pueda comerme un trozo de su cuerpo. Le pregunto si tiene vendas. Algo con lo que curarse cuando yo termine de comer.

No voy a necesitar nada, me dice. Me da la impresión de que sabe lo que está haciendo.

Enciende las velas. Una a una. La luz del sol brilla por las ventanas verdes de gasa. Demasiado intensa para que las velas generen algún efecto. A Sam no parece importarle. Se desnuda. Dobla la ropa. La coloca en la cabecera de la cama. Se recuesta de espaldas. Bocarriba. Con la cabeza sobre su ropa, a modo de almohada.

Voy a morderte el muslo, le digo. ¿OK?

Sí, maestro.

Va a dolerte.

Lo sé.

No hace falta que me ataques ni nada.

No lo haré.

Yo también me desnudo y dejo la ropa fuera de su habitación. Paso por encima de las velas. Lamo. El vello de su pierna me hace cosquillas en la lengua. Ni rastro de jabón. Me gusta este hombre. Lo muerdo con los colmillos. Le hago saber que el dolor viene ya. Se tensa. Muerdo. Decidido. Rápido. Grita. Como un rugido agudo. Reprime el grito mordiendo la ropa. Mastico. Exquisito. Tiene el cuello colorado. Las lágrimas le caen por ambos lados de la cara. Mordí más de lo que pretendía. Procura no retorcerse. Relajar la cara.

¿Todo bien?, le pregunto. Con la boca llena.

Intenta asentir. Le caen más lágrimas. Se las seca. Trago.

Estás delicioso.

Gracias, dice con un gemido.

¿Puedo morder otra vez?

No responde. Espero.

¿Puedo?

Se seca las lágrimas. Como si no debiera estar llorando. Pero llora más. Fuerte no. De forma fantasmal. Intensa. Como si el dolor no fuera solo por el mordisco. Como si fuera más profundo. Hasta el tuétano.

Come, responde con otro gemido.

Le muerdo la misma pierna pero al otro lado del muslo. Su grito reprimido es más chirriante. Más penetrante. Llora. Se le forman burbujas en la boca. Burbujas de saliva y lágrimas. Mocos. Mastico su carne. Se me dilatan los ojos. Se me hace la boca agua. Me ruge el estómago. No quiero tragar. Todavía no. La cama está roja. Sam agarra la sábana. Golpea con los puños. Se retuerce. Trago. Trato de conservar su sabor. Ya está. Fin de la comida. No puedo pedir más. Aunque la sensación es que acabo de empezar. A lo mejor podría lamerlo solamente. Le sujeto la pierna. Lamo. Se encoge.

Espera, me dice. Por favor.

Me aparto. Me levanto. Su olor me impide alejarme por completo. Sam murmura. No logra que la voz le funcione. Vuelve a murmurar.

Me voy, digo.
Dame un momento, me dice.
Se calma jadeando. Como una especie de rito.
Come.
Me lamo los colmillos. Redescubro su sabor.
Como.

La tienda de trajes de Greenpoint es vieja. Huele a telas, a tiza y a colonia.

¿Por qué tardaste?, pregunta Papi.

Por nada, digo.

Papi no insiste. El sastre tiene un traje listo para que me lo pruebe. De corte sencillo, gris. Suelto la mochila dentro del probador. Me desnudo. Me distingo sangre en la espinilla. Me lavé en casa de Sam. Debo de haberme saltado esta parte. Me humedezco el dedo con saliva y froto la sangre. Se corre pero no se quita del todo. Me subo los calcetines.

Me pruebo el traje. El saco es demasiado grande. Los pantalones, demasiado largos. Salgo y me coloco delante de tres espejos. El sastre me jala del bajo de los pantalones.

No muy alto, digo.

El sastre coloca alfileres en la tela y deja caer la pernera.

El saco le queda muy grande, ¿no?, dice Papi.

El sastre mide de hombro a hombro.

Voy a mirar un momento, dice, y se va.

Ya te había medido, dice Papi. ¿Por qué te queda todo tan grande?

A lo mejor estoy encogiendo, respondo.

El sastre regresa. Dice que va a tener que meterle. Papi dice que estoy guapísimo. Sea como sea.

Papi me pregunta si quiero comer algo. Le digo que no tengo hambre. ¿Que no tienes hambre? Sonríe. Como una victoria. Papi se compra un helado. Caminamos hasta el McCarren Park. La gente pasea. Las familias juegan. Perros. Pícnics. Música. Hace buen día y es como si no importara nada más.

Cielos otoñales en los que sumergirse, dice Papi. Eso dijo Peter esta mañana. Quién sabe de dónde lo habrá sacado.

Te gusta Peter.

Sí, me gusta.

A Papi le llega el pelo por los hombros. Una cortina amarilla como el sol. Le reluce.

Vas a ser feliz, le digo.

Me echa el brazo por los hombros.

Ya soy feliz, me responde.

Suena el timbre de la puerta. Es de noche. El tío Luke está en bata, a punto de irse a dormir.

Gruñe.

No lo sé, digo.

Vuelve a sonar el timbre.

El tío Luke gruñe de nuevo.

No hagas caso, digo.

A continuación, golpes en la puerta.

No puede ser Sam. Pero quizá sí alguien que lo esté buscando. Alguien que lo quisiera.

Se habrán equivocado de casa, digo.

El tío Luke se asoma por la mirilla.

Tío Luke, no.

Se gira hacia mí como si supiera que hice algo y abre la puerta. Entra Mami. Va jalando una maleta de ruedas.

Volviste, digo.

Nunca me fui.

Mami estaba en el aeropuerto cuando decidió no marcharse a Valencia. Tampoco quería regresar con nosotros. Todavía no. Se quedó en un hotel en las Catskills. Hizo senderismo. Estuvo en comunión con la tierra. Intentó entender por qué a tanta gente le encanta la naturaleza.

Es lenta, ¿no? La naturaleza, dice.

El tío Luke gruñe asintiendo. Le ofrece galletas.

¿Por qué no te fuiste?, pregunto.

No quiero perderme esto, cariño.

¿Perderte qué?

¡Todo! Mira a su alrededor como si ese todo estuviera en la habitación. O a lo mejor es porque tu padre nos quiere a todos juntos. Parece que no logro encontrar el coraje para decepcionarlo otra vez.

Mami se come una galleta en dos bocados. El tío Luke le ofrece su habitación para que duerma ahí. Mami dice que estará bien en el sofá cama. El tío Luke y yo se lo preparamos.

El muñón me despierta palpitando en mitad de la noche. Lo masajeo, trato de calmarlo. Noto que sobresale algo. Algo afilado. Enciendo la luz para inspeccionarlo mejor. Asoma una garra. Solo la punta. La jalo. Trato de obligarla a salir. Pero no logro agarrarla bien. La palpitación para. Me acuesto. Apago la luz. Me quedo mirando las sombras hasta que me llega el sueño.

Santiago, una noche te despertaste. Te habías orinado en la cama. Estabas aterrorizado. No por la pipí. Por lo que te lo había provocado. Una pesadilla. No recuerdo cuál exactamente. Un monstruo como yo, quizá. O la muerte. Intentabas no pensar demasiado en la muerte. Les creías a Papi y a Mami cuando te decían que ibas a vivir. Habías vivido de momento. Aunque a veces la muerte se colaba de todos modos. ¡Papi! ¡Mami! Gritaste. Aparecieron los dos. Se encendieron las luces. Te calmaste al instante. Mami y Papi no te preguntaron por lo que había ocurrido. Mami te ayudó a cambiarte. Papi se llevó las sábanas y la piyama sucias abajo, a la lavadora. No pasa nada, dijo Papi. Mami te leyó un cuento. Te quedaste dormido y se te olvidó lo que te había asustado tanto.

Podría escribir este recuerdo en mi diario de Santiago. Mi registro de tus recuerdos. Como el cuidador de una casa que lo mantiene todo en orden para cuando vuelva su habitante original. Como en el cuento del tipo que vomita conejos. Ese tipo también quería tenerle la casa lista a su amiga.

Pero este recuerdo no voy a escribirlo. Es una tontería. Conservar todo esto. Tú no vas a volver.

Mami invita a Lena, a Papi y a Peter a Cobble Hill para celebrar su no partida. Compra flores frescas. Tantas que se queda sin floreros donde ponerlas. La casa parece llena de vida. Prepara una taquiza. Picadillo. Rajas. Mole con pollo. Arroz. Frijoles. Aguacate. El tío Luke y yo la ayudamos. Peter trae vino. Lena, mezcal. Mami habla en voz alta. Alegre. Se preparan tacos. Peter parece perdido. Intenta imitar lo que hacen Mami y Lena. Yo como picadillo a cucharadas. Mami levanta su copa.

Se acabó salir corriendo, dice.

Brindamos con mezcal. Papi se olvida de que estaba enojado.

Macabro suceso en el barrio de Bed-Stuy, dice de repente Peter.

Nos quedamos callados.

Huesos. Huesos. ¡Huesos! Agita las manos. Abre mucho los ojos. ¿No se enteraron? Bueno, pues parece que encontraron huesos humanos en un departamento de Bed-Stuy. Un cadáver limpio. Los medios amarillistas han estado muy encima; confieso que son mi placer inconfesable. Sonaba todo inventado, claro, pero ahora resulta que los medios serios también andan con el tema. De momento solo son especulaciones, aunque ¡parece que la víctima formaba parte de una secta! Quizá incluso la iniciara él mismo. ¿Quién sabe? ¿Se imaginan? ¡Aquí en Brooklyn! Encontraron unos textos en el departamento, algo de un dios extraterrestre que se come a las personas para transportarlas a un nuevo reino. ¡Lunáticos! La gente cree en cualquier cosa. De todos modos, ¡lo fascinante es que se lo comieran! Entero, y de verdad. Todo salvo los huesos. Cómo lo hicieron, ni idea, pero alguien tuvo que ser, ¿no? No es algo que pudiera hacerse él solo.

A lo mejor murió hace años y lo acaban de encontrar, dice Mami.

Imposible, responde Peter. El colchón en el que descubrieron los huesos estaba empapado de sangre reciente. Además, alguien habría notado el olor.

El ácido elimina la carne directamente, dice Lena.

Pero también habría destruido el colchón, ¿no? Y es probable que el suelo.

Alguien pudo llevar allí los huesos desde otra parte, dice Papi. Y luego echar sangre en el colchón. Parece que quisieran montar una escena, una especie de broma enfermiza.

Tienes razón, Joe. Pudieron matarlo en otra parte. Pero ¿por qué? Ah, en la escena encontraron además pelo que no coincide con el ADN de la víctima. Pronto sabrán quién estuvo allí. La gente se ha vuelto loca con esto en Twitter. ¡No puedo creer que no se hayan enterado!

El tío Luke me gruñe y se va a la cocina. Lo sigo.

¿Tú?, escribe.

Sí.

Nos escapamos de la cocina por el patio. Dejamos el recibidor atrás y subimos a mi habitación. Agarro mi mochila. Me siento en el suelo y la abro. Saco el vaso verde del que bebí, el teléfono de Sam y la sábana en la que estuvo acostado. Ensangrentada.

¿Qué es esto?

El tío Luke y yo nos sobresaltamos. Papi aparece junto al tío Luke. Se queda mirando la sábana ensangrentada.

Ay, M., dice Papi. Fuiste tú.

Pues claro que sí, dice Lena desde atrás.

Papi salta para cerrar la puerta.

No podemos estar todos aquí arriba. Peter va a sospechar.

Magos está con él, dice Lena.

Se pone de cuclillas. No toca nada. Señala el teléfono.

¿Es suyo?

Asiento.

Tenemos que deshacernos de él. De todo esto.

¿Lo tiramos al contenedor?, pregunta Papi.

El tío Luke gruñe.

Pues claro que aquí no, dice Papi. A lo mejor podemos llevarlo todo a Nueva Suéter.

¿En el teléfono podrían encontrar algo que te vincule a él?, pregunta Lena. ¿Fotografías? ¿Mensajes?

Mensajes. Por eso me lo llevé.

El tío Luke gruñe.

Mierda, dice Lena. OK. Necesitamos un martillo.

¿Otro martillo?, pregunta Mami.

¿Dónde está Peter?, susurra Papi.

En el baño.

¡No puede subir aquí!

Pues ve a buscarlo.

Iré yo, dice Lena. Solucionaremos esto. No tarden.

Lena se lleva al tío Luke con ella. Cierra la puerta al salir.

Ay, Eme, cariño, dice Mami.

Les digo a Mami y a Papi que Sam quería que me lo comiera. Que para empezar solo le di dos mordiscos. Que estaba a punto de marcharme. Pero me pidió que siguiera. No les cuento que, después de unos bocados más, Sam me pidió que parara. No les cuento que no pude. Pese a sus gritos, a sus llantos, a sus ruegos, a su lucha. Tenía demasiada hambre.

Papi dice que creía que había controlado el hambre. Que no puedo volver a hacer esto nunca. Que al menos ese hombre quería morir. Que debo esforzarme más. Que debería... Esa idea no la termina. Como si se le hubieran derrumbado las palabras.

No respondo nada. No puedo seguir diciendo que lo siento.

Lena reaparece.

Tenemos que bajar. Peter está preguntando por ti.

¿Joe?, dice Peter.

Lena cierra la puerta. Peter está subiendo. Papi me ayuda a volver a meter las cosas en la mochila.

¿Joe?

Papi se pelea con el cierre. No logra cerrarlo.

¿Joe? ¿Magos?

Papi sigue intentándolo. Magos le da una patada a la mochila, que sale rodando. Lena abre la puerta.

¿Qué ocurre?, dice Peter.

El tío Luke resopla tras él.

M. quería enseñarnos una cosa, dice Papi.

¿Qué?

Esto, dice Mami. Tiene en las manos una de las novelas que Romy me recomendó.

¿Un libro?, Peter lo agarra. Lee la cubierta: *Siempre hemos vivido en el castillo*. No lo conocía. ¿Es bueno?

Fantástico, dice Mami. A mi madre le encantaba.

No sé si eso es verdad. Aunque es un libro que a la abuela Lucía le habría gustado. Mami le quita el libro a Peter. Lo acaricia. Finge que es un tesoro. Nadie se mueve. La casa cruje.

Siento que interrumpí algo, dice Peter.

Lena se aclara la garganta.

Hora del postre, dice Mami.

Bajamos. Mami sirve el postre. Plátano con leche condensada. Les doy vueltas a las rodajas de plátano por el plato. La única cosa dulce que soporto son los Fruti Lupis. Y ni siquiera tengo ya demasiado antojo de ellos.

Mami habla. Intenta sonar animada. Como al principio de la cena.

El papel pintado del comedor tiene enredaderas que trepan hacia arriba. Que se entrelazan. También hay flores. Y una lechuza.

En Firgesan había una lechuza que ululaba por las mañanas. Santiago, te encantaba esa lechuza. Te despertabas temprano para ir por ella. No tenías permitido adentrarte en el bosque, pero de todos modos salías corriendo de la casa. Todas las mañanas. Te quedabas en el borde de los árboles, aunque cada vez ibas un poco más lejos. Buscándola. Pero la lechuza se escondía. Una vez creíste que te habías perdido. Te adentraste demasiado en el bosque. Te asustaste. No había nada más que árboles. Ni rastro de la casa. Aunque pensaste en llorar, no te salieron lágrimas. Como si no hubiera tiempo para eso. Retrocediste un paso siguiendo el rastro. Luego otro. Encontraste el camino de regreso a casa. A la mañana siguiente volviste a entrar en el bosque. Sabías que no ibas a encontrar la lechuza. Pero querías decirle que no se escondiera más. No ibas a volver a buscarla.

Peter bosteza. Dice que es hora de irse. Que mañana empieza temprano. Papi dice que Mami y Lena van a quedarse un rato más y que él también quiere quedarse. Peter dice que está cansado. Y que el tío Luke y yo también lo estaremos. El tío Luke gruñe.

Vete tú, dice Papi.

Parece que a Peter eso no le gusta. Pero dice: OK. No te pases con la fiesta.

De vuelta en mi habitación, saco de la mochila las cosas que me llevé de Sam.

¿No podemos tirarlo todo y punto?, pregunta Papi.

Primero vamos a destruir el teléfono, dice Lena. No podemos arriesgarnos a que encuentren cualquier interacción que tuviera M. con ese hombre.

Sam, digo.

¿Qué tan bien conocías a ese chico? ¿A Sam?, pregunta Papi.

Lo conocí en una aplicación. Sé que se llamaba Sam. Le gustaban las cosas verdes.

¿Y qué sabía él de ti?

Que me gusta morder.

¿Sabes si le habló a alguien sobre ti?, pregunta Mami.

No lo sé.

En realidad no podemos hacer nada en ese sentido, dice Lena. Será mejor centrarnos en lo que sí está en nuestra mano.

El tío Luke gruñe como muestra de acuerdo.

Peter dijo que encontraron pelos, dice Papi.

No creo que puedan llegar a Eme siguiendo ese rastro, dice Mami. ¿No hace falta un registro previo? ¿Que tu ADN esté en una base de datos?

No lo sé, dice Lena. Pero de todos modos sería infinitamente mejor que no encontraran estas cosas aquí.

¿Lavamos las sábanas?, pregunta Mami.

¿Hay lejía?, dice Lena.

El tío Luke gruñe.

Bajamos. El tío Luke busca un martillo en la cocina. Papi sugiere que salgamos fuera a machacar el teléfono. Lena dice que no nos interesa que haya vecinos mirando. Envuelve el teléfono en un trapo. Papi le da martillazos en el suelo de la cocina.

Busca el chip, dice Lena.

¿Qué chip?

La tarjeta. ¿Cómo se llama? La tarjeta SIM.

Papi la encuentra. Lena la dobla por la mitad.

Córtala, dice Mami.

Quémala, dice Papi.

El tío Luke gruñe. Saco mi encendedor. El chip no arde y me quemo las puntas de los dedos intentando prenderle fuego. Mami busca unas tijeras. Lo corta por la mitad. Se acerca al fregadero. Está a punto de tirar los trozos a la trituradora de basura.

No, dice Lena, mejor no dejar nada aquí.

Le quito a Mami los trozos cortados. Los mastico. Me aseguro de que se hacen papilla. Y me los trago. Lena ata el trapo que contiene los pedazos del teléfono. Les echa agua. Añade jabón. Frota. Echa más agua.

Por si hubiera huellas, dice.

¿Qué hacemos con los trozos?, pregunta Papi.

Un momento, digo.

Voy por el vaso verde. Lo lavamos. Lena deshace el nudo del trapo que tiene el celular machacado. Mete ahí el vaso. Papi vuelve a dar martillazos. Pom. Pom. Pom. Hasta que Mami tiene que pararlo.

Ya está roto, Joseph, dice.

¿Por qué necesitamos dos?, pregunta Papi en el coche de Lena.

No sé adónde nos dirigimos. Hicimos dos bultos con dos bolsas de basura negras. Uno con las sábanas, lavadas con lejía y recortadas. Otro con el teléfono y el vaso machacados.

Porque si encuentran una les faltará la mitad de la historia, dice Mami.

¿No es más probable que encuentren una si hay dos que encontrar?

¿Lo quemamos todo entonces?

Yo voto por quemar.

No podemos poner el teléfono en una parrilla, dice Lena. Hace falta un maldito fogón para destruir eso.

¿Crees que tirarlo al río es mejor, Flaqui?

Solo intento hacer todo lo que puedo. En Berlín tuvimos suerte. Esta vez no sé.

Lena se estaciona. Nadie se baja del coche.

A lo mejor para la próxima ya somos expertos, dice Lena.

No habrá una próxima, dice Papi. Habla en voz baja. Como si supiera que está mintiendo.

Lena nos lleva caminando por una calle. Yo cargo un bulto. Papi, el otro. Tiene puestos unos guantes de cocina. Yo llevo mis guantes de invierno. Para evitar huellas.

Papi dice: Creo que estamos cerca de donde Peter me pidió matrimonio. Se detiene. Como si se le hubiera olvidado lo que estamos haciendo.

Vete a casa, digo.

¿Qué?

Yo me encargo, Papi. No tienes que preocuparte de nada más.

Voy a preocuparme siempre, M.

Papi sigue caminando. Llegamos al agua pero no podemos acercarnos al borde. A nuestra izquierda hay una fábrica de ladrillo. A nuestra derecha, el agua. Todo está cercado con rejas.

¿Y ahora qué?, pregunta Mami.

Creí que habría una abertura hasta el agua por aquí, dice Lena.

El tío Luke se acerca a una reja. Cerrada con una cadena. La jala. Se encienden unas luces cuando la sacude. Nos quedamos petrificados.

¡Eh! Aparece un hombre de entre las sombras al otro lado de la reja. ¿Qué hacen aquí?

El tío Luke da un paso atrás. Yo gruño. Papi me agarra del codo y me aleja de la luz. Me retuerzo. Desencajo la mandíbula.

No, susurra Papi, y me refrena. Intento zafarme de él. Chasqueo los colmillos. Clavo los talones en el suelo. Trato de soltarme.

El hombre nos apunta con una linterna.

¿Qué está pasando?

Para, me dice Papi al oído. Papi es fuerte. Más de lo que pensaba. Me jala hacia atrás. Me caigo sobre él. Rujo.

¿Qué dem…?

¡Lo conseguimos, gente!, grita Mami.

Avanza a trompicones hacia el hombre, que desplaza la luz hacia ella. Lena sale detrás de Mami. Papi y yo nos quedamos inmóviles en el suelo.

Este es el Asterisk, ¿no?, pregunta Mami. Estamos en la lista. Amanda Lucas.

El hombre murmura algo como respuesta. Tiene la cara oculta por la brillante iluminación a contraluz.

¡Oh, vaya!, dice Mami. Se ríe muy alto. Nos equivocamos, gente.

Le pone a Lena un brazo sobre el hombro. Finge tambalearse de vuelta hacia nosotros. El tío Luke la sigue. Mami me levanta de un jalón. Y también a Papi.

Vamos, vamos, susurra.

Caminamos acelerados hasta la esquina. Las luces de la fábrica se apagan. Aminoramos el paso y recorremos una calle en silencio.

Bien jugado, le dice Papi a Mami.

Mami hace una reverencia.

Quiero comer, digo. Sigo con la mandíbula desencajada.

A lo mejor tengo algo en el coche, responde Lena.

Vamos a acabar primero con esto, dice Mami.

Vuelvo a encajar la mandíbula en su sitio.

Papi dice que averiguaremos alguna dieta que me sacie. Propone muchas cosas. Sus palabras van rápidas. Como si la siguiente en salir fuera a tener la respuesta.

Sé lo que quiero comer, Papi.

Papi se calla. Mami me peina el pelo con los dedos.

Cariño mío, somos bien capaces de manejar esto.

No quiero que lo hagas.

Papi agarra las bolsas y sale corriendo. Voy tras él. Llega hasta el siguiente muelle. Hasta el agua. Mami nos alcanza. Luego Lena y el tío Luke. Papi no nos presta atención. Les echa peso a las dos bolsas con unas piedras. Lanza el primer bulto. Plaf. Se aleja un poco más por el muelle. Lanza el segundo. Plaf.

Vámonos a casa, dice Papi.

Mami engancha al tío Luke del brazo. Se alejan caminando detrás de Papi.

Me da la sensación de que podrían seguir adelante, sin más, dejarme ahí, olvidarse de que una vez fui suyo.

¿Listo?, dice Lena.

No.

Lena no se mueve, pero aparta la mirada. Como si tampoco ella estuviera segura de ir a darles alcance.

Las olas rozan el muelle. La luz se contonea por el agua oscura. El aire huele a pescado. Da la impresión de que habrá gaviotas gritando más arriba, pero no las hay. Es de noche.

¿Puedo enseñarte una cosa, Lena?

Me levanto la camiseta y la sudadera. Saco la cadera izquierda hacia ella. Lena me ilumina el muñón con el teléfono. Lo toca.

¿Te duele?

A veces.

Lena aprieta. Raspa la punta con un dedo.

Es una garra, dice.

¿Me está creciendo otra vez la cola-brazo?

¿Es lo que piensas?

Asiento. Me bajo la camiseta y la sudadera.

¿Voy a volver a ser Monstrilio?

No lo sé. Lena me pone las manos en los hombros. Me busca la mirada. ¿Quieres que sea así?

Sonrío. Me da unas palmadas en la espalda. Caminamos hacia los demás.

La boda de Papi es dentro de tres días. Mami está escribiendo en el estudio del tío Luke. Ideas para nuevas performances. El tío Luke revisa los periódicos y los tabloides en busca de noticias sobre Sam. El caso sigue siendo un misterio. Los resultados de los pelos que encontraron en la escena no fueron. O aún no han informado al respecto. Papi y Peter se fueron a Firgesan. Están ocupados con los últimos detalles de la boda. Me miro el muñón. Ya salió toda la garra. Le tomo una foto. Se la mando a Lena. Me pidió que la mantuviera informada.

«¿Dolor?», escribe.

«A veces».

«¿Insoportable?».

«No».

Me cambio para ir al trabajo. La sudadera más grande que tengo me cubre la garra a duras penas. Cuando llego a la librería, Romy me dice que ya está sintiendo la presión. Que el último año de universidad se le escapa entre los dedos y apenas estamos en otoño.

No puedo trabajar aquí siempre, me dice. Mis padres me están volviendo loca. Les prometí que tendría un plan para cuando me graduara. Y no tengo nada. ¿Para qué sirve un título en Literatura Comparada? A lo mejor abro una librería. ¡Podemos hacerlo juntos! Sí que podríamos, M. A ti se te da muy bien organizar. Y yo tengo el mejor gusto del mundo para los libros. Algo pequeño, selecto. Una librería boutique. Con cafetería. ¿No sería *très cool*?

Romy se queda esperando a que muestre mi entusiasmo. Intento imaginar la librería. Acogedora. El olor a tinta y papel. Café. Libros apilados. Llevar la caja registradora. Decirles a los clientes que vuelvan. Pero parezco incapaz de unir todas las piezas. Cuando lo intento, la visión se desmorona.

En mi primer día de trabajo en Berlín entré en la galería. Thomas me preguntó si era Santiago. Dije: Sí. Pensé que se reiría. Que me diría: No, no lo eres. Que me echaría a patadas. Pero me sonrió. Me pasé todo el día siguiéndolo. Thomas mencionaba nombres de artistas, me decía dónde se almacenaban las distintas obras de arte, dónde iban las herramientas, la pintura. Estuve todo el tiempo esperando el momento en que se volviese y me gritara: ¡Impostor! Pero continuó explicándome cosas y yo seguí esperando. Al final del día me dijo:

Oye, Santiago. Me puse tenso, listo para la batalla. Me pasé la lengua por las fundas. Qué bien tenerte aquí. Nos vemos mañana.

¿Entonces?, me pregunta Romy.

Très cool, digo.

Compro todos los libros con post-it rosa que puedo permitirme. Keith me hace un descuento. Y me da una caja para llevarlos. Pesa. Pero llego bien a casa. Mami y el tío Luke me están esperando. Parecen excitados. El tío Luke gruñe. Agita un periódico delante de mí. Suelto la caja y agarro el periódico.

No humanos, dice Mami antes de que me dé tiempo a leer nada.

¿Qué?

No humanos. Es lo que dicen las pruebas. ¡Los pelos! No son humanos. Seguramente de una mascota, dice ahí, o de un mapache o un zorrillo.

O míos.

Mami me toca la cara. Me frota la mejilla como si tuviera alguna mancha.

Lo importante es que se quedaron sin pistas, amor. Seguramente vayan a cerrar el caso. Lo dice ahí mismo.

Qué bien.

El tío Luke gruñe. De felicidad. Mira la caja.

Para ti, le digo.

Vuelve a gruñir. No tan feliz.

El muñón me mantiene despierto. Pica. Y cuando no pica, duele. Me empieza a asomar una segunda garra entre la piel. Me rasco. Camino de un lado a otro. Desencajo la mandíbula. Estiro la boca. Dejo los colmillos al aire. Gruño como ejercicio de respiración hasta que me quedo dormido. Con la mandíbula desencajada.

Cuando me despierto, el tío Luke está en mi cama. Me señala el muñón destapado. Me señala las garras que le están brotando.

Mi cola-brazo, digo.

¿Cuánto hace?, escribe.

Ya no recuerdo cuánto hace que me la quitaron.

El tío Luke gruñe y escribe: Sabes a lo que me refiero.

Llegamos a Firgesan. Mami, Lena, el tío Luke y yo. Este fue el último sitio que viste, Santiago. Este estanque que te gustaba llamar «lago». Nadabas ahí. Hasta que se helaba. Ese es el árbol favorito de Mami, al fondo. Y luego está la casa-cubo blanca. El bosque que la rodea. Fingías que el mundo entero se había convertido en ese bosque. ¿Te acuerdas? Fingías que eran los últimos habitantes de la Tierra. Solo Firgesan, Mami, Papi y tú.

Bienvenidos, dice Peter. ¿O debería decir «bienregresados»?

A lo mejor no deberías decir nada, responde Mami.

Cierto. Peter se sonroja. Dice que va a avisarle a Papi que llegamos y vuelve corriendo a la casa.

Relájate un poco, dice Lena. El chico hace lo que puede, Magos.

Su hijo no murió aquí, Flaqui.

Él eso no lo sabe.

Está jugando a ser el anfitrión de una casa que no es suya.

Fue idea tuya.

Pero es molesto, ¿no? Tengo permiso para estar molesta.

El tío Luke gruñe.

Nos alejamos del coche. Mami va hacia el estanque. Lena, el tío Luke y yo la seguimos. La luz parpadea en la superficie del agua. Unas libélulas la sobrevuelan.

Eme, el cornejo. Te… A Santiago le encantaba. ¿Te acuerdas?

Santiago creía que había algo escondido dentro, digo. Por cómo lo cuidabas.

Esparcimos sus cenizas ahí. Pero no puedes acordarte de eso. Tú naciste después.

Mami recorre el borde del estanque. Se detiene al llegar al árbol y se cruza de brazos. Lena se coloca junto a Mami. Le pasa un brazo por la cintura. Mami apoya la cabeza en el hombro de Lena. Yo le doy una patada a una piedra. Rueda, pero no llega hasta el estanque.

Dentro de la casa hay un alboroto de gente. Los del catering. Los de la florería. Peter les da instrucciones a gritos.

Perdón, dice Papi mientras nos conduce escaleras arriba. La gente de la carpa aún no llega. Tenemos la cabeza un poco perdida por aquí.

Papi y Peter ocuparon el dormitorio principal. A Mami y a Lena les dan la habitación de invitados. Yo estoy en la antigua habitación de Santiago, que comparto con el tío Luke. Él se queda con la cama. Yo dormiré en un colchón inflable.

Espero que no te importe, dice Papi, inquieto. Como nervioso. Como feliz.

Los de la florería se marchan primero. Luego los del catering. Volverán mañana. La carpa está colocada. Las mesas y las sillas también. Centros de mesa. Y enjambres de focos. Como en un hechizo. A Peter se le saltan las lágrimas viéndolo todo iluminado.

Guau, dice Papi.

Incluso Mami parece complacida. Los invitados de la boda llegarán mañana por la tarde. Amigos y familia de Peter. Nosotros somos todos los invitados de Papi. Ya estamos aquí. Peter trae pizza del pueblo más cercano. A cuarenta y cinco minutos. Comemos en el salón. El queso y el pan se me quedan encajados en la garganta. Demasiado viscosos y procesados. Me lo como de todas maneras. Fuera hay oscuridad y vacío. Dentro la luz es cálida. Como un capullo abarrotado por sus voces. Unas voces encantadoras.

Me quedo dormido en el sillón. Cuando me despierto tengo a Mami durmiendo a un lado y a Papi al otro. El sillón no es tan grande, pero cabemos los tres. El pelo de Papi me cae en la cara. Aunque me hace cosquillas, no me lo quito de encima. Si me muevo quizá se desincronicen nuestras respiraciones. Y es más fácil yendo al unísono. Es como si Mami y Papi respiraran por mí. El estómago me ruge. Me lo cubro con la mano. No quiero que se despierten. Todavía no. Pero entonces el estómago de Mami ruge también. Y el de Papi. Me río y me escabullo.

Fuera me enciendo mi último cigarrillo. Muy humano por mi parte. *Très* M. Suelto el humo. Lo veo enroscarse en la nada.

La habitación de Santiago está en silencio salvo por los ronquidos del tío Luke. Pese a que voy de puntitas, el tío Luke enciende la luz en cuanto entro y gruñe.

Me quedo paralizado junto a la puerta.

El tío Luke empieza a escribir algo y se detiene. Se levanta, me agarra de la mano y me acerca a él. Me abraza fuerte. Me da varias palmadas en la espalda.

Entonces me gruñe con dulzura al oído. Es un gruñido de reserva que puedo rellenar con las palabras que yo quiera. Pero no necesito rellenarlo. Con el gruñido me basta.

A continuación despierto a Lena. Se endereza de golpe. Le sobresalen mechones de pelo por detrás.

¿Qué pasa? ¿Te duele?

Me levanto la camiseta y la sudadera.

Un poco, digo.

Lena me sujeta el muñón con la mano. Recorre las dos garras que me crecieron en él. Señala una pequeña protuberancia que asoma.

Ahí está la tercera, dice.

Voy a marcharme, Lena.

Me bajo la camiseta y la sudadera.

¿Vas a darle una oportunidad a la vida salvaje?

Sí.

Bien, me dice. Se echa hacia delante. Estaré pendiente de todos ellos. No te preocupes.

Mami se frota la cara para despertarse. Inspira aire y me mira. Intenta sonreír, aunque sigue con tristeza en los ojos. Papi se mueve en el sillón junto a ella pero no se despierta. Mami me lleva a la biblioteca.

Creí que esperarías a después de la boda.

¿Sabes que me voy?

Sí, cariño.

Esta noche es mejor, digo.

Mami se echa el pelo hacia atrás y se lo recoge en una cola. Le pongo la mano en la mejilla. Como me ha hecho ella a mí tantas veces. Le recorro con el dedo las arrugas que tiene cerca de los ojos. Los pómulos. La nariz. Bajo hasta el hoyuelo de encima del labio.

Nos parecemos, digo.

Claro que sí, responde. Yo te creé.

Me agarra la cara con ambas manos. Me besa las dos mejillas y me envuelve en un abrazo. La olisqueo una última vez. El mismo olor que a Santiago le encantaba. Como si nada pudiera salir mal.

Mami despierta a Papi conmigo.

¿Qué pasa?

Quería despedirme.

¿Adónde vas?

Me marcho.

Papi me acompaña fuera. Nos sentamos juntos con el estanque ante nosotros. La oscuridad dibuja los árboles más allá. El aire es frío. Como de algo reciente. Papi arranca briznas de hierba con las manos y se esparce los pedacitos por los pies. Por los míos también.

No quiero que te vayas, me dice.

Tengo que hacerlo, Papi.

Solucionaremos lo de tu hambre. Ya verás.

No quiero solucionarlo.

Entonces espera a que pase la boda.

Encajo las rodillas bajo los codos. Una araña de patas largas me trepa por el antebrazo. Papi le sopla. Suave. La araña se detiene. Le permitimos encontrar el camino de vuelta al suelo.

Al menos déjame ayudarte a recoger tus cosas, dice Papi.

Estaré bien. Lo prometo.

Papi me agarra la mano. Le da un beso y la acopla sobre su rodilla.

Lo acerco a mí. Cae en mi regazo. Le peino el pelo con los dedos. Le limpio las lágrimas de la cara. Mami se sienta a nuestro lado. Me agarra una mano entre las suyas.

Nos quedamos así hasta que amanece.

Camino a solas hasta el cornejo. Las hojas crujen bajo mis pies. Doblo los pantalones. La sudadera. La camiseta. Calzoncillos y calcetines. Y lo dejo todo en un montón a los pies del árbol. Mis tenis encima.

Mami, Papi, Lena y el tío Luke me observan desde el otro lado del estanque. Lena le sujeta una mano a Mami. Papi rodea a Mami con el brazo. El tío Luke está detrás.

Mami me lanza un beso.

Me giro hacia el bosque.

Por delante de mí solo hay oscuridad. Va a engullirme. Pero no entro en pánico. El pánico ya no es una carga que tenga que llevar conmigo. Puedo soltarlo. La cola-brazo se me relaja. Desencajo la mandíbula. Dejo que la boca se me estire todo lo ancha que es. Dentro de nada ya no notaré el frío. Mi cuerpo ha empezado a recuperar su mosaico de pelaje.

El mundo se ilumina ante mí y deja ver sus bordes. Sus formas y sus espacios intermedios.

Doy un paso adelante.

AGRADECIMIENTOS

Me puse a escribir mi primera novela y lo que me salió fue esto que tienes entre las manos. El hecho de que saliera algo, y de que ese algo se fusionara de algún modo, ocurrió gracias al apoyo, a la paciencia y a las buenas vibraciones omnipresentes de las siguientes personas (y un perro).

Jenni Ferrari-Adler, mi magnífica agente, que defendió de manera incansable este libro en sus múltiples manifestaciones, confiando siempre en su valía. Mi impresionante editora, Sareena Kamath, que adoptó a *Monstrilio* y le dio la forma más auténtica posible. La espectacular gente de Zando, sin cuya magia este libro no estaría en tus manos.

Mis lectores, inteligentes, amables, incisivos, talentosos, modernos y guapísimos (que además son algunos de mis amigos y escritores favoritos): Pemi

Aguda, Thea Chacamaty, Wes Holtermann y Nishanth Injam, que insuflaron vida a este monstruo en más de un sentido. Eileen Pollack, que vio futuro en mi escritura y puso todo su empeño en que se materializara. Michael Byers, que leyó el primerísimo borrador y me convenció de que no lo abandonara. Todo el que leyó alguna encarnación de este libro y lo ayudó a seguir adelante.

El Helen Zell Writers' Program de la Universidad de Míchigan, cuyo regalo en forma de tiempo económicamente sufragado no solo permitió el nacimiento de esta novela, sino que además me hizo confiar en que sería capaz de acabarla, de verdad. Meagean Dugger, Coleen Herbert, Akil Kumarasamy, Eirill Falck, Elinam Agbo, Peter Ho Davies y todos los preciosos amigos y artistas que me inspiraron y que me hicieron mirar mi obra con más cariño. Las magníficas comunidades de Tin House y Bread Loaf (¡verano del 19!) que me despertaron la felicidad de ser escritor.

Los lugares que inspiraron este libro: la Ciudad de México, Brooklyn y Berlín. Y los que me acogieron: Ann Arbor, Querétaro y Montreal. Las fabulosas gentes que me alojaron (y me aguantaron) en sus casas mientras intentaba acabar el monstruo: mi deslumbrante hermana Paola (Naquis/Pol), Pierre, mis extraordinarias sobrinas Valentina y Léonie, y Muffin; mis increíbles padres y la mejor perra/compañera Lola; *la prima* Christine; Carlos (Rufi); *Primooo* Daniel y Karla; Irma (Chata) y Carlos; Panchis; Erandika (Butt) y Alberto. Les estaré agradecido por siempre.

Butt, tú me llevaste en coche desde Brooklyn hasta Ann Arbor para iniciar este sueño de locos, me ayudaste a poner en orden mi vida, así que este libro no existiría sin ti.

A mis amigos que son familia y a mi familia que son amigos, por darme ánimos incansables.

¡Gracias!

ACERCA DEL AUTOR

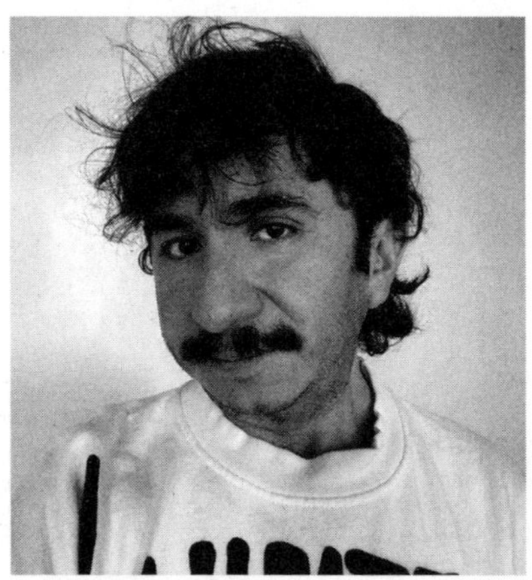

Gerardo Sámano Córdova. Nacido en la Ciudad de México hace cuarenta y cuatro años, estudió cine en el Ithaca College, trabajó como diseñador gráfico para un diseñador neoyorquino, vivió la vida bohemia en Berlín y durante varios años fue publicista en la capital de su país natal. Todo esto antes de trasladarse a Míchigan a estudiar escritura creativa. En la actualidad Sámano es escritor residente en la Universidad de Fordham, en Nueva York, y está ultimando su segunda novela. *Monstrilio*, su debut narrativo, ya se ha traducido a una decena de idiomas.